D1923149

STAR WARS
ROGUE ONE™
DIE ILLUSTRIERTE ENZYKLOPÄDIE

STAR WARS
ROGUE ONE™

DIE ILLUSTRIERTE ENZYKLOPÄDIE

Text von PABLO HIDALGO • mit Illustrationen von KEMP REMILLARD

INHALT

VORWORT

Ich erinnere mich noch gut daran, was für eine Offenbarung *Star Wars* war. Bis zu diesem Zeitpunkt wurden in der Science Fiction außerirdische Welten und Kreaturen normalerweise in Bühnenräumen mit handgemalten Hintergründen, offensichtlichen Miniatureffekten und billigen „spacigen" Kostümen dargestellt – der Zuschauer musste gewillt sein, seine Zweifel beim Ansehen kurzzeitig beiseite zu schieben.

Star Wars jedoch zeigte unbegrenzte Vorstellungskraft, großartiges Design und eine qualitativ äußerst hochwertige Umsetzung. Es gab nichts Vergleichbares, und ich war damals im idealen Alter dafür. *Star Wars* hat alles verändert, inklusive meiner Karriere. Wegen *Star Wars* wollte ich in die Unterhaltungsindustrie.

Als wir die Idee für die Geschichte von *Rogue One: A Star Wars Story* entwickelten, konnten wir einigen bekannten Schauplätzen, Charakteren und Fahrzeugen aus der Ära von *Eine neue Hoffnung* nicht widerstehen. Allerdings wäre Nostalgie nur um der Nostalgie Willen nicht überzeugend gewesen, daher war es wichtig, etwas Neues zu erschaffen. Wir haben versucht, ein Gleichgewicht zwischen neuen Welten, Charakteren und Bildern und genug Vertrautem herzustellen, damit *Rogue One* nahtlos in *Eine neue Hoffnung* übergehen kann.

Das ging mit einer immensen Herausforderung an das Design einher und mein Respekt für die brillante Gestaltung von *Eine neue Hoffnung* wuchs immer mehr. Damals wurden viele perfekte Entscheidungen getroffen, die heute kaum noch verbessert werden können.

Ein Team talentierter Designer nahm sich der Herausforderung an, dieses gestalterische Vermächtnis weiterzuführen. Ich bin unglaublich stolz auf ihre Arbeit der letzten zwei Jahre. Ihre Charaktere, Sets, Schiffe, Kostüme und Schauplätze erweisen dem früheren Werk alle Ehre. Ich hoffe, dass Sie mir beim Durchblättern dieses Buchs zustimmen werden.

JOHN KNOLL
Ausführender Produzent und
VFX Supervisor für *Rogue One: A Star Wars Story*

EINLEITUNG

Das *Star Wars*-Universum steckt voller Geschichten. Jenseits der Saga um die Skywalkers und Solos stellen sich seine Bewohner Tag für Tag unglaublichen Herausforderungen. Die konfliktbeladene Galaxis bringt jeden Tag Helden hervor, doch ihre Namen werden bei der Geschichtsschreibung nicht immer berücksichtigt.

Diese bisher unbekannten Geschichten haben nun ihren Weg auf die große Leinwand gefunden, angefüllt mit einer Energie, die das *Star Wars*-Filmuniversum bereichern und den Horizont des Möglichen erweitern wird. Diese neuen Filme und Ereignisse stehen für sich. Ganz gleich, ob ihre Helden über diese speziellen Kapitel ihrer Lebensläufe hinaus weitere Abenteuer erleben werden oder nicht – sie sind es wert, dokumentiert und gewürdigt zu werden.

Dies führt uns zu *Rogue One: A Star Wars Story.* Bis heute war das wagemutige Rebellenteam, das die Pläne des Todessterns gestohlen und damit den Weg für die historische Zerstörung der Kampfstation geebnet hat, der Stoff von Legenden. Nun kann die Geschichte von Jyn Erso, Cassian Andor, K-2SO, Baze Malbus, Chirrut Îmwe und Bodhi Rook endlich erzählt werden.

Dieses Buch ist Ihr Begleiter in dieses Abenteuer.

ÜBERBLICK

JAHRELANG hat das Galaktische Imperium die Galaxis mit eiserner Faust regiert und die Freiheit ihrer Bewohner im Namen der Sicherheit beschnitten. Die Flammen der Klonkriege sind erloschen, doch versprengte Widerstandsbewegungen fachen die Funken der Rebellion an – besonders im widerspenstigen Äußeren Rand.

Zwischen diesen Rebellengruppen hat sich eine Allianz gebildet, die von verbündeten Senatoren der isolierten Kernwelten unterstützt und gefördert wird. Dem Imperator ist dies jedoch nicht entgangen. Er bereitet eine Strategie für die endgültige Unterwerfung der Galaxis vor: Eine Kampfstation mit genug Feuerkraft, um ganze Welten zu zerstören, wird fernab der wachsamen Augen des Senats konstruiert.

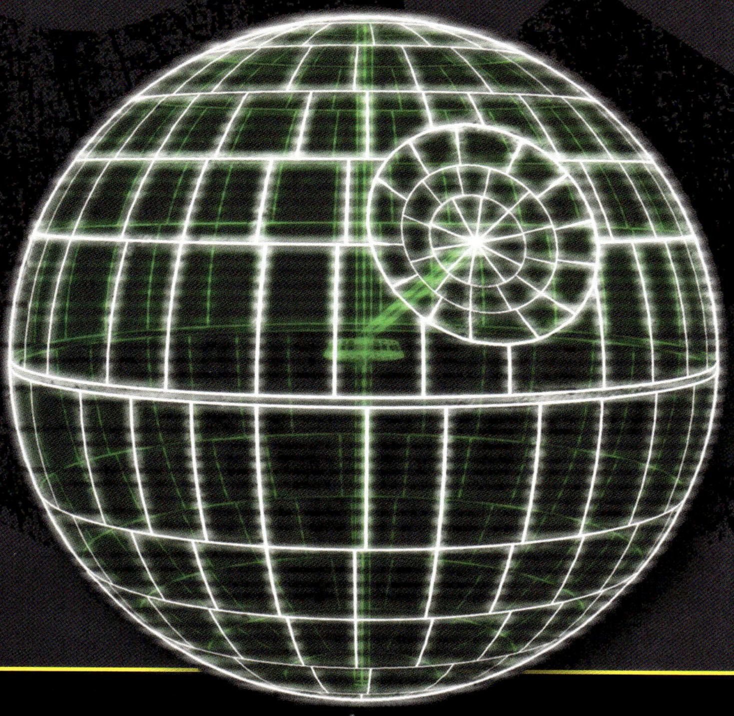

KARTE DER GALAXIS

Das Gebiet, das die Separatisten nach den Klonkriegen aufgegeben hatten, erweiterte den imperialen Raum weit über die Grenzen der Galaktischen Republik hinaus. Um ein so ausgedehntes Territorium kontrollieren zu können, begann das Imperium mit beispielloser militärischer Aufrüstung. Der Großteil der imperialen Kriegsmaschinerie befindet sich im Äußeren Rand inmitten der gesetzlosesten Sektoren.

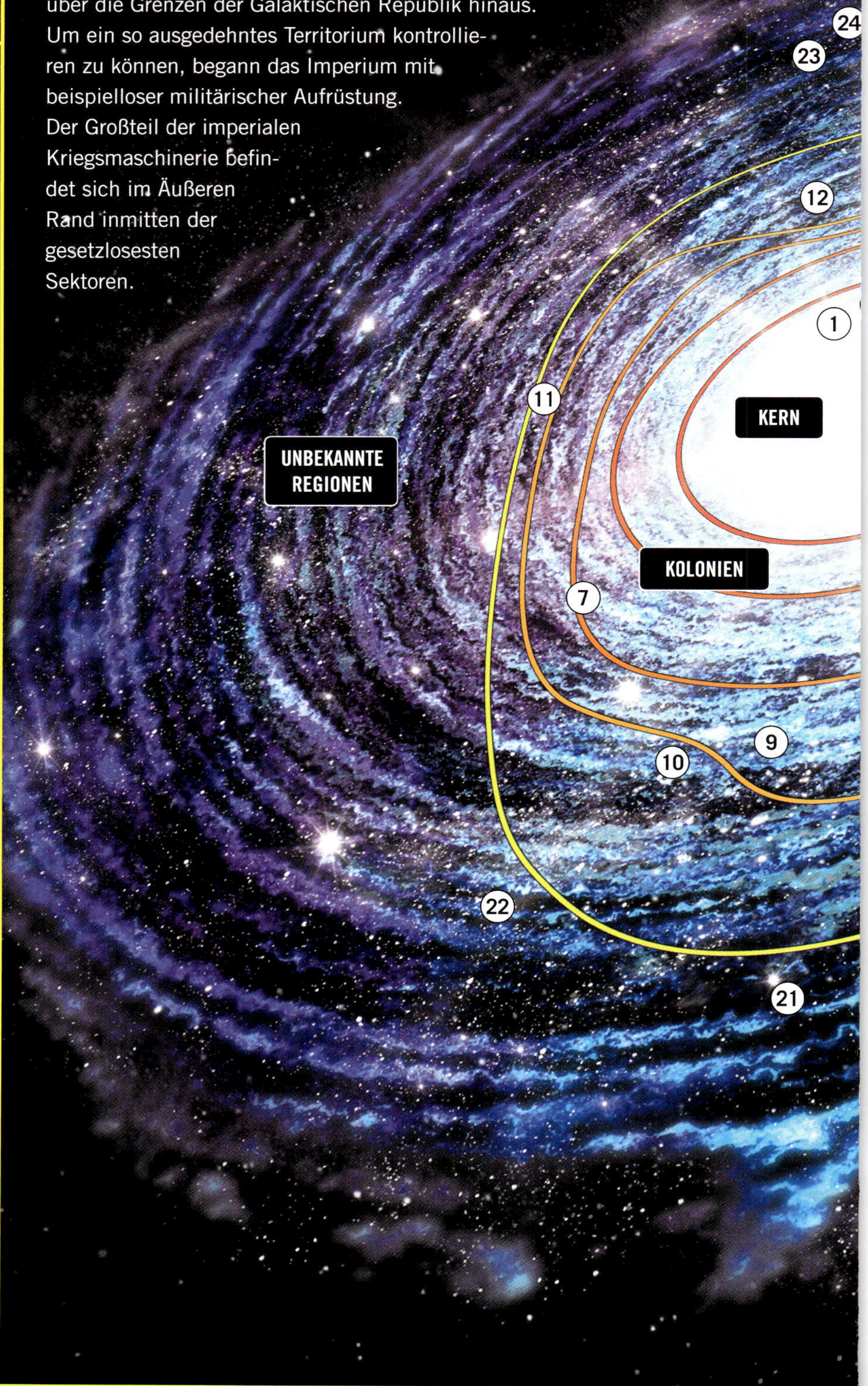

DEM KRIEG ENTGEGEN

Nach dem gewaltsamen Ausbruch der Klonkriege leitete das Imperium zwei Jahrzehnte des Friedens ein. Vom Krieg erschöpft, willigte die Galaxis ein, Freiheit im Austausch gegen Sicherheit zu opfern. Allmählich jedoch werden sich immer mehr Bürger der Schrecken dieser neuen Ordnung bewusst. Als politischer Dissens in offene Feindseligkeit umschlägt, wird ein Bürgerkrieg unvermeidbar.

VR1 = Jahre vor der Mission Rogue One

- Steuerdisput führt zur Blockade von Naboo.
- Der beliebte Senator Palpatine von Naboo wird Oberster Kanzler.
- 30 VR1
- Kanzler Finis Valorum ist in einen Skandal verwickelt.
- Palpatine erhält Notstandsvollmachten.
- 25 VR1
- Die Krise mit den Separatisten droht, die Republik zu spalten.
- Klonkriege brechen auf Geonosis aus.
- Anführer der Separatisten entkommt mit ersten Entwürfen des Todessterns.
- 20 VR1
- Baubeginn des Todessterns über Geonosis.

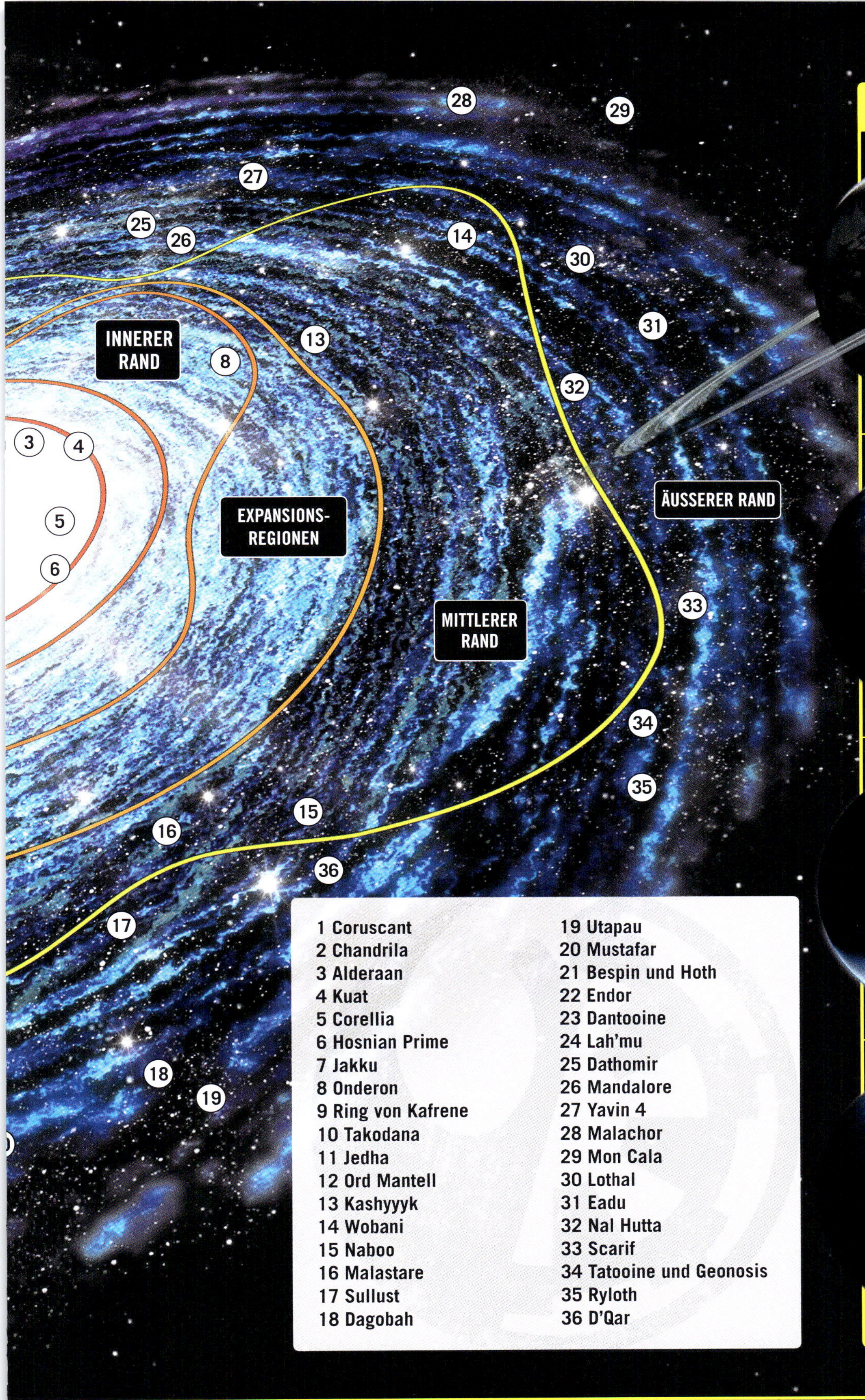

1 Coruscant	19 Utapau
2 Chandrila	20 Mustafar
3 Alderaan	21 Bespin und Hoth
4 Kuat	22 Endor
5 Corellia	23 Dantooine
6 Hosnian Prime	24 Lah'mu
7 Jakku	25 Dathomir
8 Onderon	26 Mandalore
9 Ring von Kafrene	27 Yavin 4
10 Takodana	28 Malachor
11 Jedha	29 Mon Cala
12 Ord Mantell	30 Lothal
13 Kashyyyk	31 Eadu
14 Wobani	32 Nal Hutta
15 Naboo	33 Scarif
16 Malastare	34 Tatooine und Geonosis
17 Sullust	35 Ryloth
18 Dagobah	36 D'Qar

NEUE WELTEN

LAH'MU

Die wenigen Siedler, die diese karge Agrarwelt bewohnen, wollen sich aus dem Krieg heraushalten. Der Planet wird jedoch zum Schauplatz imperialer Gewalt, als Orson Krennic von der Tarkin-Initiative den flüchtigen Wissenschaftler Galen Erso aufspürt.

JEDHA

Legenden ranken sich um Jedha, jenen alten Mond in einem fast in Vergessenheit geratenen Gebiet, der in antiken Zeiten erforscht wurde. Manche munkeln, er sei der Ursprungsort des Jedi-Ordens. Zumindest jedoch ist er ein heiliger Ort für Gläubige jeglicher Art.

EADU

Auf dieser gebirgigen, versteckten Welt experimentiert die Tarkin-Initiative mit Hochenergieumwandlung und arbeitet an modernsten technologischen Konstruktionen. Hier gelingt es imperialen Wissenschaftlern, Kyberkristalle waffenfähig zu machen.

SCARIF

Das Herz der imperialen militärischen Industrieanlagen und die Konstruktionsstätte des Todessterns ist ein tropisches Paradies. Das friedliche Bild von Inselketten und klaren Ozeanen steht im Kontrast zu den Kriegsmaschinen, die hier produziert werden.

Kanzler Palpatine erklärt sich zum Imperator.

Ende der Klonkriege durch den Sieg der Republik.

15 VR1

Galen Erso beginnt Arbeit am Todesstern.

10 VR1

Erster Superlaser wird in den Todesstern eingebaut.

Todesstern wird nach Scarif verlegt.

Die Allianz wird nach dem Überlaufen eines Frachtschiffspiloten aktiv.

5 VR1

Senatorin Mon Mothma flieht als Verräterin gebrandmarkt von Chandrila.

Rebellenkampfschiffe erringen den ersten Sieg über das Galaktische Imperium.

0 VR1

KAPITEL 1

FRIEDEN IN GEFAHR

Drei Jahre sind seit dem Ende der Klonkriege vergangen. Die Galaxis hat sich von dem Konflikt erholt und begrüßt die Ruhe, die ihre starke, sichere Regierung gewährleistet. Die Flagge des Galaktischen Imperiums verheißt Frieden und Sicherheit, doch manch einer ist misstrauisch. Wer wachsam ist, versucht zu fliehen – sei es aus politischen oder aus sehr persönlichen Gründen.

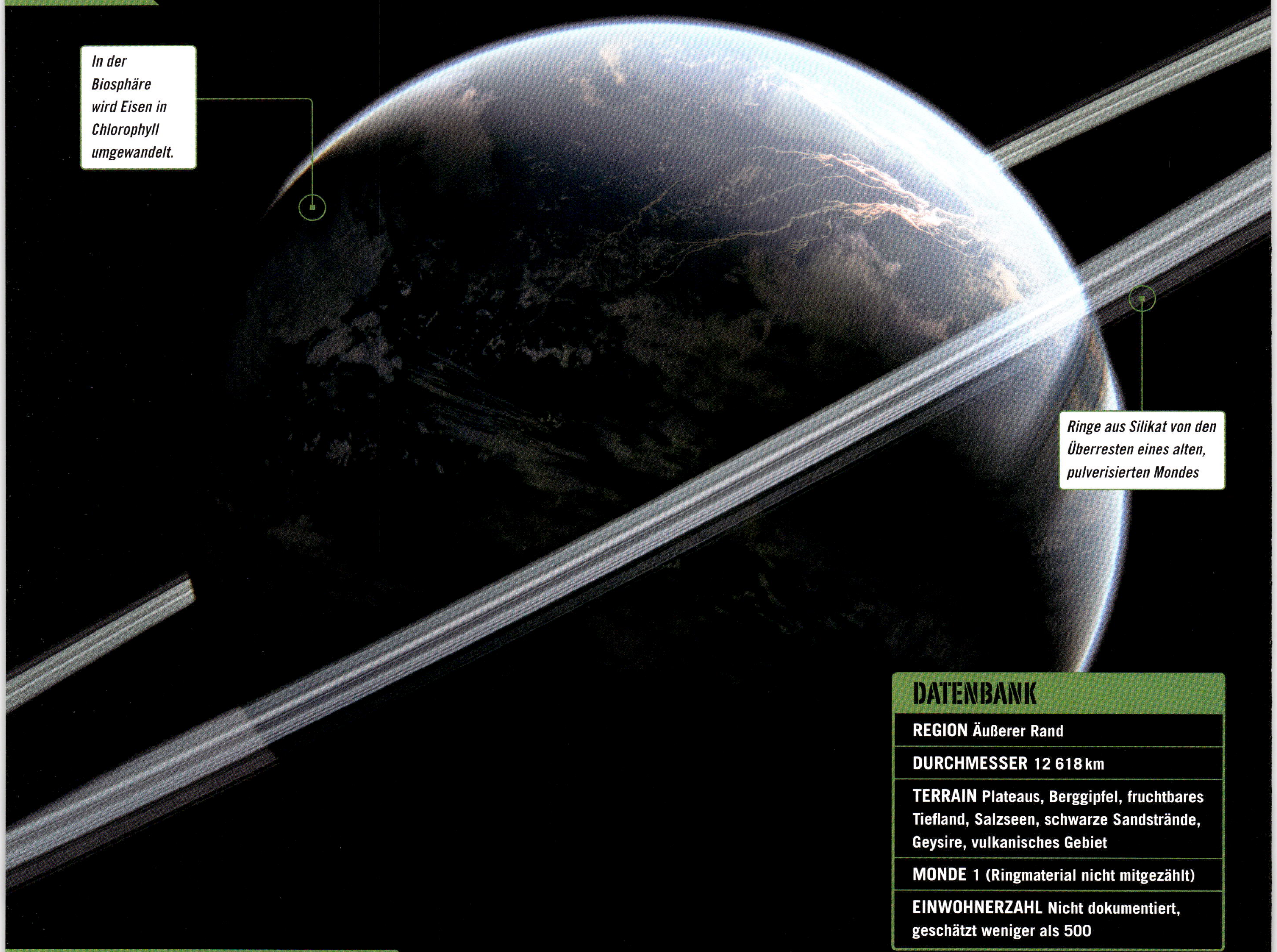

DATENBANK
REGION Äußerer Rand
DURCHMESSER 12 618 km
TERRAIN Plateaus, Berggipfel, fruchtbares Tiefland, Salzseen, schwarze Sandstrände, Geysire, vulkanisches Gebiet
MONDE 1 (Ringmaterial nicht mitgezählt)
EINWOHNERZAHL Nicht dokumentiert, geschätzt weniger als 500

FRIEDLICHER ZUFLUCHTSORT

LAH'MU

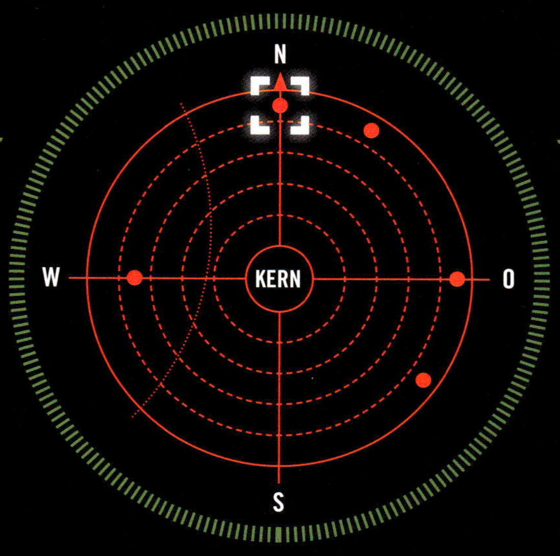

Lah'mu wurde nach dem neimoidianischen Wort für Wohlstand benannt. Der Planet ist fruchtbar, jedoch nicht sehr ergiebig – seine Ressourcen lassen sich auch auf den leichter zugänglichen Welten an den großen Hyperraumrouten finden. Daher ist Lah'mu zwar wirtschaftlich eher uninteressant, dafür aber ein exzellentes Versteck. Während seiner Entstehung brach die Kruste des Planeten wieder und wieder auf und Mineralien aus dem Innern mischten sich in den Boden. Heute ist Lah'mu von grünem, friedlichem Ackerland bedeckt.

LEBEN AUF LAH'MU

KAUM NACHBARN
Lah'mu ist dünn besiedelt, die westliche Hemisphäre zählt weniger als 500 Bewohner. Doch die Ersos sind nicht hergezogen, um Freunde zu finden.

EINFACHES LEBEN
Der Forscher Galen Erso versteckt sich vor dem Imperium auf Lah'mus unbeliebter Ostseite. Er baut nur für den Eigenbedarf Feldfrüchte an.

DER HOF DER ERSOS
Die 65 Hektar große Farm wurde durch einen geschickten Handel über mehrere Kanäle von Saw Gerrera erworben, um die Ersos dort zu verstecken.

BODENKONTROLLE
Vulkanische Lockerprodukte kontaminieren die Pflanzenwelt. Der Boden muss ständig kontrolliert und sorgfältig gesiebt werden.

REINIGUNGSVAPORATOREN

Auf Welten mit minimaler Wasserversorgung wird mittels Vaporatoren Feuchtigkeit aus der Luft kondensiert und gefiltert. Die Hydrosphäre von Lah'mu ist reichhaltig, doch das Grundwasser ist mit Zink, Chlor, Eisen, Kobalt, Stickstoff und Boron verunreinigt und nicht trinkbar. Daher nutzen die Ersos robuste GX-8-Kondensatoren von Pretormin Environmental, um Wasserdampf aus der Luft zu destillieren.
Die übrig bleibenden Chemikalien werden in einem Trichter gesammelt und von Galen und seinen Droiden für andere Zwecke aufbereitet.

AUF CORUSCANT

DIE BEZIEHUNG DER Ersos zu Orson Krennic besteht schon seit den Klonkriegen. Krennic kam den Ersos zu Hilfe, als sie hinter den Linien des Feindes auf einem mit den Separatisten verbündeten Planeten in der Falle saßen. Die Ersos ahnten nicht, dass sie von Krennic manipuliert wurden, um Galen in sein Vertrauen zu ziehen und ihn gleichzeitig immer tiefer in Krennics Schuld stehen zu lassen. Er organisierte ihnen sogar ein Quartier, als Galen für ihn arbeitete.

DIE JUNGE JYN ERSO

Die vierjährige Jyn ist viel zu jung, um die Feinheiten höfischer Intrigen und der Hauptstadtpolitik zu verstehen, die zum Leben auf Coruscant gehören. Sie ist sehr verspielt und glücklich, bei ihren Eltern zu sein. Ihr Wohlergehen ist alles, was für Galen zählt.

LYRAS VORAHNUNG

Zwar ist Lyra Krennic dankbar für die Rettung ihrer Familie vor den Separatisten, doch sie merkt schnell, dass das Leben auf Coruscant nur eine andere Art von Gefängnis ist. Sie will vor Krennics Überwachung fliehen, doch die Sicherheitsvorschriften erlauben keine unautorisierte Ausreise aus der Hauptstadt.

LYRA ERSO

VOR VIELEN JAHREN leitete Lyra eine Expedition auf dem Planeten Espinar. Ihr Team kartografierte ein Höhlensystem mit vielversprechenden Ablagerungen seltener Kristalle. Dort begegnete sie Galen Erso, der die Mineralien studierte, und arbeitete als seine Führerin. Lyra war von dem passionierten Wissenschaftler fasziniert und sein Hang dazu, sich völlig in seinen Gedanken zu verlieren, amüsierte sie.

Nach einer sechsmonatigen Zusammenarbeit hatte die Expedition der beiden zwar keine Kyberkristalle – Galens Spezialgebiet – ausfindig machen können, war aber in einer anderen Sache äußerst erfolgreich: Lyra und Galen reisten gemeinsam von Espinar ab und heirateten ein Jahr später. Lyra lebte fortan ein bequemes Leben auf einem abgelegenen Anwesen auf Coruscant, während ihr Gatte die Geheimnisse der Energiewandlung erforschte. Während Galen in seine Arbeit versunken war, erkannte Lyra jedoch die schreckliche Wahrheit über ihre imperialen Wohltäter: Die Ersos waren Gefangene der Militärindustrie und Galens Wissen sollte für zerstörerische Zwecke jenseits aller Vorstellungskraft missbraucht werden.

Nach der Flucht fiel es Lyra schwer, ihre Wachsamkeit aufzugeben. Die Sicherheit ihrer Familie stand auf dem Spiel.

Behälter mit komprimierter Schlafmatte

LYRA ERSOS ÜBERLEBENSRUCKSACK

JYNS KRISTALL

Diesen kleinen Stein, das Fragment eines Kyberkristalls, konnte Lyra retten, als ihre Familie von Coruscant floh. Sie sah ihn als ein gutes Vorzeichen und schenkte ihn Jyn, die die Geste zu dem Zeitpunkt noch nicht verstand, sich aber über das Geschenk freute.

„VERTRAUE DER MACHT."

- LYRAS LETZTE WORTE AN IHRE TOCHTER JYN

KEIN GUTER EINFLUSS

Lyra hat Orson Krennic nie über den Weg getraut. Sie hatte immer Zweifel an dem patriotischen Zuspruch, mit dem der redegewandte Offizier Galen während dessen Forschung an den Kyberkristallen überschüttete.

SPIRITUELLER KERN

Lyra ist nie einem Jedi begegnet, doch sie hat die Geschichte und Philosophie des Ordens trotz Verbots des Imperiums studiert. Ob sie jemals mit dem Tempel der Macht in Kontakt stand, jener geheimnisvollen Bewegung, die in den Schatten von Coruscant vermutet wird, ist nicht bekannt. Allerdings trägt sie die rote Tracht der Glaubensgemeinschaften von Jedha – einem der letzten Orte der Galaxis, in denen das Wissen um die Macht noch existiert.

DATENBANK

NAME Lyra Erso

HEIMATPLANET Ord Mantell

SPEZIES Mensch

ZUGEHÖRIGKEIT Keine (Flucht vor dem Imperium)

GRÖSSE 1,70 m

ALTER 34 Standardjahre (zum Todeszeitpunkt)

FAMILIENMENSCH

Lyras geologische Forschungsreisen haben ihr politisches Bewusstsein geweckt. Auf weit vom isolierten Kern entfernten Welten blickte sie hinter die offiziellen, bereinigten Aufzeichnungen über die Klonkriege und den Aufstieg des Imperiums und gewann einen Eindruck von der Grausamkeit der galaktischen Regierung. Zwar spricht sie mit Galen selten über Politik, doch ihre Zweifel am Imperium sitzen tief und Lyra möchte nichts sehnlicher, als mit ihrer heranwachsenden Tochter Jyn und Galen Coruscant zu verlassen. Als Krennic Galen auf Lah'mu ausfindig macht, kann Lyras Opferbereitschaft Jyns Leben retten – jedoch nicht ihr eigenes.

LEBENSLAUF

- **47 VR1** Geburt (Ord Mantell)
- **29 VR1** Studium an der Universität von Rudrig
- **26 VR1** Lernt Galen Erso auf Espinar kennen.
- **25 VR1** Hochzeit mit Galen
- **22 VR1** Geburt von Jyn Erso auf Vallt
- **17 VR1** Flucht von Coruscant mithilfe von Saw Gerrera
- **13 VR1** Von Krennic ermordet

FRIEDLICHES ZUHAUSE

DER HOF DER ERSOS

IN DEN LETZTEN JAHRZEHNTEN der Republik ermutigte das Ministerium für ökonomische Entwicklung Bürger mit der Vergabe von Land dazu, sich im Äußeren Rand anzusiedeln. Durch Misswirtschaft endete der Plan in einem Fiasko und viele Welten blieben nur dünn besiedelt oder wurden aufgegeben. Der Misserfolg vergangener Generationen ist für die Ersos ein Segen – eine sichere, aber ansonsten vergessene Welt ist genau das, was sie suchen.

LEBEN UNTER DER ERDE
Der größte Teil des Erso-Hofs erstreckt sich unter dem Erdboden, wo ihn Leitungen in geothermischen Schächten mit Energie und Wärme versorgen. Galen hat Stromkonverter gebaut, die Energie aus der Umwelt gewinnen.

TÄGLICHES LEBEN

VERSORGUNGSTANKS
Überschüssige Energie speichert Galen Erso in umgebauten Containern. Ein Teil davon wird für den Betrieb der externen Feuchtigkeitsvaporatoren benötigt, den Rest behält er für Notfälle.

SCHLAFZIMMER
Die Temperaturen im Innern werden mit isolierenden Vorhängen und Wärmetauschern reguliert. Persönliche Gegenstände besitzen die Ersos kaum, da sie sie im Notfall zurücklassen müssten.

KÜCHE
Die Küche der Ersos besteht aus robusten Modulen, in denen trockene Lebensmittel vor Ungeziefer geschützt sind. Ein wenig gleicht der Komfort die Unsicherheit des gefahrvollen Lebens aus.

BRETTSPIEL

GALEN ERSOS GÜRTEL MIT WASSERTESTGERÄT

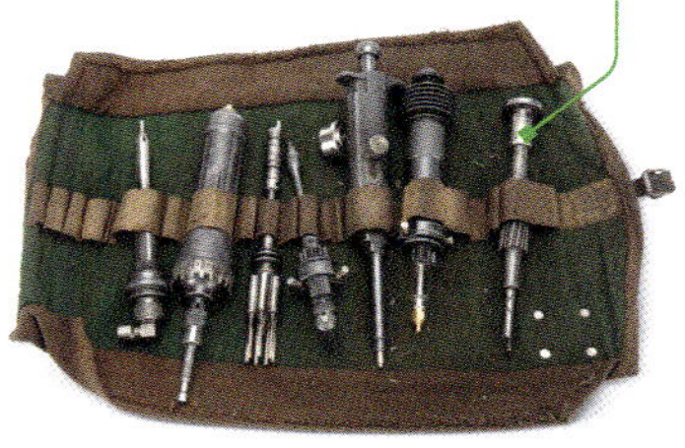

GALENS WERKZEUGTASCHE

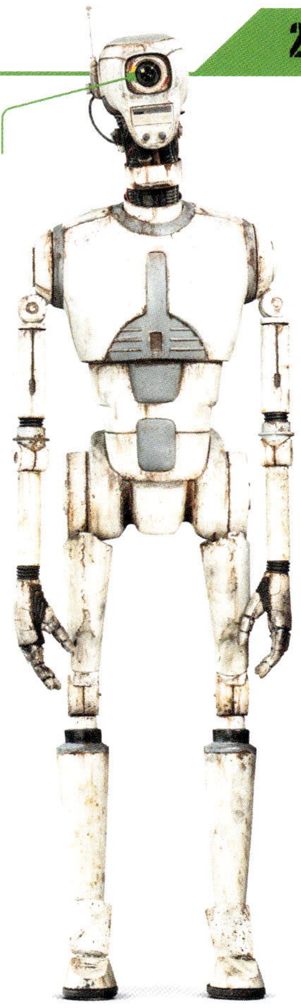

ARBEITSDROIDE SE-2 „ESSIE“
Essie mag ein einfacher Droide für niedere Arbeiten sein, doch sein Loyalitäts-Unterprogramm ist stark ausgeprägt. Er hält kontinuierlich nach Eindringlingen Ausschau.

FAMILIENROSTLAUBE

Dieser alte V-44 von Gian hat schon bessere Zeiten gesehen. Die Repulsorspulen sind bis zur Untauglichkeit korrodiert und der Gleiter ist aufgebockt, damit er nicht im Boden versinkt. Galen behält ihn nur, um bei Gelegenheit die Leiterbahnen auszubauen.

SPIELZEUG

KINDER WERDEN IMMER Kinder bleiben, auch wenn die Galaxis von Krieg und politischen Krisen zerrissen wird. Jyn Erso wurde im ersten Jahr der Klonkriege geboren, als die Republik durch den ersten Krieg seit tausend Jahren erschüttert wurde. Ihre Eltern konnten sie vor den schlimmsten Schrecken bewahren und sie sorgten auch dafür, dass es ihrer kleinen Tochter an nichts fehlte. Als Jyn älter wurde, wuchs auch ihre Fantasie. Ihre Eltern waren mit Erwachsenendingen beschäftigt, sie aber erlebte große Abenteuer in ihrer Spielzeugkiste.

SELBST GEBAUTER ASTROMECHDROIDE

LONGEE

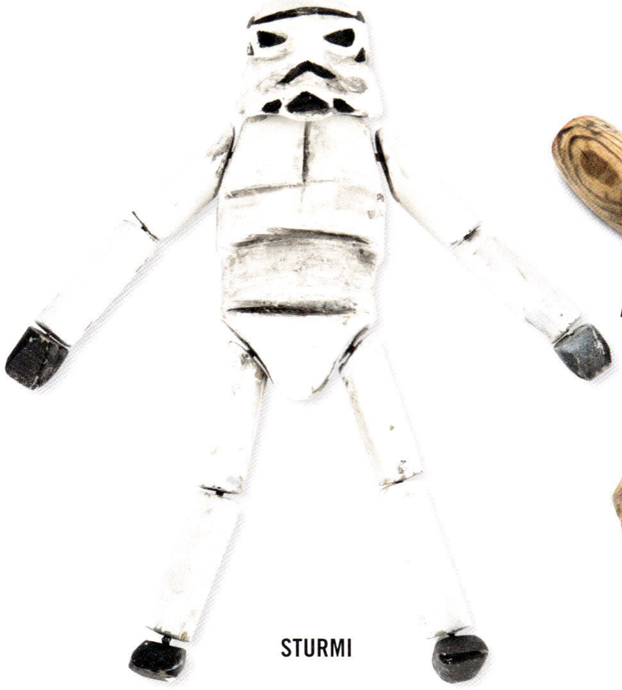

STURMI

SELBST GEBAUTER ALDERAANISCHER KREUZER

SELBST GEBAUTER TIE-JÄGER

ABOMMI, DER GIG

SELBST GEBAUTER JEDI-JÄGER MIT HYPERRAUMRING

OPEE-OPEE

WUZZWORK

SNIKSNAK, DER SHAAK

MISTER IGGY

BÖSER MISTER GOOB

SELBST GEBAUTER
SEPARATISTEN-ZERSTÖRER

SELBST GEBAUTER
IMPERIALER STERNENZERSTÖRER

TINTA, DIE
SCHNEEECHSE

STERNI,
DER TOOKA

LUCKY HAZZ OBLOOBITT

SELBST GEBAUTER
ARC-170-JÄGER

SELBST GEBAUTER
JEDIKREUZER

KOODIE, DER TOOKA

T-3C-RAUMFÄHRE DER *DELTA*-KLASSE

KRENNICS SHUTTLE

EINE HERANNAHENDE T-3C-FÄHRE der *Delta*-Klasse ist mit ihrer strengen, geometrischen Form und den fledermausartigen Flügeln ein Unheil verkündender Anblick. Ihre Passagiere bestärken dieses Gefühl des Grauens, denn sie führen selten Gutes im Schilde. In der Anfangszeit des Imperiums wurde die *Delta*-Klasse eher selten eingesetzt, da die *Lambda*-Klasse wesentlich beliebter war. Krennic jedoch hat eine Schwäche für schroffe, klobige Architektur und nutzt über zehn Jahre lang ein *Delta*-Modell.

DATENBANK

HERSTELLER	Sienar Flottensysteme
MODELL	T-3C-Raumfähre der *Delta*-Klasse
ZUGEHÖRIGKEIT	Galaktisches Imperium
HÖHE	25,10 m mit aufgestellten Flügeln
LÄNGE	14,39 m
BESATZUNG	2, plus 15 Passagiere
GESCHWINDIGKEIT	603 km/h in Atmosphäre
BEWAFFNUNG	2 Doppellaserkanonen, 3 Laserkanonen an den Flügelspitzen

TRUPPENKABINE
Im Gegensatz zu anderen imperialen Langstreckenschiffen bietet Krennics Fähre wenig Annehmlichkeiten an Bord. Seine Leibwächter, die Todestruppler, sind abgehärtete Soldaten. Sie nehmen mit einfachen Sitzen und Sicherheitsgurten vorlieb.

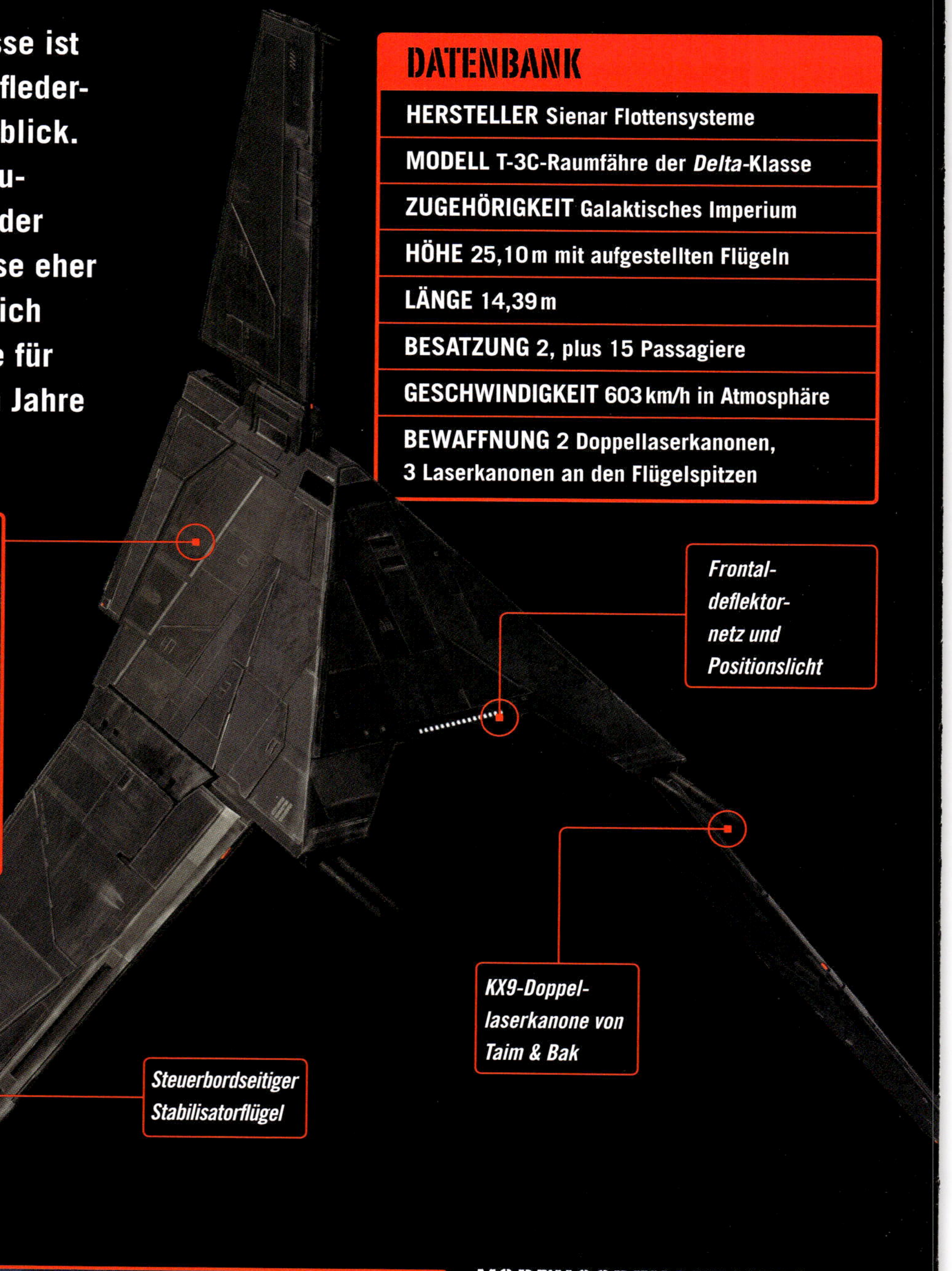

MULTIFUNKTIONSFLÜGEL

Wie auch bei anderen Schiffen der Sienar Flottensysteme und deren Subunternehmer Cygnus Raumwerften sind die Flügel der Schiffe der Delta-Klasse beweglich. Die seitlichen Flügel reduzieren eingeklappt deutlich den Raum, den das Schiff auf Landeplattformen und in Hangars beansprucht. Wenn sie ausgefahren sind, gewährleisten sie Stabilität beim Flug in Atmosphäre und sind Übertragungsfläche für Deflektorschilde. Sie haben eingebaute Energieverstärker sowie HoloNet- und Subraumtransmitterantennen für ständige Kommunikation mit den imperialen Kommandoebenen. An jeder Flügelspitze befinden sich defensive Laserkanonen und aktive Sensorknoten.

VORZUGSBEHANDLUNG

Krennics Shuttle sendet Sicherheitsfreigabesignale, die ihm die Nutzung von normalerweise verbotenen Landeplätzen erlauben. Krennics Piloten halten sich nicht mit Meldesignalen auf, ungeachtet jeglicher Protokolle oder gar Höflichkeit. Stattdessen sendet ein automatischer Transponder alles, was der Zuhörer wissen muss: Dass Shuttle ST 149 im Auftrag der Tarkin-Initiative unterwegs ist und sich ein Direktor der Sonderabteilung für Rüstungsforschung an Bord befindet.

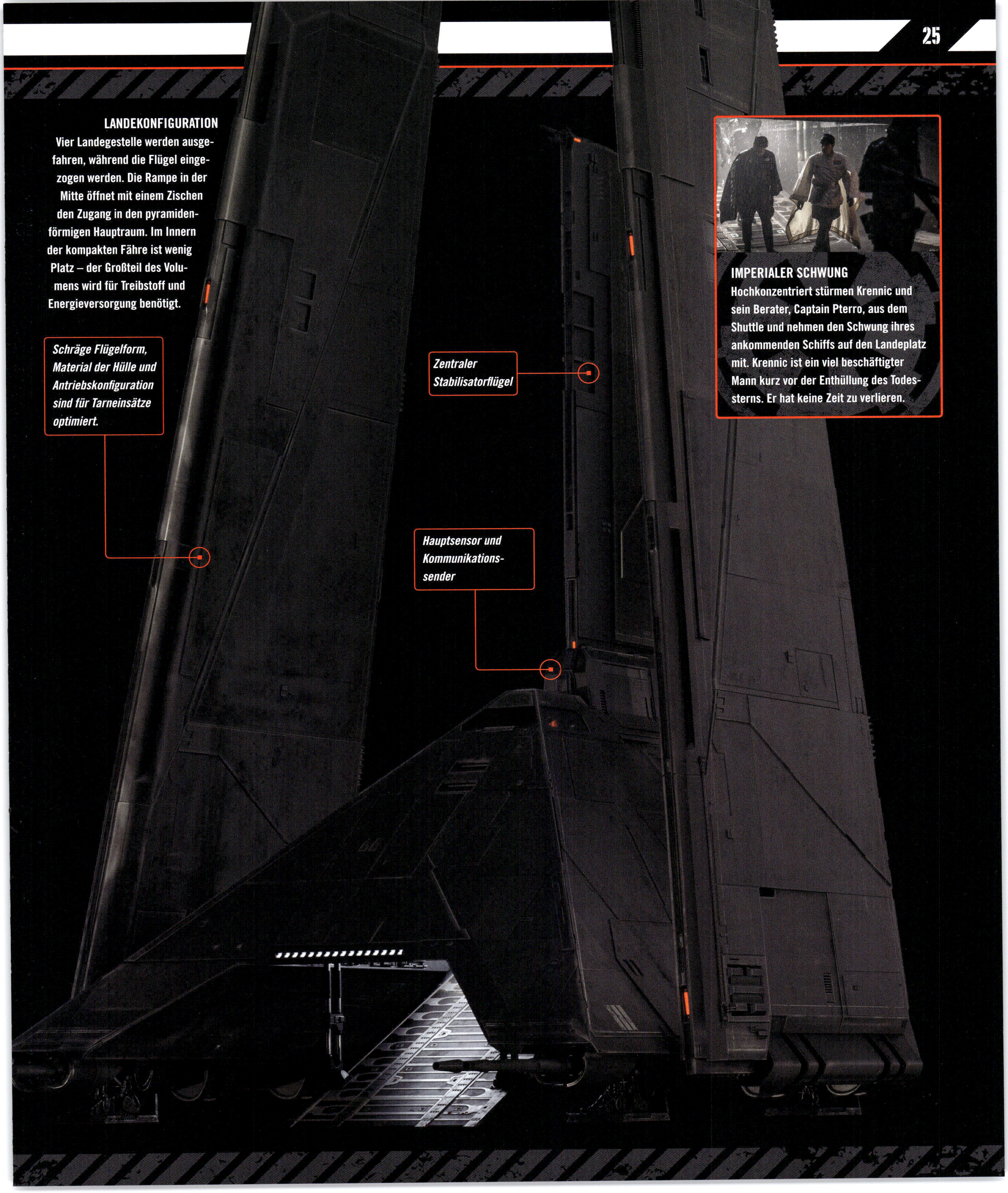

LANDEKONFIGURATION

Vier Landegestelle werden ausgefahren, während die Flügel eingezogen werden. Die Rampe in der Mitte öffnet mit einem Zischen den Zugang in den pyramidenförmigen Hauptraum. Im Innern der kompakten Fähre ist wenig Platz – der Großteil des Volumens wird für Treibstoff und Energieversorgung benötigt.

IMPERIALER SCHWUNG
Hochkonzentriert stürmen Krennic und sein Berater, Captain Pterro, aus dem Shuttle und nehmen den Schwung ihres ankommenden Schiffs auf den Landeplatz mit. Krennic ist ein viel beschäftigter Mann kurz vor der Enthüllung des Todessterns. Er hat keine Zeit zu verlieren.

DELTA-KLASSE T-3C

OBWOHL WEITAUS BESSER ausgestattete Raumfähren zur Verfügung stehen, bevorzugt Krennic die strenge, schmucklose Einfachheit des *Delta*-Klasse-Modells. Sienar Flottensysteme, langjähriger Lieferant für das imperiale Militär und Hersteller der allgegenwärtigen TIE-Sternenjägerserie, hatte das T-3C ursprünglich als Nebenprojekt entwickelt, an dem sich die Designer ausprobieren konnten. Eine serielle Umsetzung war nie geplant. Als Krennic das Konzept sah, war er begeistert, und Sienar ging in Produktion.

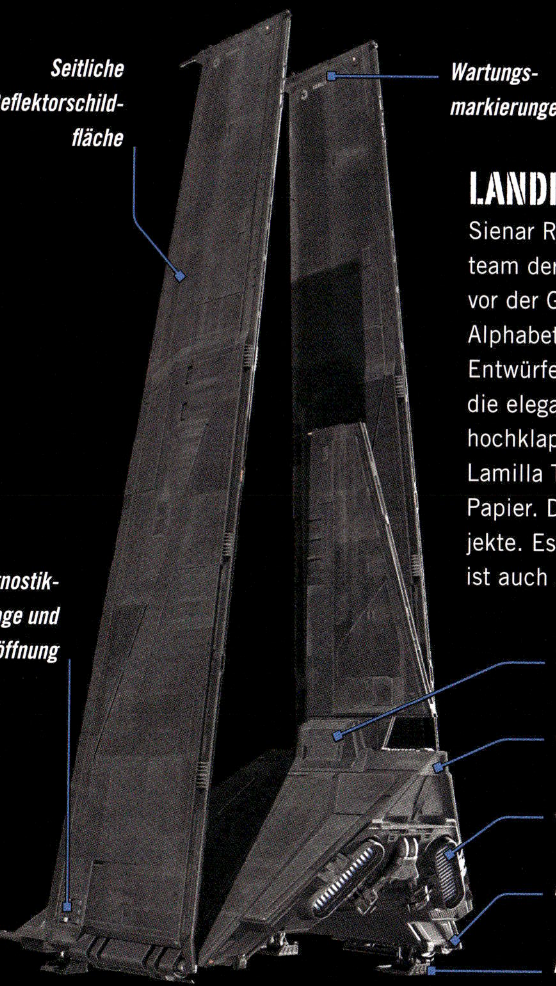

LANDEMODUS

Sienar Republik-Systemtechnik überredete das Designteam der Cygnus Raumwerften im Mittleren Rand noch vor der Gründung des Imperiums dazu, für sie die Alphabet-Serie von Privatshuttles zu entwickeln. Die Entwürfe haben gemeinsame Gestaltungsmerkmale, wie die eleganten Linien, die Dreiecksform und zur Landung hochklappbare Flügel. Die Chefdesignerin, Bildhauerin Lamilla Tion, ist fasziniert von Formen aus gefaltetem Papier. Das Landesystem findet sich in jedem ihrer Projekte. Es soll nicht nur Platz am Boden sparen, sondern ist auch Ausdruck ihrer künstlerischen Überzeugung.

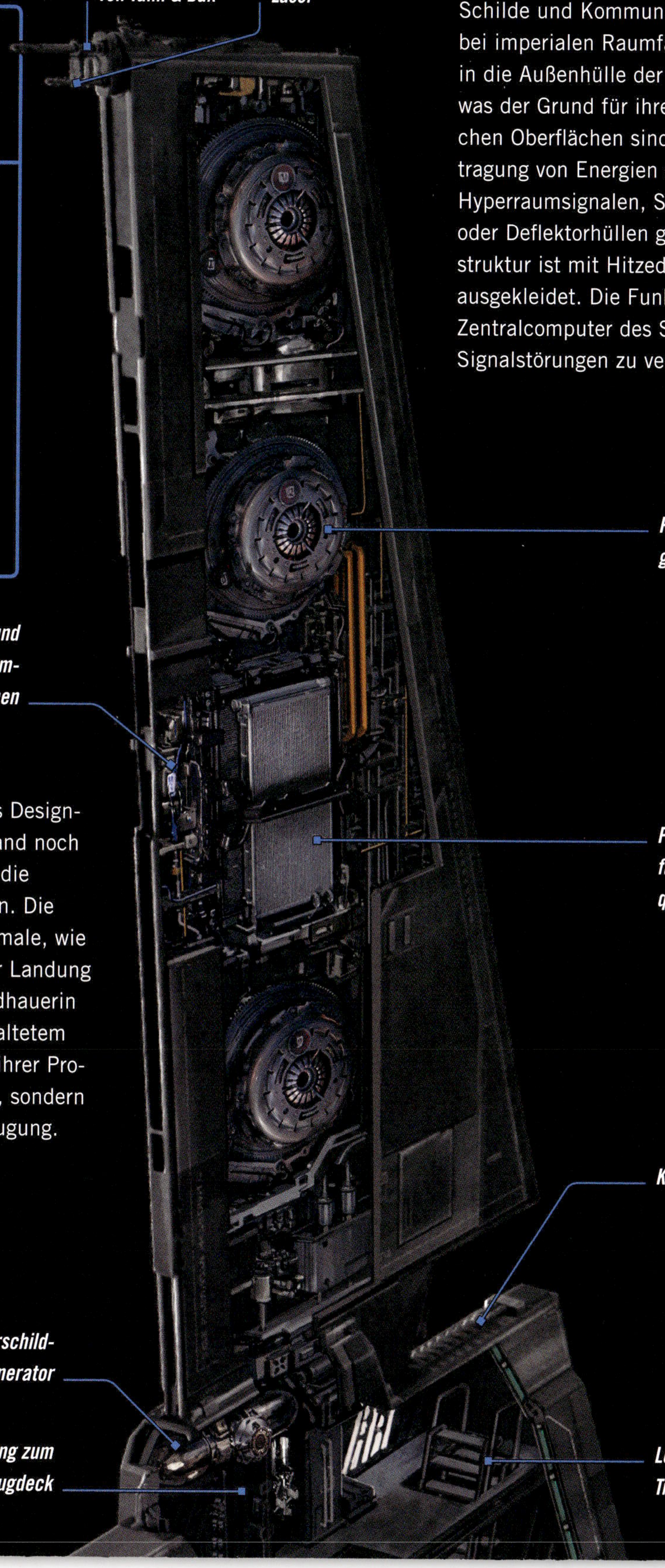

HOHE FLÜGEL

Schilde und Kommunikationssysteme sind bei imperialen Raumfähren für gewöhnlich in die Außenhülle der Flügel eingebaut, was der Grund für ihre Größe ist. Die flachen Oberflächen sind ideal für die Übertragung von Energien ähnlich denen von Hyperraumsignalen, Subraumradiowellen oder Deflektorhüllen geeignet. Die Flügelstruktur ist mit Hitzedispersionssystemen ausgekleidet. Die Funktionen werden vom Zentralcomputer des Schiffs bedient, um Signalstörungen zu vermeiden.

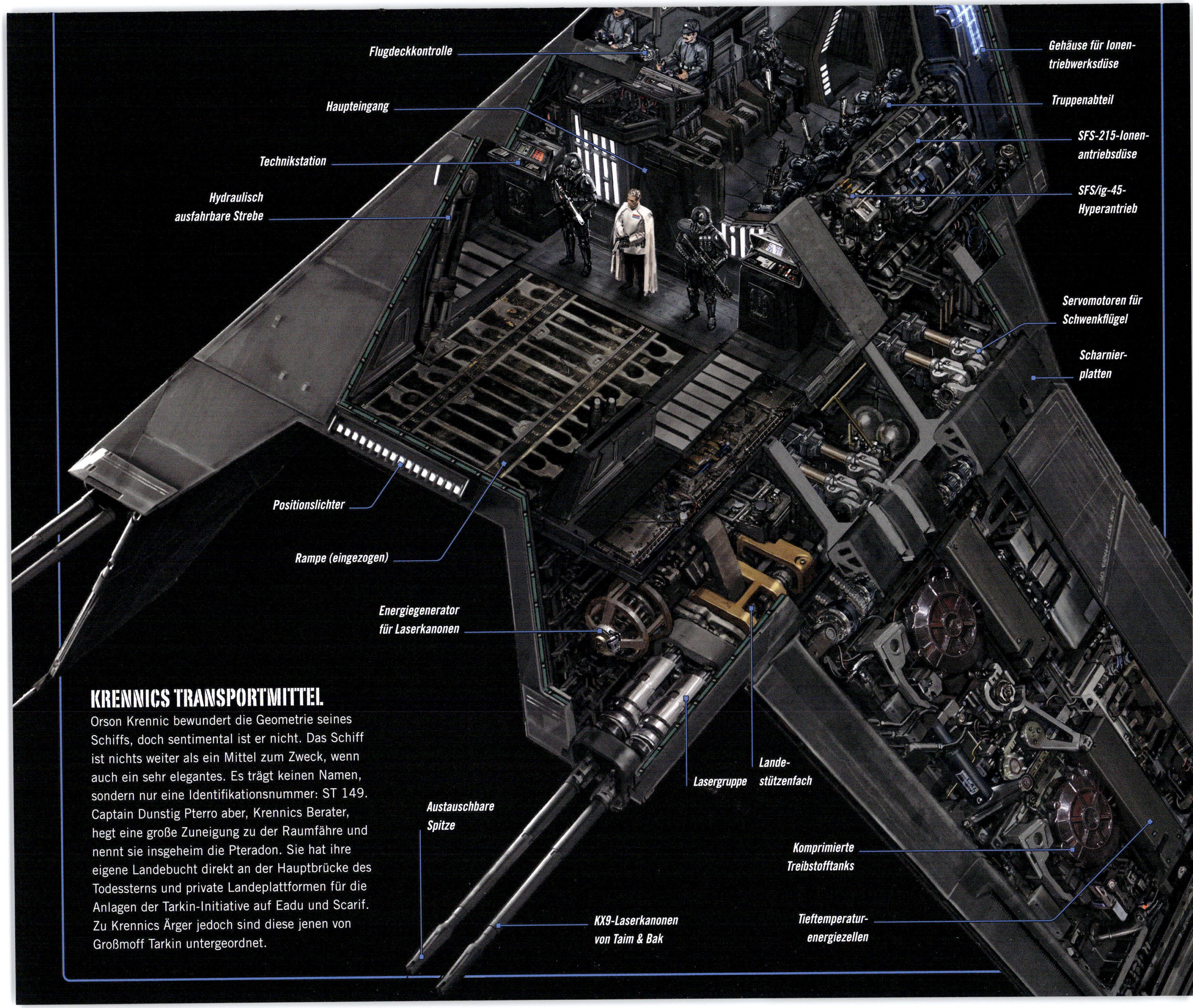

KRENNICS TRANSPORTMITTEL

Orson Krennic bewundert die Geometrie seines Schiffs, doch sentimental ist er nicht. Das Schiff ist nichts weiter als ein Mittel zum Zweck, wenn auch ein sehr elegantes. Es trägt keinen Namen, sondern nur eine Identifikationsnummer: ST 149. Captain Dunstig Pterro aber, Krennics Berater, hegt eine große Zuneigung zu der Raumfähre und nennt sie insgeheim die Pteradon. Sie hat ihre eigene Landebucht direkt an der Hauptbrücke des Todessterns und private Landeplattformen für die Anlagen der Tarkin-Initiative auf Eadu und Scarif. Zu Krennics Ärger jedoch sind diese jenen von Großmoff Tarkin untergeordnet.

TODESTRUPPEN

GEHÜLLT IN SCHWARZE, unheilvoll glänzende Rüstungen begleiten die Soldaten dieser Eliteeinheit die wichtigsten Einsätze und ranghöchsten Offiziere der imperialen Militärhierarchie für den Verteidigungsfall. Die Schutzeinheiten für die Anführer der Tarkin-Initiative und für hochrangige Flottenoffiziere bestehen aus Leibwächtern und Vollstreckern und werden vom imperialen Geheimdienst rekrutiert.

Todestruppler operieren normalerweise in kleinen Gruppen, in denen sie ihre speziellen Fähigkeiten optimal einsetzen.

Der Imperator hatte bereits zu Beginn seiner Regierungszeit ein feines Gespür für Symbolik. Er bediente sich alter Ikonen der Stärke und Einheit aus der Republik und anderen Kulturen und formte sie für das Imperium um. Der Name der Todestruppler stammt von einem angeblichen Projekt der Sondereinheit für Rüstungsforschung, das sich Gerüchten zufolge mit der Belebung von totem Fleisch befasste. Obwohl die Todestruppler offenbar nicht aus dieser Versuchsreihe stammen, hat ihr Name einen makabren Klang. Die schwarzen Rüstungen tragen ihren Teil dazu bei.

Todestruppler stammen aus den Rängen der Sturmtruppen. Sie müssen rigide physische und ideologische Standards erfüllen, um zum Todestruppler aufsteigen zu können. Streng geheime medizinische Experimente verstärken ihre Fähigkeiten und machen die Soldaten geradezu übermenschlich.

KRENNICS LEIBWACHE
Todestruppler dienen als Begleitschutz für Offiziere der Tarkin-Initiative – jener geheimen Abteilung, die für die Entwicklung des Todessterns verantwortlich ist. Direktor Orson Krennic wird nur selten ohne die Soldaten an seiner Seite gesehen.

Bewegungsmonitor von Neuro-Saav

SENSORSYSTEME
Die Ausrüstung der Todestruppler ist eine stark verbesserte Version der massenproduzierten Kluft der Sturmtruppler. Hochsensible Sensoren gewährleisten umfassendes Situationsbewusstsein.

KAMPFMONTUR

Die Rüstung der Todestruppler besteht aus Plastoid, das mit Reflec, einem neuartigen Sprühpolymer, überzogen wurde. Reflec verzerrt elektromagnetische Signale in passiven Sensoren. Die Soldaten sind schwerer zu orten und perfekt für Tarneinsätze ausgerüstet.

„DER TRUPPLER, DEN DU NICHT SIEHST, KRIEGT DICH ZU FASSEN."
– CASSIAN ANDOR

E-11D VON BLASTECH

Verstärkter, großkalibriger Lauf

VERTEIDIGUNG VON SCARIF
Während des feindlichen Angriffs auf die Zitadelle von Scarif befiehlt Krennic einem Kontingent seiner Leibwachen, den Strand zu verteidigen. Die Todestruppler kommen auf einem speziellen Truppentransporter an.

DIE BESTEN DER BESTEN

Ausgewählte Sturmtruppler, die in der Ausbildung hervorragende Eignung zeigen, werden einem speziellen Todestruppler-Trainingscamp auf Scarif zugewiesen. Physische Anforderungen sind unter anderem überdurchschnittliche Größe und entsprechendes Gewicht. Aus der harten Ausbildung in ungewohntem Klima gehen Soldaten hervor, die stärker, schneller und zäher sind als die Norm.

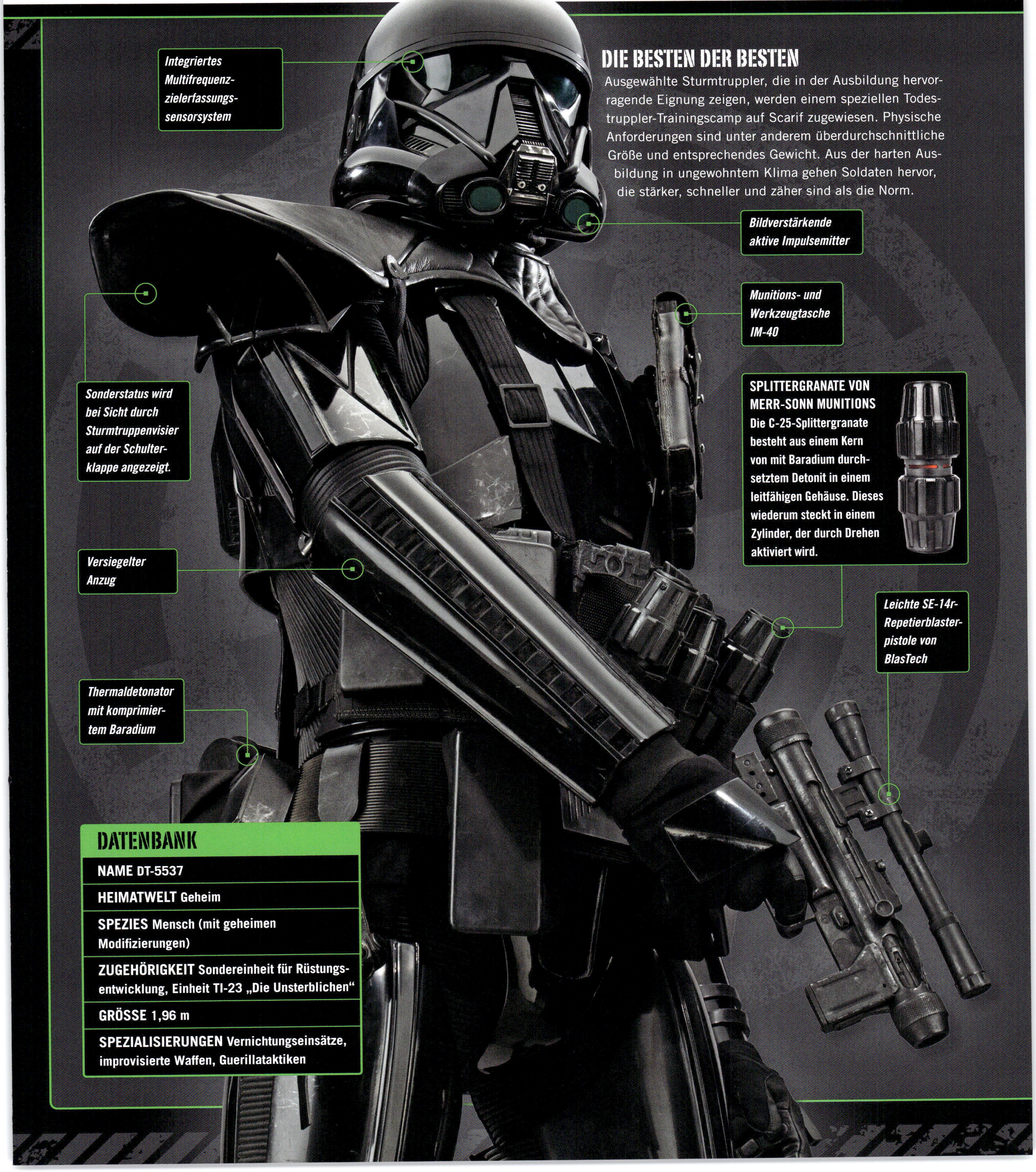

SPLITTERGRANATE VON MERR-SONN MUNITIONS
Die C-25-Splittergranate besteht aus einem Kern von mit Baradium durchsetztem Detonit in einem leitfähigen Gehäuse. Dieses wiederum steckt in einem Zylinder, der durch Drehen aktiviert wird.

DATENBANK

NAME DT-5537
HEIMATWELT Geheim
SPEZIES Mensch (mit geheimen Modifizierungen)
ZUGEHÖRIGKEIT Sondereinheit für Rüstungsentwicklung, Einheit TI-23 „Die Unsterblichen“
GRÖSSE 1,96 m
SPEZIALISIERUNGEN Vernichtungseinsätze, improvisierte Waffen, Guerillataktiken

GESTÖRTER FRIEDEN

DAS FRIEDLICHE LEBEN auf Lah'mu sollte nur von kurzer Dauer sein. Selbst ein brillanter Geist wie Galen Erso kann seine dunkle Vergangenheit nicht hinter sich lassen. Krennics Durchbruch scheint zum Greifen nah, nun da die Fertigstellung des Todessterns näher rückt. Jedoch kann nur Erso die alles entscheidende Energieumwandlungssequenz der Kyberkristalle entschlüsseln. Krennic braucht den flüchtigen Wissenschaftler und wird ihn um jeden Preis zurückholen.

JYNS VERSTECK

Kaum dass Krennics Shuttle in Sichtweite ist, drängen Galen und Lyra die kleine Jyn dazu, sich zu verstecken. Der viel geübte Ablauf sitzt – Jyn rennt den schwarzen Abhang hinter dem Haus hinunter und schlüpft durch eine getarnte Luke unter einem künstlichen Felsen in eine Höhle. In ihrem Versteck wartet sie auf Hilfe.

ALTE KOLLEGEN WIEDER VEREINT

Krennic lädt Galen und seine Familie ein, mit ihm nach Coruscant zurückzukehren und die Arbeit, die sie gemeinsam begonnen haben, wieder aufzunehmen. Er verspricht den Ersos Prestige als Helden des Imperiums, denn in seiner Vision wird der Todesstern die Galaxis auf triumphale Weise verändern. Galen weigert sich, wird aber dennoch zur Rückkehr gezwungen – unter großem, persönlichem Verlust.

KAPITEL 2

DIE REBELLENALLIANZ

Eine zerbrechliche Allianz von Sternensystemen hat sich zum Feind Imperator Palpatines erklärt und sich dem Kampf für die Wiederherstellung der Galaktischen Republik mit allen Mitteln verschrieben. Sie sind Idealisten, in der Unterzahl und nicht immer einer Meinung, doch sie müssen zusammenhalten, um ein Licht der Hoffnung in der Galaxis zu entzünden.

JYN ERSO

LIANA HALLIK, TANITH PONTA, KESTREL DAWN – Jyn Erso hat so viele Decknamen, dass sie stutzt, als sie zum ersten Mal mit ihrem richtigen Namen angesprochen wird. Ihr halbes Leben lang hat sie versucht, ihre verlustreiche Vergangenheit zu begraben, und versteckt ihre Trauer unter knallharter Rücksichtslosigkeit. Außer nacktem Überleben liegt Jyn nichts am Herzen und so ist das Imperium immer wieder Ziel ihrer – unpolitischen – Gewaltausbrüche.

Der Geheimdienst der Allianz hat ein ungefähres Bild von Jyns Vergangenheit, darunter eine Verbindung zu Galen Erso, einem hochdekorierten Wissenschaftler, der unter mysteriösen Umständen verschwunden ist. Als Galen mit der Entwicklung eines geheimen imperialen Waffenprogramms in Verbindung gebracht wird, befreien die Rebellen Jyn aus der Gefangenschaft in einem imperialen Arbeitslager auf Wobani. Für Jyn ist das jedoch nur ein weiteres Gefängnis. Die Agenda der Rebellen ist ihr egal. Und dass sie in Handschellen gebrieft wird, überzeugt sie kaum vom Gegenteil – bis ihr Vater erwähnt wird, von dem sie glaubt, dass er vor Jahren gestorben ist.

Auf Lah'mu war das Leben einfacher. Richtig und falsch waren in der Erziehung von Jyns Mutter Lyra klar definiert.

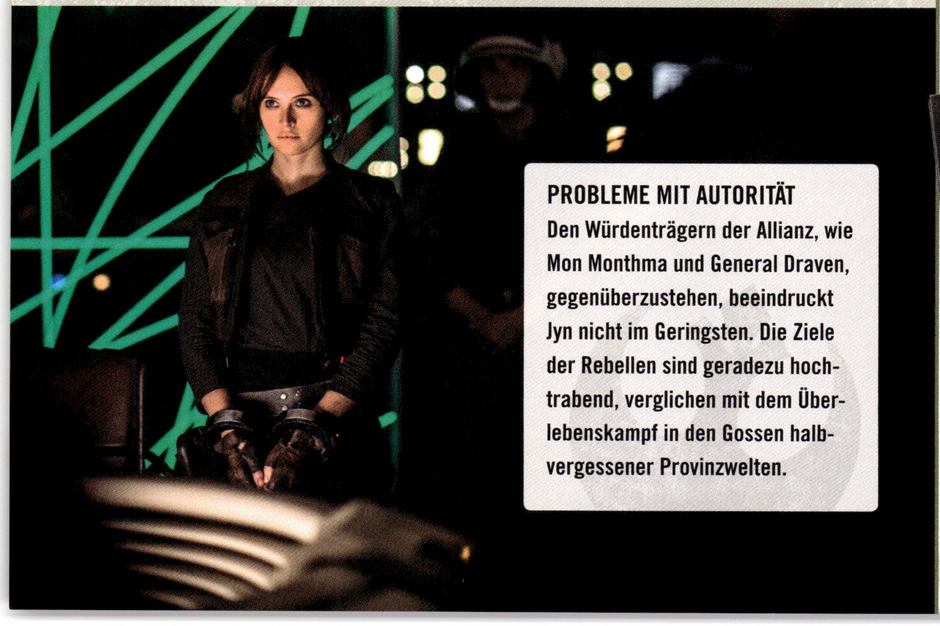

PROBLEME MIT AUTORITÄT

Den Würdenträgern der Allianz, wie Mon Monthma und General Draven, gegenüberzustehen, beeindruckt Jyn nicht im Geringsten. Die Ziele der Rebellen sind geradezu hochtrabend, verglichen mit dem Überlebenskampf in den Gossen halbvergessener Provinzwelten.

INNERER KONFLIKT

Jyns eisige Fassade schmilzt, als sie Zeugin der undenkbaren Pläne des Imperiums wird. Sie fleht die Anführer der Allianz um Unterstützung an, doch man begegnet ihr mit frustrierender Unentschlossenheit.

Die Ausrüstung ist wärmeisoliert für Einsätze in kaltem Klima.

VOM FLÜCHTLING ZUR SOLDATIN

Jyn wurde zu Beginn der Klonkriege geboren und verbrachte die ersten Jahre ihres Lebens auf Reisen, stets auf der Flucht vor galaktischen Konflikten. Die Einberufung Galens in die imperiale Forschung führte die Familie nach Coruscant, doch seine Gewissenskrise zwang sie zur Flucht vor dem Imperium – eingefädelt von Saw Gerrera. Saw rettete die scheinbar verwaiste Jyn von Lah'mu und machte aus ihr eine Kindersoldatin für seinen privaten Krieg gegen das Imperium.

„ICH HATTE NIE DEN LUXUS EINER POLITISCHEN MEINUNG."

– JYN ERSO

BERICHT DER REBELLEN-ALLIANZ ÜBER JYN ERSO

JEDER FÜR SICH

In der Zeit, die Jyn Erso bei Saw Gerreras Rebellen verbracht hat, lernte sie das Überleben auf die harte Tour. Aus ihr wurde eine starke Nahkämpferin, die hervorragend mit improvisierten Waffen umgehen kann – bevorzugt mit Knüppeln und Schlagstöcken.

DATENBANK

NAME Jyn Erso	
HEIMATPLANET Vallt	
SPEZIES Mensch	
ZUGEHÖRIGKEIT Vormals Mitglied von Saw Gerreras Aufrührern	
GRÖSSE 1,60 m	
ALTER 21 Standardjahre	

HAND-KOMLINK
Jyn trägt ein altes, aber funktionstüchtiges persönliches 2-MAL-Komlink bei sich. Dieses einfache, aber effektive Kommunikationsgerät wird vielfach von den Rebellen genutzt.

SAWS SCHÜLERIN

Zwischen acht und 16 war Jyn Soldatin in Saw Gerreras Bande von Aufrührern – einer Rebellengruppe, die ursprünglich von Onderon stammt und die so brutal kämpfte, dass die Rebellenallianz sich von ihr lossagte. Jyn verband einiges mit den hartgesottenen Kriegern, doch als die Gruppe einen heftigen Rückschlag erlitt, ließ Saw Jyn zurück, sodass sie wieder auf sich allein gestellt war. Nach diesem erneuten Verlust ist Jyns Fähigkeit, Vertrauen aufzubauen, nahezu ausgelöscht.

BLASTER
Jyn wurden sämtliche Waffen bei der Gefangennahme abgenommen, aber kurz darauf klaut sie sich eine unbewachte A-180 von BlasTech für die Mission, die vor ihr liegt.

LEBENSLAUF

22 VR1	Geburt auf Vallt
19 VR1	Umzug der Ersos nach Coruscant
17 VR1	Flucht der Ersos nach Lah'mu
13 VR1	Jyn wird von Saw Gerrera gerettet.
5 VR1	Saw Gerrera verlässt Jyn.
0 VR1	Befreiung von Wobani durch Rebellen

JYNS VERBRECHEN

STRAFTATEN DER KLASSE 1
Tätlicher Angriff auf imperiales Militärpersonal, Flucht aus Gewahrsam

STRAFTATEN DER KLASSE 2
Besitz illegaler Waffen, Fälschung imperialer Dokumente, Widerstand gegen die Festnahme

JYNS MISSION

ALS DER NAME GALEN ERSO in Verbindung mit imperialer Waffenentwicklung fällt, versetzt das den Geheimdienst der Allianz in Aufruhr – ein imperialer Überläufer hat gegenüber Saw Gerrera gar von einem von Erso entwickelten „Planetenzerstörer“ gesprochen. Jyn soll all diese beunruhigenden Informationsfetzen zusammenfügen. Die Rebellen wissen zwar, wo Saw sich versteckt, doch das Verhältnis zwischen ihm und Mon Mothmas Fraktion ist tief zerrüttet. Jyn soll der Allianz helfen, Kontakt mit Saw aufzunehmen.

GEFANGENENTRANSPORT

Jyns letzte Reiberei mit dem Imperium endete für sie in einem Arbeitslager auf dem rauen, stürmischen Planeten Wobani. Ein Spezialteam der Rebellen überfällt den HCVw A9-Turbopanzer, der sie und andere Gefangene an ihren Arbeitsort transportiert. Kaum hat Sergeant Ruescott Melshi ihr die Fußfesseln abgenommen, rennt sie davon, doch K-2SO kann sie für die Allianz in Gewahrsam nehmen.

DRAVEN GIBT NICHT AUF

Als höchster Offizier des Geheimdienstes auf Yavin 4 ist es an General Draven, das Rätsel um Galen Erso zu lösen. Er ist davon überzeugt, dass das Imperium in der Lage ist, eine unvorstellbare Superwaffe zu konstruieren. Jyns Aufmüpfigkeit nagt an Dravens Geduld, doch er vertraut darauf, dass Cassian Andor ihr auf die Finger schaut, um die Suchmission auf Kurs zu halten und Galen Erso zu finden.

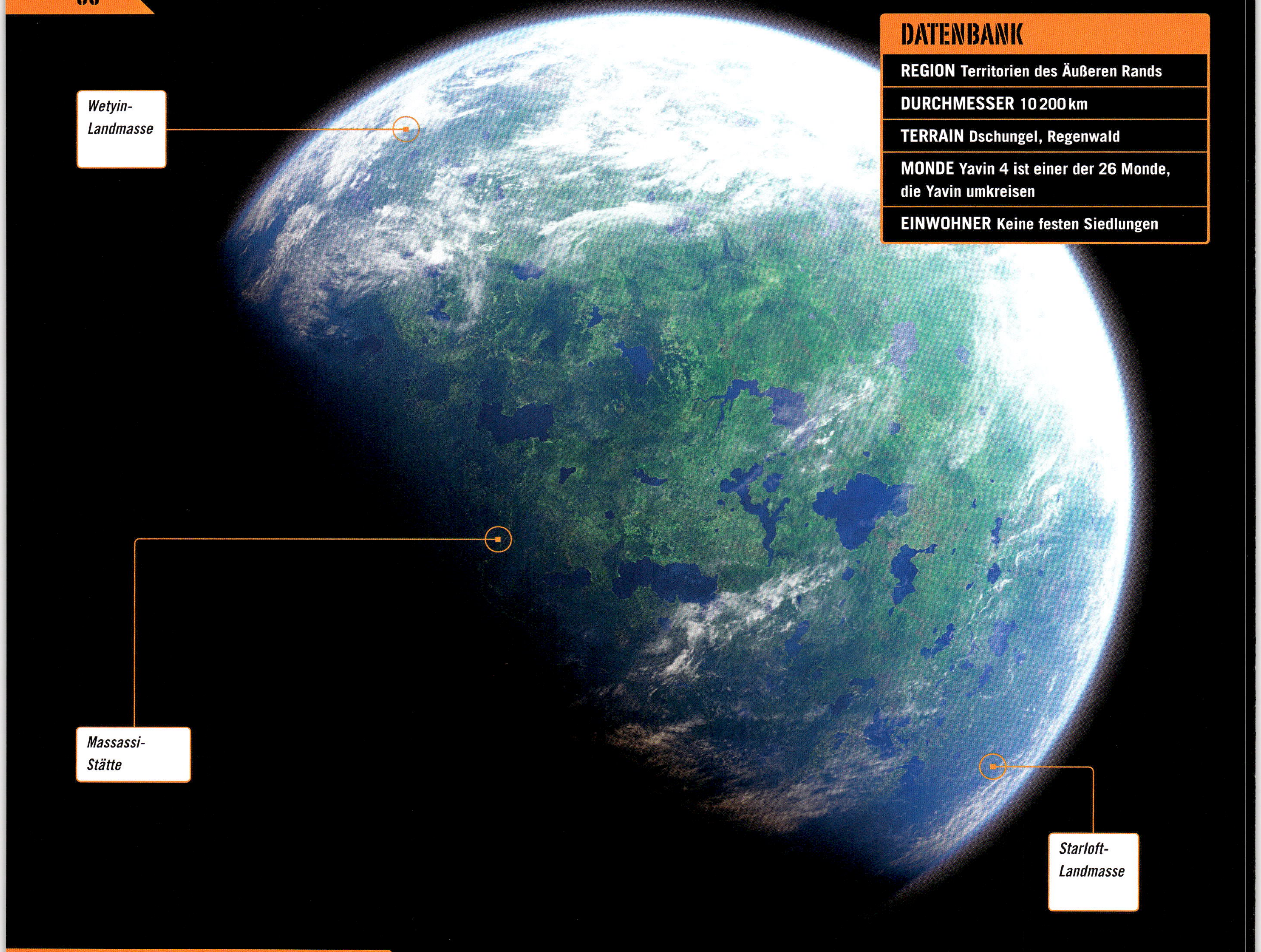

DATENBANK

REGION	Territorien des Äußeren Rands
DURCHMESSER	10 200 km
TERRAIN	Dschungel, Regenwald
MONDE	Yavin 4 ist einer der 26 Monde, die Yavin umkreisen
EINWOHNER	Keine festen Siedlungen

BASIS EINS

YAVIN 4

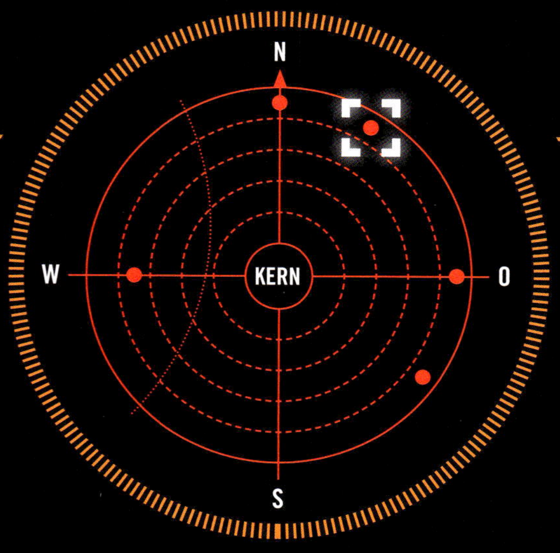

NACHDEM DER FÜHRUNGSSTAB der Rebellenallianz die Basis auf Dantooine geräumt hatte, wählte man den Dschungelmond ohne intelligentes Leben als nächstes Hauptquartier aus. Riesige, zerfallene Bauwerke weisen auf vergangene Zivilisationen hin. Eine dieser megalithischen Anlagen, die Massassi-Stätte, beherbergt die Rebellen unter dem Kommando von Mon Mothma, Bail Organa und Jan Dodonna. Von hier aus werden die Rebellen später jenen Angriff starten, der zu ihrem ersten Sieg über das Imperium führt.

DER GROSSE TEMPEL

Der gigantische Große Tempel, das größte Monument der Massassi-Stätte, dient den Rebellen als Basis. Das großräumige Innere wurde zu einem Hangar für die Flotte von X-, Y- und U-Flüglern umfunktioniert. Kabelverbindungen, Rohre und Abflüsse, Licht und sonstige Technik sind nicht fest installiert – das antike Gebäude soll nur als temporärer Außenposten dienen.

REBELLEN-HAUPTQUARTIER

STAFFELBASIS
Piloten und Reservisten der Gold-, Blau- und Rot-Staffel bilden den Großteil des Personals im Massassi-Außenposten.

BEREIT ZUM ABFLUG
Der gigantische Eingang des Großen Tempels erlaubt einen schnellen Transport der Sternenjäger aus den tiefer im Inneren gelegenen Wartungsbereichen.

KOMMANDOZENTRALE
Der Kommandoraum der Basis Eins ist gefüllt mit Taktik- und Kommunikationssystemen. Von hier aus überwachen und koordinieren Offiziere die Missionen.

WACHPOSTEN
Der Großteil von Yavin 4 ist unerforscht. Einsame Rebellenwachen halten auf Wachtürmen nach näherkommenden Gefahren Ausschau.

ANFÜHRERIN DER REBELLION

MON MOTHMA

MON MOTHMA wurde in das politische Leben hineingeboren. Ihr Vater war Schiedsmann in der Galaktischen Republik, ihre Mutter Gouverneurin ihrer Heimatwelt Chandrila. Als sie alt genug war, trat Mothma dem Galaktischen Senat bei und war unter den bis dato jüngsten Senatoren des Gremiums. Ihr politischer Aufstieg wurde von den schwersten Zeiten für die Republik begleitet – der Separatistenkrise, die zum Ausbruch der Klonkriege führte.

Während der Klonkriege zweifelte Senatorin Mon Mothma mehr und mehr an der unbegrenzten exekutiven Macht, die Palpatine zuteil wurde.

Mothma war loyal und folgte den Idealen der Republik. Doch als die Klonkriege andauerten, fragten sie und gleichgesinnte Senatoren sich, was aus ihrem Staat geworden war. Um die Kriegshandlungen besser koordinieren zu können, übergab der Senat dem Obersten Kanzler Palpatine vorübergehende Notfallvollmachten. Mit dieser neuen Autorität ausgestattet, ignorierte Palpatine viele Stimmen des Senats. Verantwortungsbewusste Politiker wie Bail Organa, Mon Mothma und Padmé Amidala hielten geheime Besprechungen ab, um Maßnahmen gegen Palpatines Machtmissbrauch zu diskutieren. Als man sich möglichen Lösungen außerhalb des Senats zuwandte, war die Saat der Rebellion gesät.

Die Senatoren Mon Mothma und Bail Organa organisierten Besprechungen in Cantham House, Organas Anwesen auf Coruscant, um die Struktur einer zukünftigen Rebellion zu diskutieren.

VISION DER HOFFNUNG
Die Senatoren Mothma und Organa haben Wege gefunden, um mithilfe des Senats heimlich die Rebellion zu unterstützen. Dabei müssen sie vorsichtig sein, da es im Senat von Spionen des Imperialen Sicherheitsbüros nur so wimmelt und man sie für ihre Handlungen schnell des Verrats bezichtigen könnte.

„WIR MÜSSEN DIESE WAFFE AUFHALTEN, BEVOR SIE FERTIG IST.“

– MON MOTHMA ZU JYN ERSO

Mothma will über Jyn Kontakt zu Saw Gerrera aufnehmen. Sie hofft, dass die Rebellion seine Beweise für die Entwicklung einer imperialen Superwaffe dem Senat vorlegen kann.

TOT ODER LEBENDIG

Als die immer grausameren Freveltaten des imperialen Militärs ihr keine Wahl mehr lassen, erhebt Mon Mothma öffentlich ihre Stimme und bezeichnet den Imperator in einer HoloNet-Bekanntmachung als lügenden Scharfrichter. Das katapultiert Mothma an die Spitze der Liste der meistgesuchten Verbrecher. Sie gibt ihren Sitz im Senat auf und flieht von Coruscant. Aus ihrer rebellischen Erklärung entsteht die Allianz zur Wiederherstellung der Republik.

SENATORIN IM EXIL

Da die Rebellion sowohl eine politische Bewegung als auch eine paramilitärische Vereinigung ist, nimmt Mon Mothma zweierlei Führungsrollen ein. Sie ist die Anführerin der Zivilen Regierung der Allianz mit dem Titel des Staatsoberhaupts. Da sie weiß, wie gefährlich unregulierte politische Macht sein kann, muss sie in Übereinstimmung mit den Vorsitzenden des Rats der Rebellion handeln. Auf militärischer Seite ist Mon Mothma Oberbefehlshaberin der Streitkräfte der Allianz, was die Bodentruppen, das Sternenjägerkorps und die Flotte der Allianz umfasst. Mothma aber bevorzugt den Titel „Senatorin", obwohl sie nicht mehr Teil dieses Organs ist.

DATENBANK

NAME	Mon Mothma
HEIMATPLANET	Chandrila
SPEZIES	Mensch
ZUGEHÖRIGKEIT	Anführerin der Allianz
GRÖSSE	1,73 m
ALTER	46 Standardjahre

ADMIRAL RADDUS

RADDUS, EIN GRIESGRÄMIGER Mon Calamari mit dunkelgrauer Haut und strengem Blick, hat die undankbare Aufgabe, der ganzen Macht der imperialen Sternenflotte die Stirn zu bieten. Er kommandiert die junge Flotte der Allianz, die Mon Mothma einst als den wichtigsten Teil der Rebellenstreitkräfte bezeichnet hat. Prognosen des Rats der Rebellen zufolge wird, sollte es einen Sieg über das Imperium geben, dieser mit Kriegsschiffen im Weltraum errungen.

Passend für eine so bunt zusammengewürfelte Organisation wie die Rebellenallianz besteht ihre Flotte aus einem ebenso unsortierten Aufgebot aus Hammerhead-Korvetten, umgebauten Fregatten der Republik, Alderaanischen Kreuzern und Frachtern der Gallofree-Werften. Im abgelegenen Telaris-System wird an einem neuen Rückgrat für die Flotte gearbeitet. Viele Mon Calamari-Schiffe verließen die Ozeanwelt Mon Cala, nachdem sie vom Imperium besetzt worden war. Riesige, ganze Städte beherbergende Schiffe verschwanden in den Hyperraum und werden nun von den Rebellen für Kriegszwecke umgerüstet. Einer der ersten dieser kampfbereiten Sternenkreuzer ist Raddus' Flaggschiff, die *Profundity*.

MON-CALAMARI-ASSISTENTEN
Raddus' Assistenten Caitken und Shollan setzen jeden Befehl umgehend in die Tat um und sind jederzeit in Raddus' Nähe.

MON CALAMARI DER TAT

Raddus ist durch und durch pragmatisch – eine Eigenschaft, die er sich in den kalten, dunklen Tiefen seiner Heimatmeere angeeignet hat. Motivierende Reden von Freiheit, Gerechtigkeit und anderen philosophischen Angelegenheiten überlässt er anderen. Das Hin- und Herüberlegen im Rebellenrat schürt seine Ungeduld und die Idee, mit dem Imperium zu verhandeln, hält er für illusorisch.

„ICH SAGE: KÄMPFEN!"
– ADMIRAL RADDUS

Da er auf der stets mobilen Flotte stationiert ist, setzt Raddus selten einen Fuß auf den Boden von Yavin 4. Wichtige Angelegenheiten im Rebellenrat erfordern jedoch hin und wieder seine Anwesenheit.

UNTERSTÜTZUNG FÜR STERNENJÄGER
Die Rebellion konzentriert sich auf die Konstruktion starker Sternenjäger, aber auch Großkampfschiffe werden dringend benötigt. Sobald sie fertiggestellt sind, werden sie die Jäger ins Kampfgebiet bringen. Damit vergrößern sie deren Reichweite und verringern das Risiko der Entdeckung von geheimen Basen wie Yavin 4.

AUS DER TIEFE

Raddus und seine Flottenoffiziere stammen aus den Meerestiefen der kalten Polarregionen seiner Heimatwelt Mon Cala. Man sagt, dass das Blut seiner zähen Landsleute dicker ist als das ihrer farbenfroheren Nachbarn aus den tropischen Gegenden – ein Ruf, mit dem Raddus ganz zufrieden ist. Er hält sich nicht mit dem Austausch von Nettigkeiten auf, und das Imperium hat einst den fatalen Fehler gemacht, die Mon Calamari zu unterschätzen. Der Rebellenrat sollte diesen Fehler auf keinen Fall wiederholen.

DATENBANK

NAME Raddus

HEIMATPLANET Mon Cala

SPEZIES Mon Calamari

RANG Admiral der Flotte der Rebellenallianz

GRÖSSE 1,90 m

ALTER 65 Standardjahre

GENERAL DRAVEN

DER GEHEIMDIENST der Allianz wird im Rebellenrat und in der Yavin-Basis von Davits Draven repräsentiert, da General Airen Cracken mit dem Aufbau von Spionagenetzwerken im Äußeren Rand beschäftigt ist. Als Veteran der Klonkriege und von Cracken ausgebildeter Feldagent hat er sich Mon Mothmas Respekt verdient – obwohl sie ihn manchmal schwierig findet. Draven hat keinen Zweifel an der Grausamkeit des Imperiums. Er will schnell handeln, um ihm Einhalt zu gebieten.

Während der Klonkriege diente Draven im militärischen Geheimdienst der Republik. Er hatte zwar nie mit den Jedi-Generälen zu tun, die die Klonarmee kommandierten, doch er arbeitete regelmäßig mit Strategen, Flottenkommandeuren und anderen Offizieren zusammen, die später den Kern des imperialen Militärs bildeten. Dadurch hat er eine unerschütterliche Meinung zur imperialen Psychologie: Er kennt die Männer und Frauen, die das Militär aufgebaut haben, und weiß, wie weit sie gehen würden, um die Dominanz des Imperiums zu festigen. Draven schloss sich der Rebellion an, um das Imperium zu stoppen, bevor es zu mächtig würde. Doch die Rebellen haben in seinen Augen schon zu viele Möglichkeiten verpasst.

Dravens Pragmatismus bremst die Debatten im Rebellenrat oft aus, doch seine harten Worte enthalten nichts als die nackte Wahrheit. Die schwierigen und unpopulären Entscheidungen liegen oft bei ihm.

UNGLEICHE PARTNER

General Merrick sorgt sich oft um die fehlende Menschlichkeit in Dravens pragmatischen, kalten Berechnungen. Zwar hat Draven als Chef des Geheimdienstes Mitarbeiter, doch diejenigen, die an ihn berichten, arbeiten normalerweise allein. Merricks Pilotenstaffeln dagegen müssen kooperieren und eine geschlossene Einheit bilden.

„KEINE BEFREIUNG. SIE FINDEN IHN – SIE TÖTEN IHN. SO LAUTET IHR BEFEHL.“

– GENERAL DRAVEN ZU CAPTAIN CASSIAN ANDOR

STILLER KRIEGER

In der Zeit vor dem offenen Krieg verlässt sich die Rebellion auf präzise Schläge, die möglichst nicht bemerkt werden. Sabotage, Diebstahl und Meuchelmord sind glanzlose Siege, die weder das Imperium noch die Rebellen zugeben. Doch Draven weiß, wie notwendig solche Missionen sind. Er führt sie nicht für Ruhm und Ehre aus, sondern weil er in der Lage dazu ist.

MÖRDERISCHE MISSION

Draven fürchtet Galen Ersos zerstörerisches Genie und entsendet eine Staffel Jäger, um ihn auf Eadu zu eliminieren. Als sich herausstellt, dass dies das Rebellenteam bei ihrer Suchmission in Gefahr bringt, ruft er die Piloten zurück, doch es ist bereits zu spät.

DATENBANK

NAME	Davits Draven
HEIMATPLANET	Pendarr III
SPEZIES	Mensch
ZUGEHÖRIGKEIT	Rebellenallianz, Geheimdienst
GRÖSSE	1,91 m
ALTER	45 Standardjahre

DAS RISIKO ABWÄGEN

Der Geheimdienst der Allianz ist ständig in Alarmbereitschaft im Falle imperialer Operationen, die die Rebellion enttarnen sollen. Die Berichte über den Todesstern sind zu entsetzlich, um sie zu ignorieren, allerdings klingen sie auch nach einer maßgeschneiderten Falle. Einige halten sie für eine List des Imperiums, die die Rebellenflotte an einem Ort versammeln soll. Draven muss die Wahrscheinlichkeit eines solchen Szenarios abwägen. So unvorstellbar der Todesstern auch ist, seine Erfahrungen mit dem Größenwahn des Imperiums lassen ihn durchaus plausibel erscheinen.

BLAU EINS

GENERAL MERRICK

GENERAL ANTOC MERRICK kommandiert die Sternenjäger der Rebellenbasis auf Yavin 4 und hat direkte Befugnis über die X-, Y- und U-Flügler in der Massassi-Stätte auf dem Dschungelmond. Darüber hinaus fliegt er als Anführer der Blau-Staffel von U-Flüglern unter dem Codenamen Blau Eins. Merrick hat mehrere hundert Flugstunden im U-Flügler absolviert, doch für den Einsatz als Staffelführer bevorzugt er den T-65-X-Flügler.

Merrick liegt jeder seiner Jägerpiloten am Herzen und er würde ihre Leben nie unnötig aufs Spiel setzen.

Früher war Merrick Anführer einer kleinen Flotte zur planetaren Verteidigung, der Luftkavallerie von Virujansi. Sein Heimatplanet durchlebte starke politische Veränderungen, als ein imperialer Gouverneur den regierenden Rat von Virujansi entmachtete und die regierungstreuen Militärstreitkräfte aufgelöst wurden. Die Piloten der Kavallerie wurden zwar eingeladen, sich der imperialen Flotte anzuschließen, doch für Merrick kam das nicht infrage. Stattdessen entschieden er und der Pilot Garven Dries sich für den vorzeitigen Ruhestand, verließen den Planeten und traten der Rebellenallianz bei. Deren Sternenjägerstaffeln zeigten ohnehin größere Einheitlichkeit und fliegerisches Können als die einfallslosen TIE-Jäger des Imperiums.

Als Teil des Rebellenrats hat Merrick Einfluss auf die Richtung, die die Rebellion in diesen entscheidenden Tagen einschlagen soll.

„DAS IMPERIUM HAT MASSENVERNICHTUNGS-WAFFEN. DIE REBELLION NICHT."

– GENERAL MERRICK

UNGEWISSE ZUKUNFT

Merrick wägt Jyns Worte sorgfältig ab – zwar sind die Neuigkeiten gravierend, doch es gibt keine Beweise für eine mögliche Schwachstelle in der neuen Superwaffe des Imperiums.

GENERAL UND BESCHÜTZER

Die U-Flügler-Piloten tragen in Kampfeinsätzen besondere Verantwortung, da sie Infanterieeinheiten zu ihren Einsatzorten bringen und sie von dort abholen. Ihre Fähigkeiten sind für das Überleben aller an Bord verantwortlich. U-Flügler-Piloten werden nicht für ihre waghalsigen Manöver gerühmt – solch ein Risiko können sie nicht eingehen. Merrick fühlt sich daher für sie besonders verantwortlich.

JÄGERKOMMANDANT

In seltenen Fällen, zum Beispiel wenn das gesamte Sternenjägergeschwader des Massassi-Außenpostens gemeinsam ausrückt, ist Merrick als General weisungsbefugt gegenüber anderen Staffelführern wie Garven Dreis (Rot Eins) und Dutch Vander (Gold Eins). Ist Merrick nicht anwesend oder wird eine Operation vom Boden aus koordiniert, obliegt das Kommando über die Sternenjäger General Jan Dodonna.

DER KLEINE UNTERSCHIED

Merrick ist sich bewusst, dass seine Sternenjäger in einem Krieg gegen das Imperium eine entscheidende Rolle spielen werden. Die Rebellion kann sich die nötigen Großkampfschiffe nicht leisten, die sie für einen Krieg gegen die imperiale Sternenflotte bräuchte. Stattdessen fließen alle Ressourcen in die Wartung der überstrapazierten Jäger, die im Gegensatz zu den Schwärmen an TIE-Jägern des Imperiums lange Strecken zurücklegen können. Die Rebellenschiffe können aus der Entfernung zuschlagen und sich dann blitzschnell in den Hyperraum zurückziehen.

DATENBANK

NAME Antoc Merrick

HEIMATPLANET Virujansi

SPEZIES Mensch

ZUGEHÖRIGKEIT Rebellen des Massassi-Außenpostens, Blau-Staffel

GRÖSSE 1,82 m

ALTER 46 Standardjahre

PILOTENHELM
Die Rebellenallianz bevorzugt K-22995-Helme von Koensayr, da sie einfach zu beschaffen und nachzubauen sind und sich durch ein stabiles Design auszeichnen.

KOMMANDO DER ALLIANZ

DIE REBELLENGRUPPEN, die sich im Massassi-Außenposten versammelt haben, bilden gemeinsam den Kern des Oberkommandos der Allianz. Obwohl das Imperium das Gegenteil behauptet, ist die stetig wachsende Allianz mit ihren Vordenkern Mon Mothma und Bail Organa fest strukturiert. Zusätzlich zu ihrem zivilen Regierungsverbund unterliegt auch ihr Militär einer Hierarchie. Es gibt zwar einzelne improvisierte Rebellengruppen, aber der Massassi-Außenposten führt ein effizientes Kommando.

Die Nachricht von einer imperialen Superwaffe und die Frage nach dem nächsten Schritt spalten den Rat.

Die obere Kommandoriege des Militärs der Allianz, umgangssprachlich als Rebellenrat bezeichnet, unterhält auch eine zivile Komponente: die Senatoren. Besprechungen des Oberkommandos werden durchaus hitzig ausgetragen, insbesondere in angespannten Zeiten wie diesen.

Erfolgreiche Angriffe auf imperiale Ziele auf Lothal, Garel und Ord Biniir haben der Allianz Aufwind gegeben, doch keiner von ihnen konnte einen Sieg hervorbringen, der die Stärke der Rebellion eindeutig unter Beweis gestellt hätte. Einige Mitglieder beharren auf Friedensverhandlungen mit dem Imperium, in deren Folge Palpatine seine ihm in den Klonkriegen erteilten Vollmachten ablegen müsste und der Senat als primäres Staatsorgan wieder eingesetzt würde.

General Draven, der Anführer des Geheimdienstes der Allianz, weiß, wozu das Imperium imstande ist und empfiehlt die sofortige Evakuierung.

RANGABZEICHEN

Die Allianz hat das alderaanische System von fünf Augen, die auf einer Plakette aus gebürstetem Metall angeordnet sind, übernommen.

- General
- Colonel
- Commander
- Major
- Captain
- Lieutenant

GENERAL PITT ONORAN

Onoran leitet die Spezialeinheit auf Yavin 4. Er gewann wertvolle Erfahrung als Logistikoffizier der Armee der Republik während der Klonkriege.

COLONEL HAXEN DELTO

Deltos Team aus Spezialisten durchsucht Holonet- und Subraumübertragungen nach Mustern und anderen verwertbaren Informationen. Sein methodischer Ansatz kommt der Aufgabe sehr zugute.

COLONEL BANDWIN COR

Wenn General Merrick die Sternenjäger der Allianz kommandiert, übernimmt Colonel Cor die täglichen Aufgaben und Entscheidungen. Cor arbeitet eng mit General Dodonna zusammen, um die verfügbaren Jäger im Gordianischen Gebiet, dem Raum um Yavin 4, so effizient wie möglich einzusetzen. Er erfüllt seine Aufgabe sachlich und pragmatisch. Die Jäger sind für ihn Nummern in den Akten.

Schlichte Gürtelschnalle

Sandfarbene Jacke ist Teil der alderaanischen Militärkleidung.

COLONEL ANJ ZAVOR
Anj Zavor arbeitet für das Flottenkommando und ist Admiral Raddus' Ansprechpartner auf Yavin 4. Da Raddus immer in Bewegung ist, unterhält Zavor einen offenen Kommunikationskanal für ihn.

GENERAL BACCAM GRAFIS
Grafis' Aufgabengebiet ist der Nachschub – er sorgt für die Beschaffung notwendigen Materials für die Rebellion. Er unterhält Versorgungslinien für Treibstoff und Bewaffnung für die Sternenschiffe.

GENERAL DUSTIL FORELL
Das Transportnetzwerk auf Yavin 4 ist äußerst dürftig – es umfasst weniger als ein Dutzend mittelgroße Transporter und einen für Militärzwecke umgerüsteten leichten Frachter. Forell hält es mit seiner Mannschaft aufrecht.

MAJOR CAPIN HARINAR
Als Teil von General Dravens Geheimdienst untersucht der Analytiker Harinar erbeutete imperiale Technologie, um die Fähigkeiten des Feindes einzuschätzen und mögliche Gegenmaßnahmen zu entwickeln.

GENERAL JAN DODONNA

Als Kommandant der auf Yavin 4 stationierten Rebellen hat General Dodonnas Wort im Rebellenrat Gewicht. Der Veteran war während der Klonkriege als Brückenoffizier auf einem Sternenzerstörer der *Venator*-Klasse tätig. In der Anfangszeit des Imperiums führte er seinen Dienst zunächst fort, doch dann lief er bald desillusioniert zur Rebellenallianz über.

Taktikermantel nach alderaanischem Brauch

SENATOREN

DIE HIERARCHIE der Rebellenallianz besteht aus zwei Hauptorganen: dem Militär und der zivilen Regierung. Letztere steht für das Ziel der Rebellen, die Republik und den Galaktischen Senat als Instrumente einer gleichberechtigten und demokratischen Herrschaft wiederherzustellen. Mon Mothma, das nominelle Staatsoberhaupt der Zivilregierung der Allianz, ist die Vorsitzende des Kabinetts, eines Gremiums aus sechs Ministern mit unterschiedlichen Verantwortungsbereichen.

Bail Organa hat über Jahre hinweg heimlich die Fäden bei der Organisation der Rebellion gezogen. Alderaan unterstützt ihr Vorhaben maßgeblich.

Der Rebellenrat ist eine Versammlung aus Repräsentanten des Militärs und der zivilen Regierung und darauf ausgelegt, unterschiedliche Ansichten zu Gehör zu bringen. Debatten und Uneinigkeit sind durchaus erwünscht. In Krisenzeiten jedoch steht sich dieses Forum selbst im Weg. Mon Mothma ist es leid, zu viel exekutive Macht auszuüben, da sie dadurch nicht viel besser ist als ihr ärgster Feind, der Imperator. Sie ist zwar kein Mitglied des imperialen Senats mehr, hält aber engen Kontakt mit ihren Verbündeten dort. Die Rebellion ist in einer entscheidenden Phase: Sollte die Bedrohung durch den Todesstern real sein, steht die Allianz sowohl kurz davor, das ganze Ausmaß der Bosheit des Imperiums aufzudecken als auch vor der endgültigen Zerstörung.

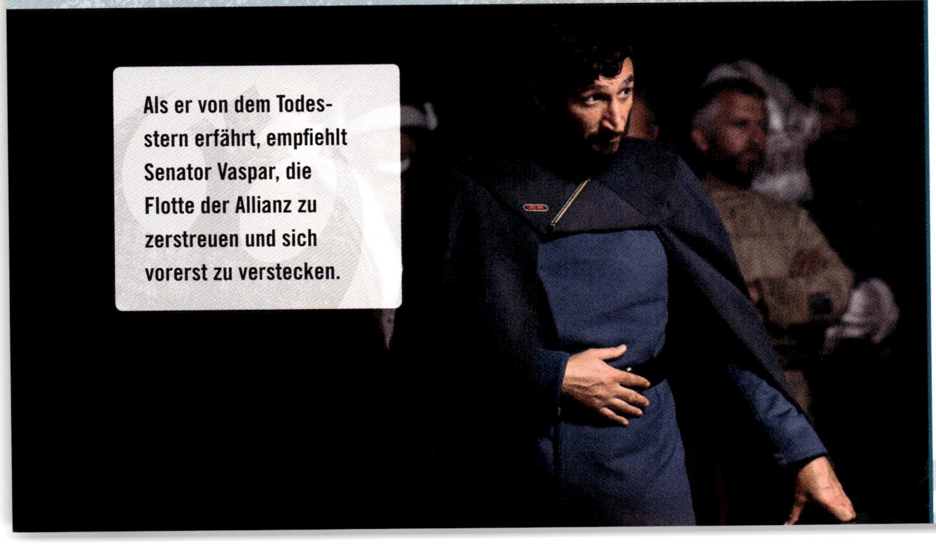

Als er von dem Todesstern erfährt, empfiehlt Senator Vaspar, die Flotte der Allianz zu zerstreuen und sich vorerst zu verstecken.

SENATOR JEBEL

Senator Nower Jebel von Uyter ist der Finanzminister des Kabinetts der Allianz. In seinen Augen sind die Zeiten der Gewalt vorüber und eine Einigung durch Friedensverhandlungen im Bereich des Möglichen. Er glaubt fest an die Macht des Senats als diplomatisches Instrument und verabscheut offene Feindseligkeit. Die gewalttätigen Anschläge Saw Gerreras, die Unschuldige das Leben gekostet haben, sind ihm noch gut in Erinnerung. Der Weg zum Frieden darf nicht mit dem Blut von Zivilisten befleckt werden, erklärt er – allerdings hat er bisher wenig Beweise für die Kompromissbereitschaft des Imperiums vorlegen können. Außerdem verweigert er sich zunehmend anderen Ansichten.

SENATOR VASPAR

Vasp Vaspar, der Senator des Taldot-Sektors, dient der Rebellion als Industrieminister und verwaltet deren wenige, aber lebenswichtige Ressourcen. Durch seine Position ist er zwar nicht so risikofreudig wie einige seiner Kollegen, aber im Gegensatz zu Senator Jebel geht er Konflikten nicht aus dem Weg. Seiner Meinung nach sollten Kampfhandlungen jedoch wohldosiert eingesetzt werden, denn ein offener Krieg wäre für die um jeden Credit kämpfende Rebellion alles andere als nachhaltig. Vaspar hält den Todesstern für realistisch, doch er pflichtet Jebel bei, dass ein Angriff auf ihn undenkbar wäre.

Rotes Innenfutter erinnert an die Schlacht von Balamak.

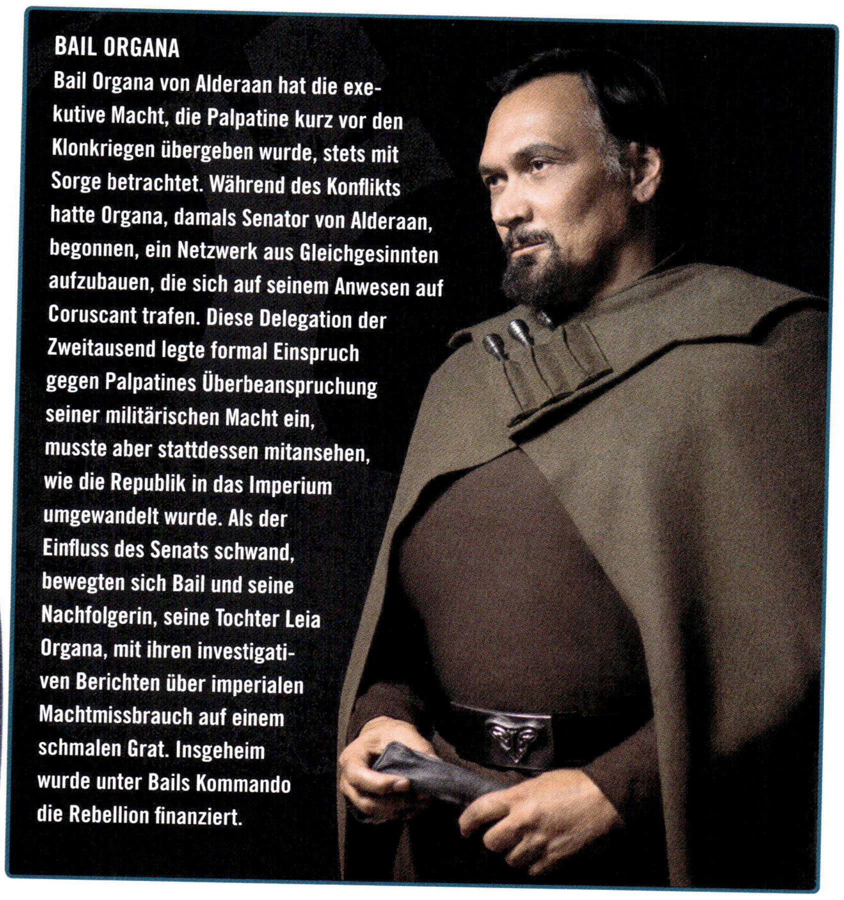

BAIL ORGANA

Bail Organa von Alderaan hat die exekutive Macht, die Palpatine kurz vor den Klonkriegen übergeben wurde, stets mit Sorge betrachtet. Während des Konflikts hatte Organa, damals Senator von Alderaan, begonnen, ein Netzwerk aus Gleichgesinnten aufzubauen, die sich auf seinem Anwesen auf Coruscant trafen. Diese Delegation der Zweitausend legte formal Einspruch gegen Palpatines Überbeanspruchung seiner militärischen Macht ein, musste aber stattdessen mitansehen, wie die Republik in das Imperium umgewandelt wurde. Als der Einfluss des Senats schwand, bewegten sich Bail und seine Nachfolgerin, seine Tochter Leia Organa, mit ihren investigativen Berichten über imperialen Machtmissbrauch auf einem schmalen Grat. Insgeheim wurde unter Bails Kommando die Rebellion finanziert.

SENATORIN PAMLO

Senatorin Tynnra Pamlo von Taris ist wegen der Gerüchte über den Todesstern in heller Aufregung. Als Bildungsministerin arbeitet sie eng mit dem Geheimdienst der Allianz zusammen und hat Beweise für die Grausamkeit des Imperiums mit eigenen Augen gesehen, einschließlich der Massaker auf Ghorman, Geonosis und Lasan. Pamlo zweifelt keine Sekunde an der Existenz des Todessterns und der Bereitschaft des Imperiums, ihn zu benutzen, aber sie möchte sich erst bei ihren Bürgern rückversichern. Sie weiß, dass ein Angriff auf das Imperium ihre Heimatwelt ins Kreuzfeuer eines Planetenvernichters bewegen würde.

Tarisianisches Amulett der Robb

CASSIAN ANDOR

ALS VERSIERTER OFFIZIER des Geheimdienstes der Allianz mit Erfahrung in Undercover- und Kampfeinsätzen ist Captain Cassian Andor ein disziplinierter Agent, der die Befehlskette respektiert und seinen Auftrag ausführt, ohne ihn zu hinterfragen. Agenten, die mit ihm zusammengearbeitet haben, bewundern seinen kühlen Kopf und seine Fähigkeit, Missionen mit minimalem Aufwand zu erfüllen.

Cassian glaubt, dass das Imperium zu schlimmen Verbrechen gegen die Zivilisation fähig ist. Er kann die Gerüchte um die neue Superwaffe nicht ignorieren.

Andor wuchs in den unzivilisierten Gegenden des Äußeren Rands auf und kämpfte während der Klonkriege gegen die Republik. Sein Vater kam bei Protesten an der Akademie von Carida gegen den stetig wachsenden Militarismus der Republik ums Leben. Obwohl er nicht offiziell den Separatisten angehörte, schloss Cassian sich in jungen Jahren einer Gruppe von Aufständischen an. Beim Flaschen- und Steinewerfen auf republikanische Läufer lernte er, dass selbst die größte Kriegsmaschine mit Sand im richtigen Getriebe ausgeschaltet werden kann. Zu Zeiten des Imperiums wurde Andor in anarchistische, antiimperiale Bewegungen hineingezogen. General Draven rekrutierte ihn schließlich für die Rebellion.

Jyn Ersos undiszipliniertes Wesen ist immer wieder Anlass für Streitereien mit Cassian, als die beiden sich verkleidet als Pilger auf dem besetzten Jedha umsehen.

SICHERHEITSLÜCKE
Nach Jahren kreativer Gesetzesauslegung ist Cassian ein Ausbruchsmeister. Mit einem kleinen Werkzeugset, das er in seinem Stiefel versteckt, knackt er das simple Schloss seiner Zelle in Saw Gerreras Gefängnis.

WERKZEUGSET IN FÜR SENSOREN NICHT ORTBARER TASCHE

„ICH KÄMPFE IN DIESEM KRIEG SEIT ICH SECHS BIN."

– CASSIAN ANDOR ZU JYN ERSO

AUGEN UND OHREN
In der dicht besiedelten urbanen Enklave auf dem Ring von Kafrene trifft Captain Andor sich mit Tivik, einem wichtigen Informanten für die Rebellen. Die verstopfte Stadt erleichtert es Spionen, unauffällig zu verschwinden, doch sie wird auch von Sturmtruppen patrouilliert.

Wasserabweisender, wetterfester Stoff

A-280-CFE von BlasTech in Scharfschützenkonfiguration

HARTE ARBEIT

Die noch junge Rebellenallianz ist stark von Geheimoperationen abhängig, um imperiale Einsätze zu sabotieren. Die Angriffe sind gezielt und diskret. Andors Akte ist angefüllt mit Sabotageakten, Spionage und sogar Auftragsmorden. Er weiß aus Erfahrung, wie wirkungsvoll imperiale Verhöre sein können, und respektiert die Notwendigkeit, Informationen vor Feldagenten geheim zu halten. Er arbeitet rund um die Uhr, um keine Zeit zum Nachdenken über einige seiner extremeren Aufträge zu haben.

GEHEIMAGENT

Den Großteil seiner Karriere im Geheimdienst verbrachte Cassian Andor mit Feldeinsätzen – ein gefährlicher Posten, der Agenten immer wieder in direkten Kontakt mit dem Imperium bringt. Die Wahrscheinlichkeit, dass ein Agent 20 Missionen überlebt, liegt bei 23 Prozent – vier von fünf Agenten kommen vorher um. Vor Kurzem wurde Andor der Abteilung für Such- und Rettungsmissionen zugewiesen und bekam den Befehl, die Befreiung von Jyn Erso aus dem Gefängnis zu planen und die Suche nach Saw Gerrera und Galen Erso zu leiten.

DATENBANK

NAME Cassian Jeron Andor
HEIMATPLANET Fest
SPEZIES Mensch
ZUGEHÖRIGKEIT Rebellenallianz
GRÖSSE 1,78 m
ALTER 26 Standardjahre

DECKNAMEN

WILLIX Regierungsagent auf Ord Mantell
AACH Senatskontaktmann auf Darknell
ULTHAR BLAZE Assistent des imperialen Admirals Grendreef
FULCRUM Anwerber im Albarrio-Sektor

MULTIFUNKTIONALE WAFFE
Cassians A-280-CFE (Version für verdeckte Einsätze) ist modular konstruiert, damit die Basis-Blasterpistole leicht zum Scharfschützen- oder Sturmgewehr umgebaut werden kann.

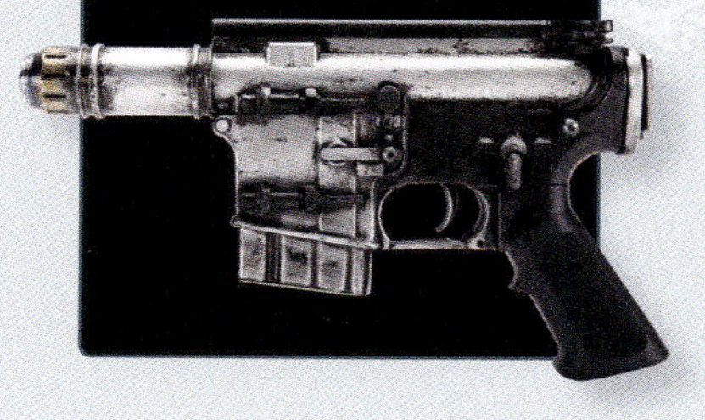

EINE NEUE PARTNERSCHAFT

Als erfahrener Spion begegnet Cassian Jyn und ihrer lückenhaften Geschichte mit Vorsicht. Ebenso vertraut Jyn nach Jahren des Überlebenskampfes in den härtesten Gegenden der Galaxis niemandem mehr. Soll ihre Suchmission jedoch gelingen, müssen beide ihre Grenzen überwinden.

K-2SO

OBWOHL SEINE LOYALITÄT der Allianz gilt, versetzt der umprogrammierte imperiale Sicherheitsdroide K-2SO die Rebellen leicht in Angst und Schrecken, wenn er in der Basis auf Yavin 4 auftaucht. Die tief sitzende Erinnerung an die Kampfdroiden der Klonkriege lässt beim Anblick eines frei agierenden Droiden bei vielen die Alarmglocken schrillen. K-2SO ist ein Undercover-Agent, der sich perfekt in die Umgebung imperialer Außenposten einfügt.

K-2SO kennt die Datenarchitektur imperialer Netzwerke ganz genau und navigiert mit Leichtigkeit durch verschlüsselte Leitungen.

Als der Senat das Verbot des Kampfdroidenbaus verabschiedete, umging Arakyd Industries die daraus folgenden Einschränkungen, indem es seine KX-Serie als Sicherheitsdroiden klassifizierte. Sie sind von der eingebauten Sperre gegen den Angriff auf organisches Leben ausgenommen und erkennen durch Standardeinstellungen imperiale Militärs ab dem Rang des Lieutenants.

Cassian Andor übernahm die schwere Aufgabe, die Persönlichkeit von K-2SO umzuformatieren. Den Großteil der Voreinstellungen von Arakyd Industries konnte er beseitigen, doch mit einem Nebeneffekt: K-2SOs Bemerkungen sind von brutaler Ehrlichkeit, selbst dann, wenn sie alles andere als willkommen sind.

Bei seiner Ankunft auf Jedha befiehlt Captain Andor K-2SO, außer Sichtweite zu bleiben, um keine Aufmerksamkeit zu erregen. K-2SO beeindruckt dieser Befehl herzlich wenig.

REAKTIONSSCHNELL

Die Ingenieure von Arakyd sind besonders stolz auf die anatomische Struktur ihrer KX-Serie. Obwohl seine Proportionen eine Verzerrung des Körperbaus eines durchschnittlichen Menschen darstellen, sind K-2SOs Körperteile für die Beweglichkeit eines menschlichen Athleten konstruiert worden. Komplexe Gyro-Balance-Systeme halten ihn aufrecht, wenn er schnell läuft und die Richtung wechselt.

„WIR BEFREIEN SIE. BITTE LEISTEN SIE KEINEN WIDERSTAND."

– K-2SO BEI DER ERSTEN BEGEGNUNG MIT JYN ERSO

IMPERIALE VERBINDUNGEN

K-2SO verfügt über eingebaute Kommunikationsverstärker, die ihm das Scannen und Abhören imperialer Standard-Kommunikationsfrequenzen ermöglichen. Abhängig von den Missionsdetails befiehlt Cassian K-2SO jedoch manchmal, darauf zu verzichten, da es elektronische Fußspuren hinterlassen könnte, die die Anwesenheit der verdeckten Agenten verraten könnte.

KOMPLIZEN
Die Beziehung zwischen Cassian und K-2SO beruht auf Vertrauen, doch es gibt Grenzen. K-2SO sehnt sich zum Beispiel nach einer Blasterpistole, um seine Treffsicherheit zu testen, aber Cassian weigert sich, ihm eine zu geben.

DATENBANK

NAME K-2SO, Sicherheitsdroide der KX-Serie

HERGESTELLT Auf Vulpter

HERSTELLER Arakyd Industries

ZUGEHÖRIGKEIT Geheimdienst der Allianz

GRÖSSE 2,20 m

ALTER 12 Standardjahre

UNERMÜDLICH

K-2SOs Vielseitigkeit steht für eine schwindende Philosophie, da es für die großen Droidenhersteller profitabler ist, spezialisierte statt vielfach einsetzbarer Modelle zu verkaufen. Mit seiner humanoiden Form und seinen starken Manipulatoren kann K-2SO eine große Anzahl von Werkzeugen bedienen und unermüdlich Ausrüstung transportieren. In seinem Kognitivmodul sind darüber hinaus die Spezifikationen von über 40 imperialen Transportfahrzeugen angelegt, die ihn zu einem fähigen Piloten machen.

BODENCREW

UNZÄHLIGE TECHNIKER, Mechaniker und Droiden sorgen dafür, dass die Abläufe in der Rebellion reibungslos funktionieren. Im Gegensatz zum Imperium mit seinen schier unendlichen Ressourcen muss die Rebellion mit wenigen Schiffen, Waffen und Ausrüstungsgegenständen vorlieb nehmen. Da sie ständig im Gebrauch sind, müssen sie permanent gewartet und repariert werden. Den Soldaten im Feld mag Ruhm und Ehre gebühren, aber die Techniker in der Basis machen ihre Einsätze überhaupt erst möglich.

Astromechs rollen überall durch den Massassi-Tempel. Sie nehmen feinste Einstellungen an der Ausrüstung der Rebellen vor.

Die Arbeit für die Rebellenallianz erfordert, dass selbst die Bodencrew eine Kampfausbildung erhält. Böse Stimmen mögen behaupten, dass von diesen Rebellen in einem Kampf mit dem Imperium wohl kaum voller Einsatz zu erwarten ist. Tatsächlich sind die Techniker zu wichtig, um auf dem Schlachtfeld ihr Leben zu riskieren. Ihr Expertenwissen über Maschinenbau, Kommunikationsnetzwerke, Computer- und Administrationssysteme sind für den Erfolg der Allianz überlebenswichtig.

Das Team für Signalanalyse nutzt zusammengeflickte Instrumente, die in einer Ecke des Außenpostens von Yavin 4 aufgestapelt sind.

SOLDAT TENZIGO WEEMS

Der wachsame Techniker für die Signalaufklärung unter General Dravens Kommando gehört zu einem Team aus Analytikern, die Kommunikationssignale aus der ganzen Galaxis auswerten. Sie werden aus automatischen Abhörstationen in die Kommunikationszentrale eingespeist und durch ein komplexes Netz aus Verstärkern gesendet, damit das Imperium sie nicht zur Rebellenbasis verfolgen kann. Weems verfolgt Jyns und Cassians Fortschritt von Jedha nach Eadu. Er ist es auch, der vom Aufeinandertreffen von Rogue One und dem Imperium auf Scarif berichtet.

D4-R4B (ARFORB)
Für die Aufgaben im Massassi-Tempel werden hauptsächlich Astromechdroiden der R-Serie genutzt. Arforb hat wegen eines Programmierfehlers Flugangst und kann daher nicht in Sternenjägern eingesetzt werden. Dafür ist seine Bodenwartungsarbeit hervorragend, was sein Problem wieder wettmacht.

R3-S1 (THREECE)

Unter Threeces durchsichtiger Kuppel arbeitet ein übertakteter Intellex-V-Prozessor, auf den sie sehr stolz ist. Sie ist keinem bestimmten Sternenjäger zugeteilt, sondern kümmert sich um die Wartung der technischen Geräte in der Yavin-Basis. Threece ist übermäßig ehrgeizig und arbeitet nicht gut mit anderen zusammen. Als Organisatorin ist sie jedoch unerreichbar, was sie zur respektierten Chefin des Astromech-Pools macht.

SERGEANT GALE TORG

Gale Torg trägt die Uniform des Alderaanischen Konsular-Sicherheitsdienstes und eskortiert Senatoren und andere Würdenträger, die die geheime Rebellenbasis auf Yavin 4 besuchen.

CHIEF GARN STEWER

Das Technikerteam von Chief Stewer ist das Bindeglied zwischen Jägerpiloten und der Bodencrew. Sie kennen die X-, Y- und U-Flügler genauso gut wie die Männer und Frauen in den Cockpits. Seine flehenden Bitten an die Piloten, „seine" Schiffe unbeschadet wieder zurückzubringen, verhallen zwar meist ungehört, aber das kann die kameradschaftliche Beziehung zwischen ihm und den Piloten nicht trüben.

R2-BHD (TOOBY)

Die silberne Ausführung ohne Zierfarbe lässt R2-BHD etwas unfertig aussehen. Doch der Astromech ist bereits seit Jahren im Dienst der Rebellen. Im Augenblick ist er der Gold-Staffel zugeteilt und fliegt meistens mit dem Anführer der Y-Flügler, Gold Eins (Jon Vander). Tooby ist loyal und aufmerksam und hält die Nörgelei anderer Droiden wie Arforb für unlogisch.

UT-60-VERSORGUNGSSCHIFF

U-FLÜGLER

DIESES BEWAFFNETE Schwenkflügelschiff ist ein robustes Truppentransport- und Kanonenboot der Rebellenallianz. Um Soldaten ins Einsatzgebiet zu bringen, muss es durch schweren Beschuss manövrieren und anschließend Luftunterstützung bei gefährlichen Missionen gegen das Imperium leisten. Trotz der informellen Bezeichnung als „Sternenjäger" hat der U-Flügler eine Versorgungsfunktion, die kleine Jäger nicht erfüllen können. Jene verlassen sich auf ihre Geschwindigkeit, um der Reichweite von Flakfeuer zu entkommen. U-Flügler müssen dagegen auch in Gebieten mit feindlichem Beschuss ausharren können und dabei das Gewicht von Schilden, Panzerung und Passagierbesatzung tragen. Kurzum, ein U-Flügler ist eher ein schweres Repulsorfahrzeug als ein Raumüberlegenheitsjäger.

ABFLUG VON YAVIN

General Draven beobachtet die Abreise von Cassian, K-2SO und Jyn nach Jedha. Für Such- und Rückholmissionen sind U-Flügler die beste Wahl, da in Sternenjägern nicht genug Platz ist. Eigentlich soll auf Eadu nur ein Passagier – Galen Erso – abgeholt werden, doch bei der Abreise befinden sich drei neue Rekruten für die Rebellen an Bord: Bodhi Rook, Chirrut Îmwe und Baze Malbus.

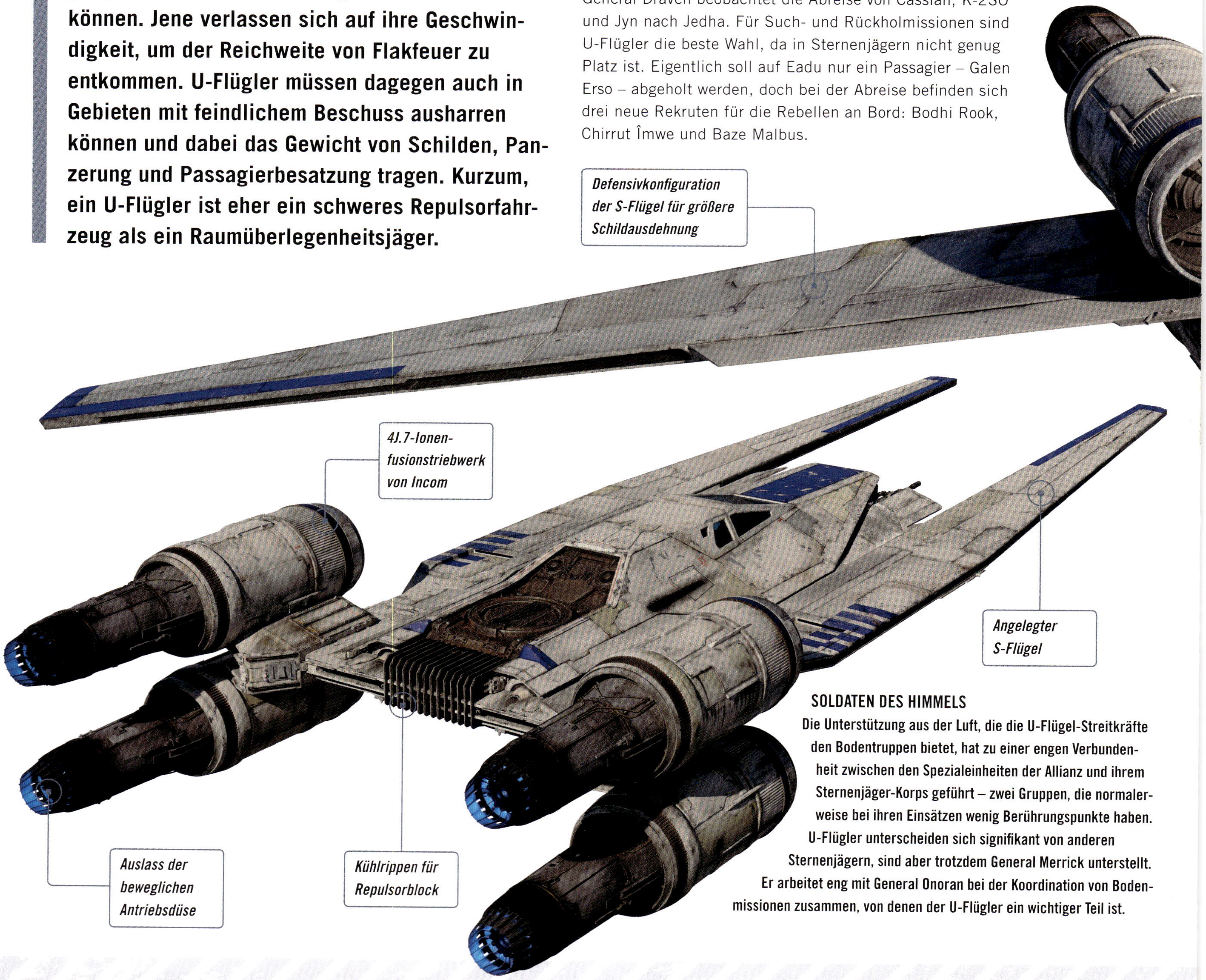

SOLDATEN DES HIMMELS

Die Unterstützung aus der Luft, die die U-Flügel-Streitkräfte den Bodentruppen bietet, hat zu einer engen Verbundenheit zwischen den Spezialeinheiten der Allianz und ihrem Sternenjäger-Korps geführt – zwei Gruppen, die normalerweise bei ihren Einsätzen wenig Berührungspunkte haben. U-Flügler unterscheiden sich signifikant von anderen Sternenjägern, sind aber trotzdem General Merrick unterstellt. Er arbeitet eng mit General Onoran bei der Koordination von Bodenmissionen zusammen, von denen der U-Flügler ein wichtiger Teil ist.

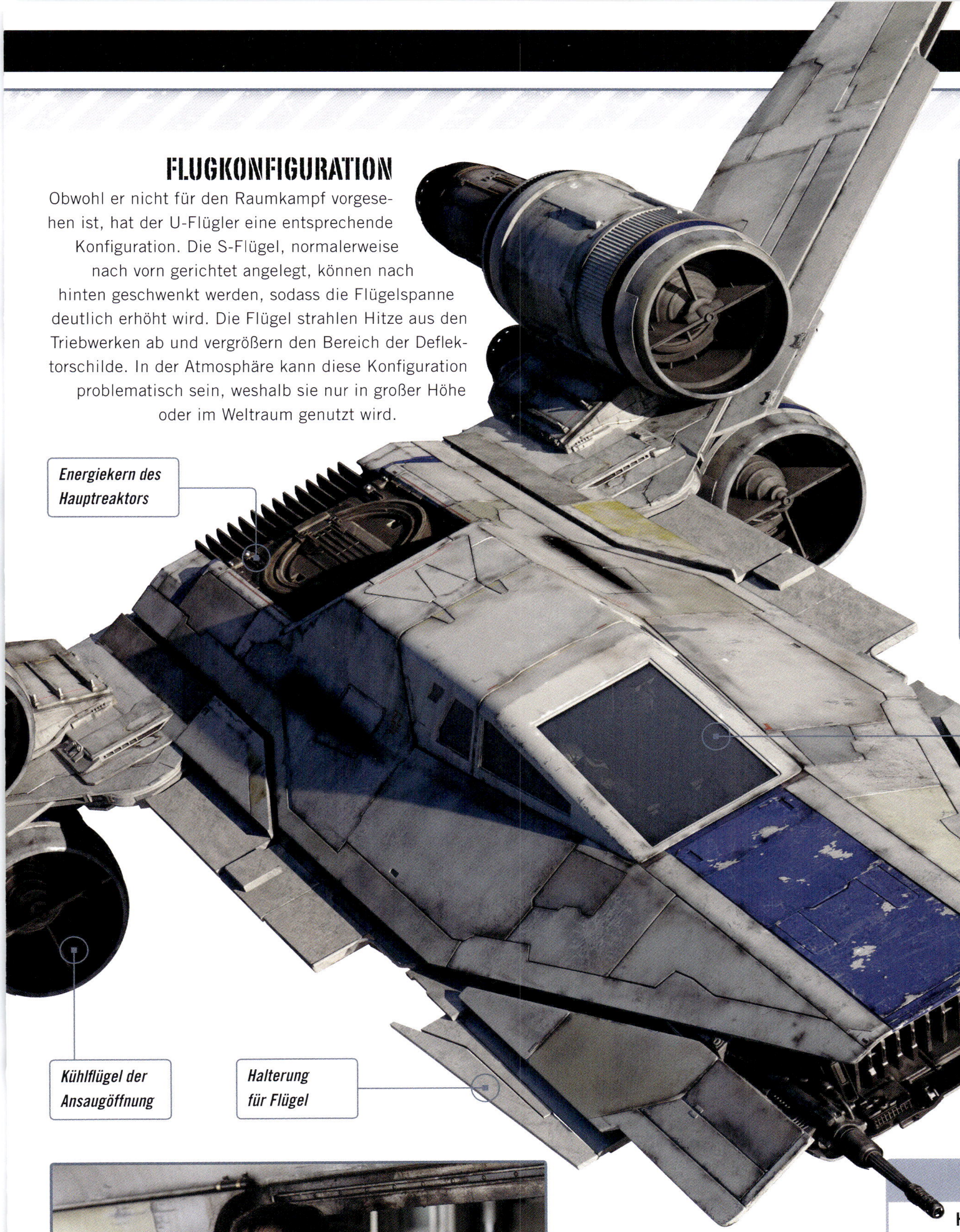

FLUGKONFIGURATION

Obwohl er nicht für den Raumkampf vorgesehen ist, hat der U-Flügler eine entsprechende Konfiguration. Die S-Flügel, normalerweise nach vorn gerichtet angelegt, können nach hinten geschwenkt werden, sodass die Flügelspanne deutlich erhöht wird. Die Flügel strahlen Hitze aus den Triebwerken ab und vergrößern den Bereich der Deflektorschilde. In der Atmosphäre kann diese Konfiguration problematisch sein, weshalb sie nur in großer Höhe oder im Weltraum genutzt wird.

COCKPIT-KONTROLLEN
Im Gegensatz zu den meisten Sternenjägern hat der U-Flügler ein Cockpit mit zwei Kontrollstationen. Ein einzelner Pilot kann das Schiff bedienen, doch für die Verteidigung bei feindlichem Feuer ist ein Team die bessere Wahl.

CAPTAIN ANDOR
Cassian Andor und K-2SO sind für Einzel- und Tandemflüge im U-Flügler zugelassen. Wie viele andere Incom-Maschinen hat der U-Flügler standardisierte Flugkontrollen, die neuen Piloten, die bereits mit Zivilschiffen des Herstellers vertraut sind, den Einstieg erleichtern.

DATENBANK

HERSTELLER	Incom-Gesellschaft
MODELL	UT-60-U-Flügel-Sternenjäger/ Versorgungsschiff
ZUGEHÖRIGKEIT	Rebellenallianz
HÖHE	3,35 m
LÄNGE	24,98 m mit angelegten Flügeln
BESATZUNG	2, plus 8 Passagiere
GESCHWINDIGKEIT	950 km/h in Atmosphäre
BEWAFFNUNG	2 Laserkanonen

RISSZEICHNUNG

U-FLÜGLER UT-60D

VIELSEITIGKEIT IST ESSENTIELL **für Bewaffnung und Technologie der Rebellenallianz. Da sie ständig unterversorgt sind, müssen die Rebellen ihre Ausrüstung oft zweckentfremden. Der U-Flügler ist dafür das perfekte Schiff: Er ist als Truppentransporter, Kanonenboot, medizinisches Evakuierungsschiff, Versorgungsschiff und Raumfähre im Einsatz. Dass die Rebellen nur wenige von ihnen besitzen, macht sie umso wertvoller.**

IMPROVISIERTES KANONENBOOT

Das Waffensystem des U-Flüglers ist für den direkten Kampf Schiff gegen Schiff vorgesehen. Die Laserkanonen sind fest installiert, was für den Einsatz am Boden hinderlich ist, da das ganze Schiff zum Zielen ausgerichtet werden muss. Statt den U-Flügler entsprechend umzurüsten, haben die Rebellen sich für aufmontierte Waffenschwenkarme entschieden, sodass die Einstiegstüren jederzeit zu Geschützpforten umfunktioniert werden können, um bei Landungen und Rückholeinsätzen Feuerschutz zu geben. Jede beliebige schwere Infanteriewaffe kann auf diese Weise genutzt werden – vorausgesetzt, es findet sich jemand, der bereit ist, sich mitten im Schlachtgetümmel aus der Tür zu lehnen.

SOLANGE DER VORRAT REICHT

Der UT-60D war eines der letzten Modelle, die die Incom-Gesellschaft herstellte, bevor sie vom Imperium verstaatlicht wurde, und schaffte es nie ganz in die serielle Herstellung. Behutsame Manipulation der Senatsunterlagen seitens Bail Organas sorgte für den „Verlust" einer der wenigen Lieferungen von U-Flüglern, die von den Rebellen gefunden wurde. Der nächste Artverwandte des U-Flüglers, der BT-45D, ist eine Zivilversion des Schiffs, ohne jegliche militärische Ausstattung und Hyperantrieb. Er ist noch auf einigen versprengten Welten des Mittleren Rands in Betrieb.

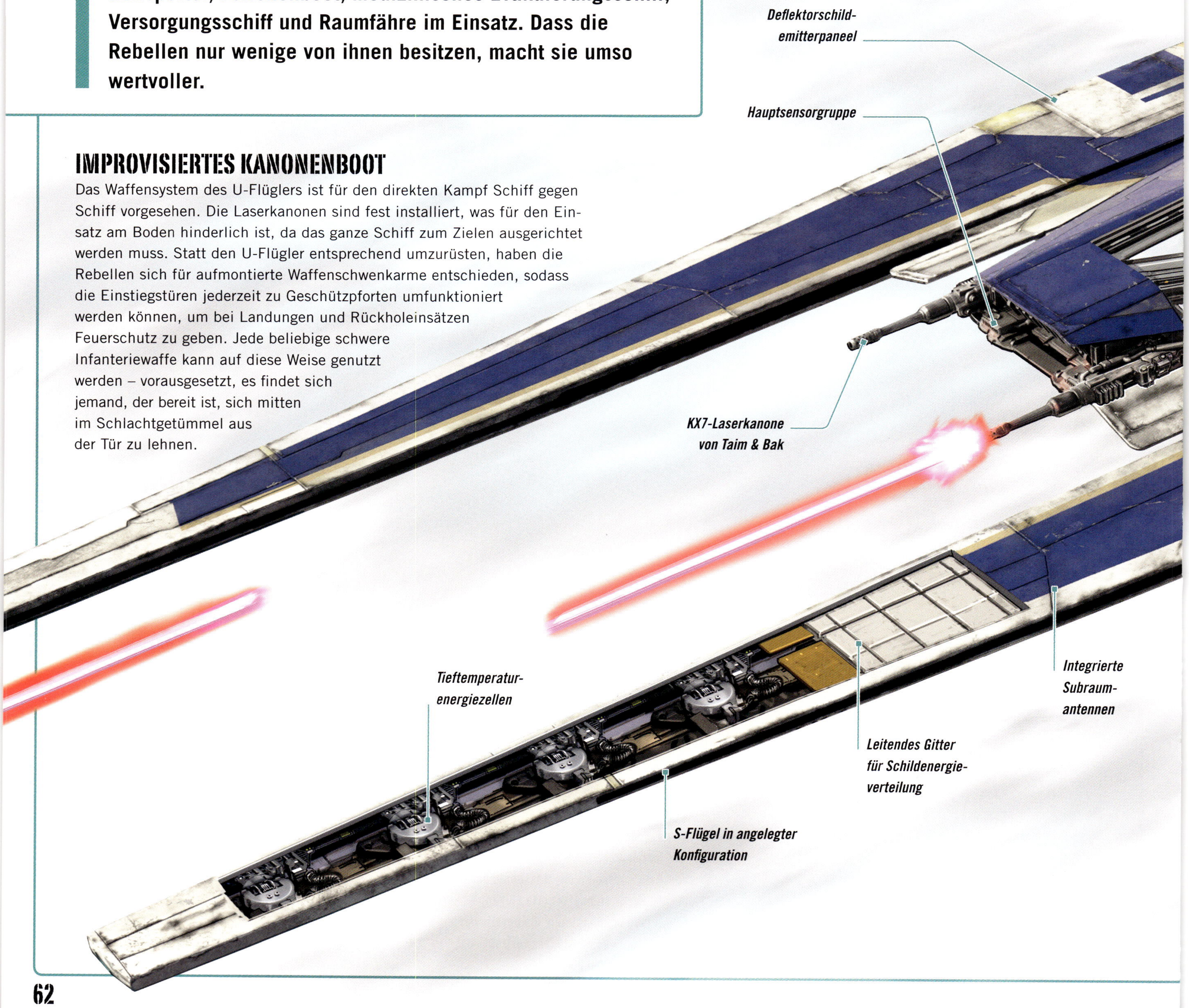

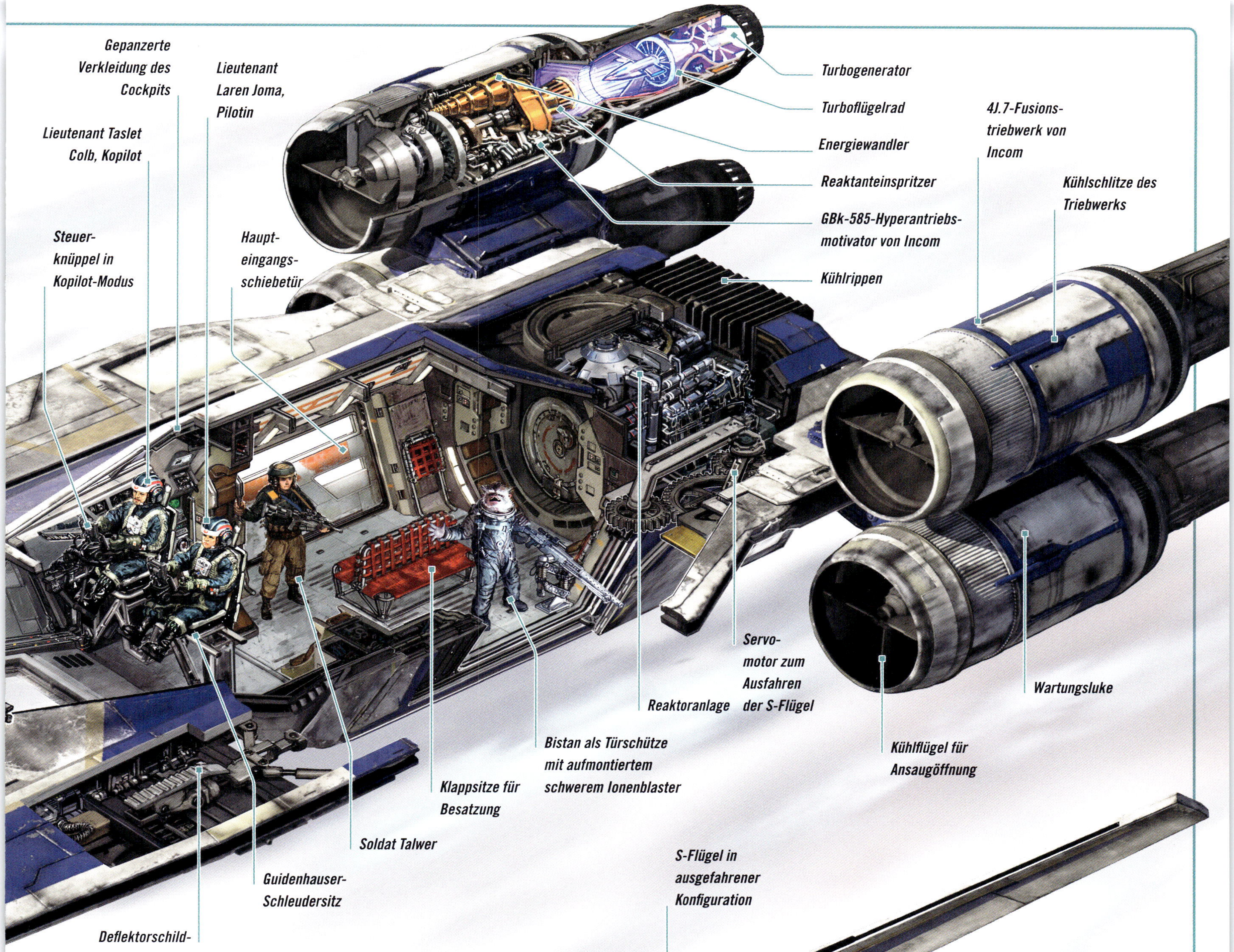

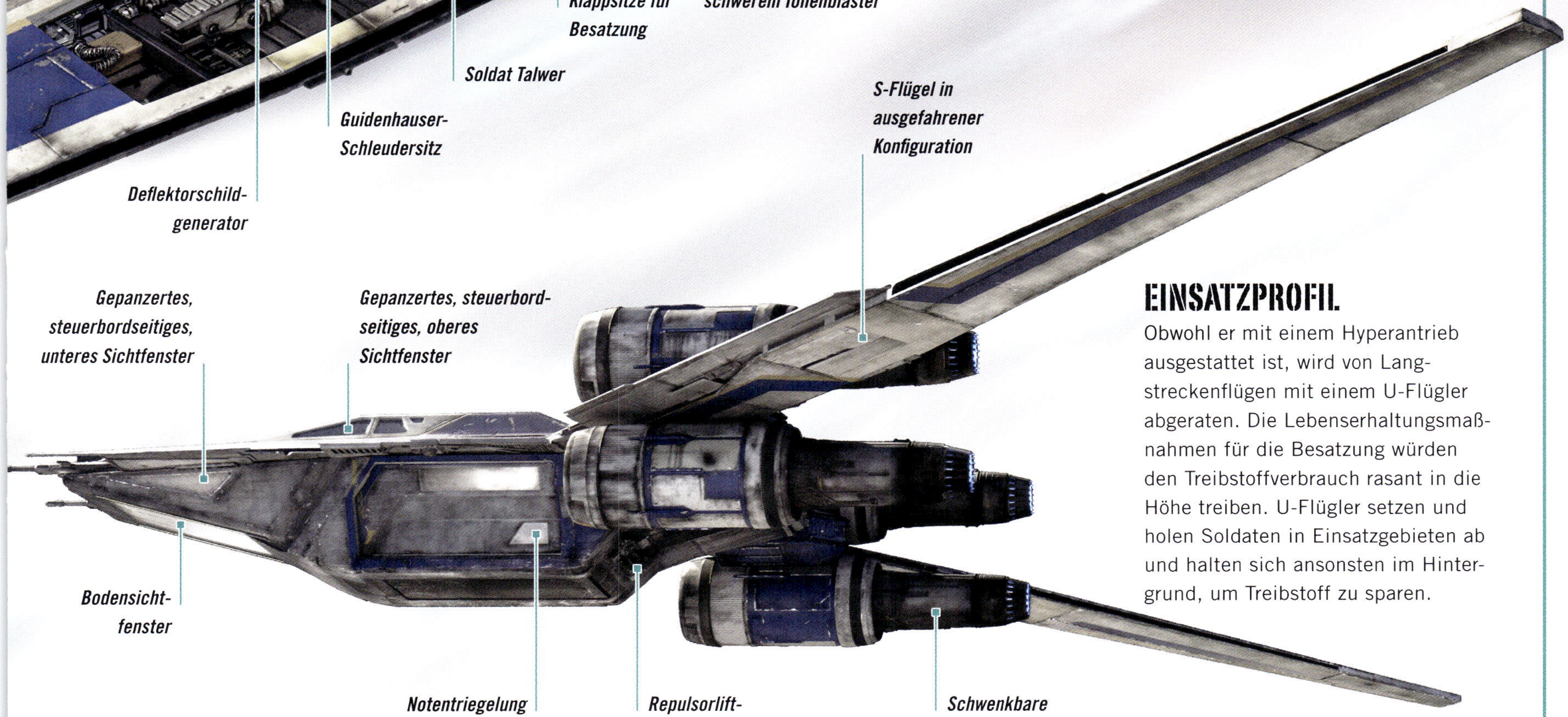

EINSATZPROFIL

Obwohl er mit einem Hyperantrieb ausgestattet ist, wird von Langstreckenflügen mit einem U-Flügler abgeraten. Die Lebenserhaltungsmaßnahmen für die Besatzung würden den Treibstoffverbrauch rasant in die Höhe treiben. U-Flügler setzen und holen Soldaten in Einsatzgebieten ab und halten sich ansonsten im Hintergrund, um Treibstoff zu sparen.

INCOM T-65-STERNENJÄGER

X-FLÜGLER

AUF DER SICH RASEND schnell entwickelnden Bühne des Raumjägerkampfs hat sich der T-65 von Incom als ultimativer Raumüberlegenheitsjäger etabliert – er ist der Maßstab, der an alle anderen Jägerdesigns angelegt wird. Innerhalb dieses Referenzrahmens hat der T-65 keine größeren Schwächen – er ist flink, leicht manövrierbar, gut bewaffnet und gepanzert. Es gibt zwar Schiffe, die in einzelnen Kategorien besser abschneiden als der X-Flügler, jedoch nicht ohne Kompromisse und entsprechende Schwächen.

EVOLUTION DES DESIGNS

Die Ingenieure untersuchten die Leistungen der Vorgängermodelle, wie des ARC-170-Jägers und des Z-95-Kopfjägers, die in den Klonkriegen eingesetzt wurden. Der X-Flügler sollte ursprünglich ein Grundpfeiler der imperialen Sternenflotte werden, doch die Incom-Gesellschaft wurde durch Politik und wirtschaftliche Rivalität zugunsten von Sienar Flottensysteme ausgebootet. Die Incom-Designs hätten Staub angesetzt, wenn clevere Ingenieure der Rebellion sie nicht adaptiert und die Grundausstattung ihren Bedürfnissen angepasst hätten.

RÜCKANSICHT

IM COCKPIT
Innerhalb des gepanzerten Cockpitmoduls wird eine Atmosphäre mit Atemluft und Druckausgleich erzeugt. Trotzdem tragen die Piloten vorsichtshalber Raumanzüge – falls durch Einflüsse von Außen der Druck abfallen sollte.

ANGRIFFSFORMATION
Wird der Angriffsmodus des X-Flüglers aktiviert, teilen sich die S-Flügel des Jägers. In der erweiterten Konfiguration vergrößert sich nicht nur das Feld der Deflektorschilde, sondern auch das Schussfeld der vier Laserkanonen.

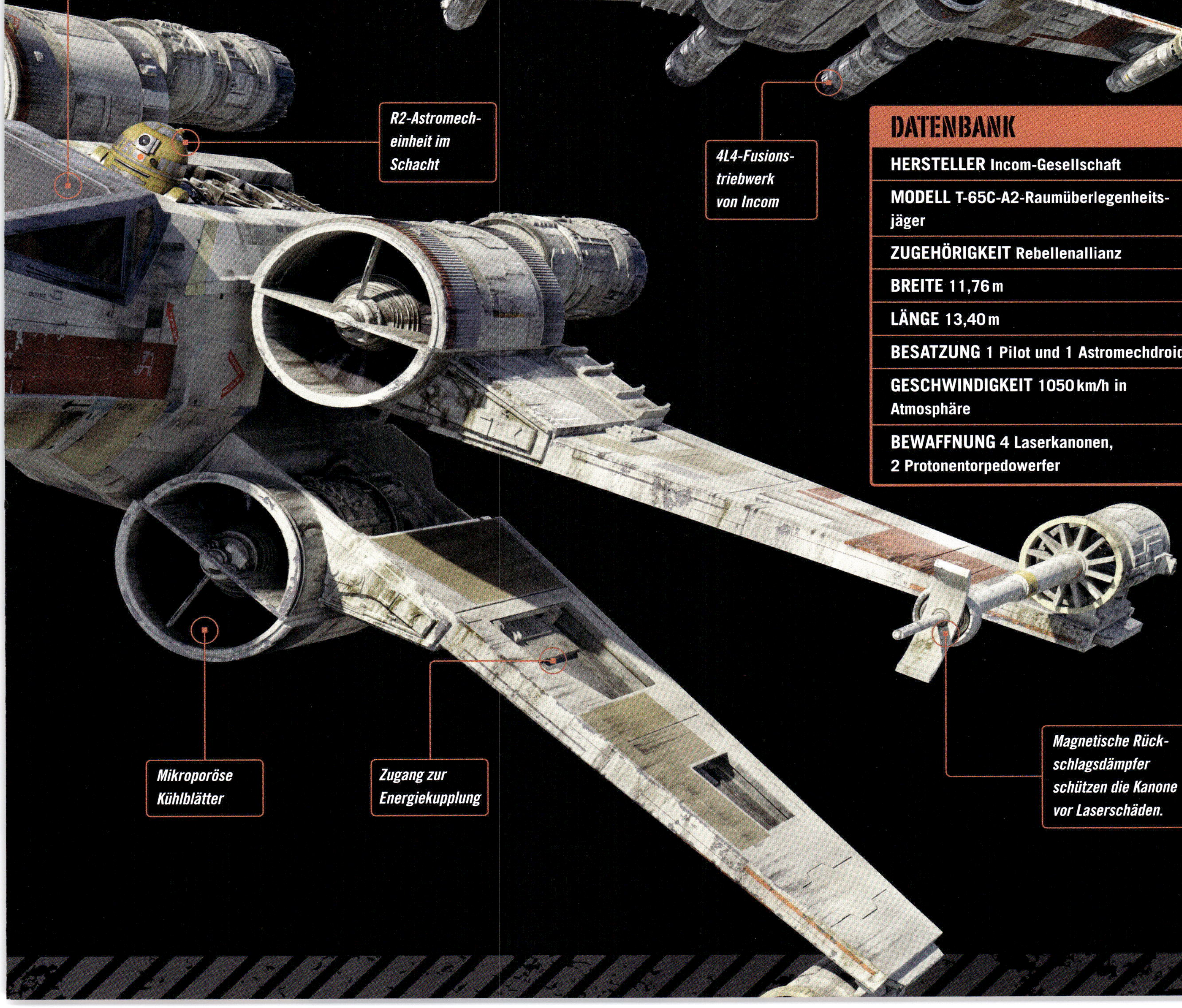

DATENBANK

HERSTELLER	Incom-Gesellschaft
MODELL	T-65C-A2-Raumüberlegenheitsjäger
ZUGEHÖRIGKEIT	Rebellenallianz
BREITE	11,76 m
LÄNGE	13,40 m
BESATZUNG	1 Pilot und 1 Astromechdroide
GESCHWINDIGKEIT	1050 km/h in Atmosphäre
BEWAFFNUNG	4 Laserkanonen, 2 Protonentorpedowerfer

KAPITEL 3

BESETZTES GEBIET

Das erste Ziel auf der Suche nach Galen Erso ist der kalte Wüstenmond Jedha. Hier verschanzt sich Saw Gerreras Rebellensplittergruppe und führt einen andauernden Aufstand gegen die imperiale Besatzung der Heiligen Stadt. Die Streitkräfte des Imperiums sind in ständiger Alarmbereitschaft, weil ein imperialer Pilot übergelaufen ist. Jyn, Cassian und K-2SO müssen beim Durchqueren des überfüllten Stadtgebiets besonders wachsam sein.

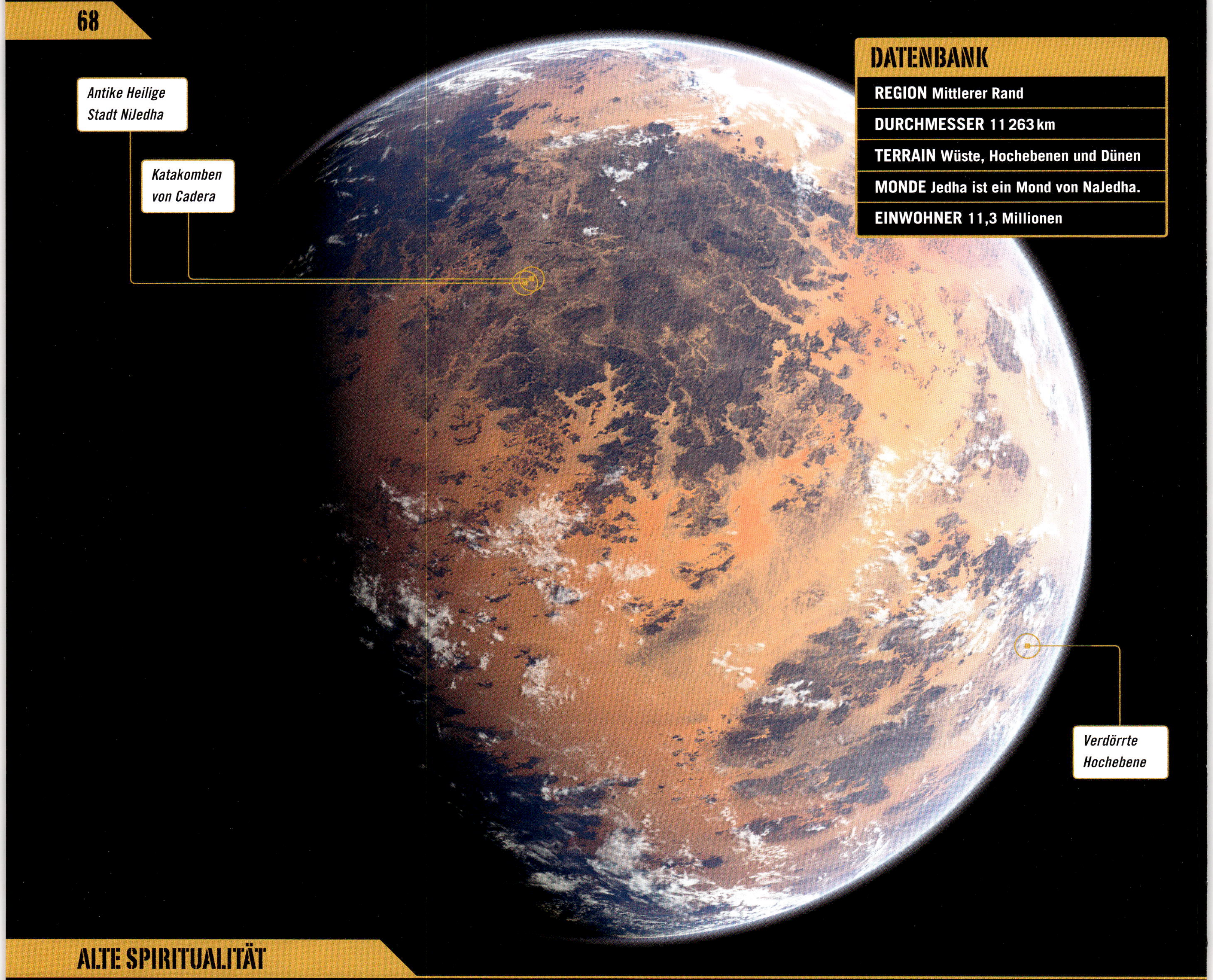

DATENBANK

REGION	Mittlerer Rand
DURCHMESSER	11 263 km
TERRAIN	Wüste, Hochebenen und Dünen
MONDE	Jedha ist ein Mond von NaJedha.
EINWOHNER	11,3 Millionen

ALTE SPIRITUALITÄT

JEDHA

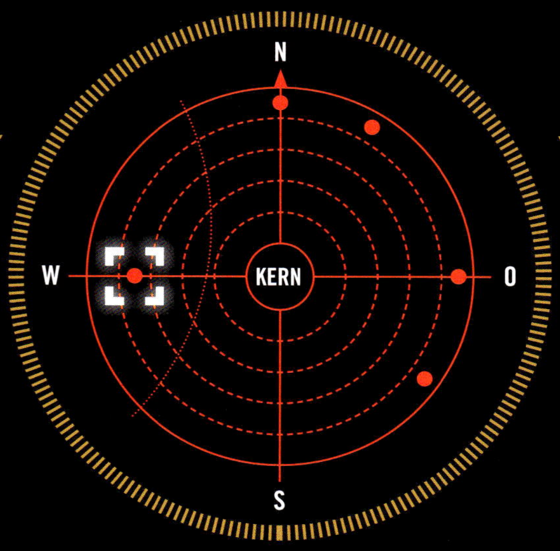

ALTE, GEWUNDENE Hyperraumrouten werden immer unbeliebter, und so wurde aus dem einst bedeutsamen Reiseziel Jedha ein antiquiertes Kuriosum. Wer heute dorthin reist, hat sich entweder verirrt oder sucht nach tieferer Bedeutung. Einige beharren darauf, dass die von Spiritualität durchdrungene Welt einst namensgebend für den Jedi-Orden war. Die meisten Forscher glauben, dass es andersherum ist. Man ist sich jedoch einig, dass die Geschichte Jedhas und die der Jedi eng miteinander verwoben ist.

WEG ZUR ERLEUCHTUNG

PILGERSTÄTTE
Jedha ist ein heilige Stätte für viele traditionelle Religionen wie die Ninn-Orthodoxie, die Zeloten von Psusan und die Phirmisten.

IMPERIALE BESATZUNG
Reiche Vorkommen von Kyberkristallen lockten die imperiale Bergbauindustrie nach Jedha. Während des Abbaubetriebs besetzt das Imperium die Heilige Stadt.

REBELLENSPLITTERGRUPPEN
Lose miteinander verbundene Rebellen kämpfen für die Befreiung Jedhas aus der imperialen Kontrolle. Die antike Stadt wird mehr und mehr zum Kriegsgebiet.

DIE KATAKOMBEN VON CADERA
Der Rebell Saw Gerrera operiert inmitten von Knochen und Schädeln in den alten Katakomben. Er hat sie zu einer Militärbasis mit einem Gefängnis umgebaut.

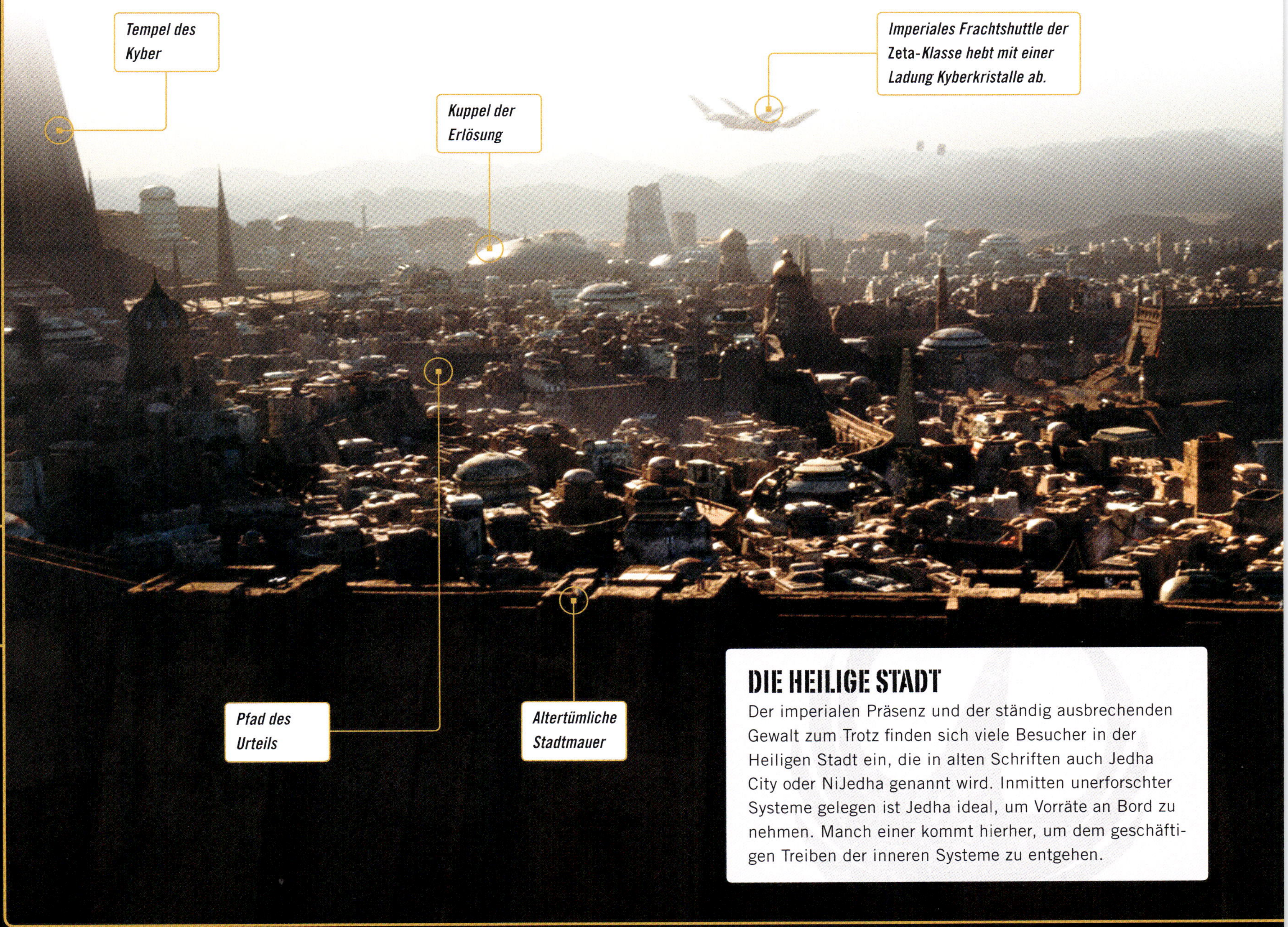

DIE HEILIGE STADT

Der imperialen Präsenz und der ständig ausbrechenden Gewalt zum Trotz finden sich viele Besucher in der Heiligen Stadt ein, die in alten Schriften auch Jedha City oder NiJedha genannt wird. Inmitten unerforschter Systeme gelegen ist Jedha ideal, um Vorräte an Bord zu nehmen. Manch einer kommt hierher, um dem geschäftigen Treiben der inneren Systeme zu entgehen.

ALS PILGER GETARNT

In den verstopften Straßen von Jedha City kann man leicht untertauchen – solange man nicht zu viel Aufsehen erregt. K-2SO sollte eigentlich beim Schiff bleiben, doch er erweist sich als nützlich, als er versucht, eine Sturmtruppen-patrouille davon zu überzeugen, dass Jyn und Cassian seine Gefangenen sind.

PILGER AUF JEDHA

DIE GESCHICHTE JEDHAS reicht weit zurück. Gebäude, die als einige der frühesten Beispiele für Architektur in der Galaxis gelten, ragen am Horizont in den Himmel. Eingeätzt in den verwitterten Sandstein dieser Strukturen finden sich Hinweise auf frühere Verbindungen zwischen Dutzenden von altertümlichen Religionen. Die Suche nach der Wahrheit, die im Wüstensand vergraben liegen könnte, lockt Pilger aus allen Gegenden der Galaxis an.

In den geschäftigen Straßen der Heiligen Stadt wimmelt es von Anhängern vieler Religionen unterschiedlicher Strenge und Ausrichtungen.

Aufzeichnungen zufolge existiert die Macht als Konzept in der Galaxis seit über 25 000 Jahren. Unter ihren Anhängern war der Jedi-Orden der bekannteste, jedoch haben sich parallel zu ihm auf einzelnen Planeten weitere Schulen und Glaubensrichtungen entwickelt. Diese Kulturen kontrollieren das mysteriöse Energiefeld zwar nicht, ehren aber seine Kraft und Fähigkeit, Schicksale von Individuen und die Geschichte zu beeinflussen. Je mächtiger das Imperium wurde, desto weniger tolerierte es die Ausübung von Spiritualität. Seit der Auslöschung des Jedi-Ordens – die angeordnet wurde, um einen Putsch der Republik zu verhindern – betrachtet das Imperium den Glauben an Übernatürliches mit Argwohn.

Die Bewohner Jedhas sind ein spirituelles Volk, das außerweltlichen Besuchern gegenüber tolerant und freundlich ist, solange sie ihnen friedlich und respektvoll begegnen.

TOSHDOR NI

Der hochgewachsene Lorrdianer bedeckt sein Antlitz und übertüncht seinen Geruch mit Räucherwerk, das den schweren Stoff durchdringt, den er am Leib trägt. Die zinnoberrote Robe der Bruderschaft der Glückseligkeit, die Ni und seine Brüder tragen und die den ganzen Körper bedeckt, dient als physisches Schweigegelübde – auch Haltung und Bewegungen dürfen nicht mehr zu erkennen sein.

ANGBER TREL

Die einfache rote Robe des Jüngers der Whills weist auf den ältesten, auf Jedha noch existierenden Glauben hin. Zwar praktizieren sie nicht offen als Wächter der Whills, doch man sieht sie noch immer bei Versammlungen im Tempel des Kyber.

DER HOHEPRIESTER

Dieser Leiter einer Gemeinschaft der Bruderschaft der Glückseligkeit hat die Verhüllung jeglicher Individualität, die seine Religion gebietet, so sehr verinnerlicht, dass er sogar seinen Namen aufgegeben hat. Seine Anhänger beziehen sich nur mit einem klagenden Laut in einer bestimmten Tonhöhe auf ihn.

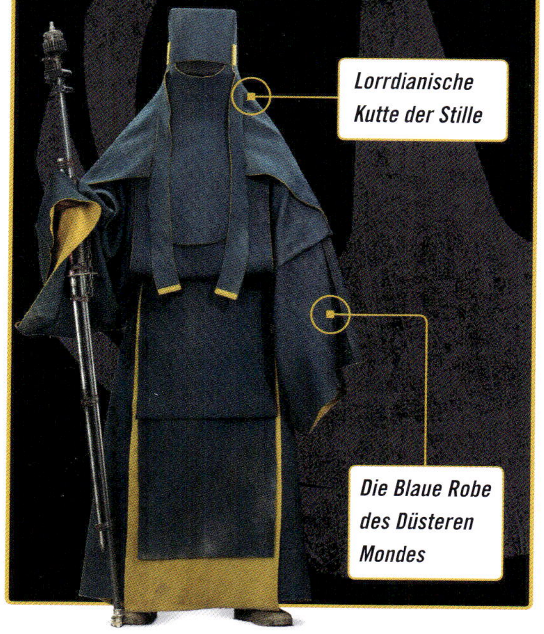

SILVANIE PHEST

Die Angehörige einer Anomid-Kolonie ist kürzlich zu den Jüngern der Whills konvertiert und sammelt Almosen für die Armen. Ihr Gesicht ist hinter einer Vocodermaske verborgen, die es ihr ermöglicht, zu sprechen. Anomid werden oft von Imperialen durchsucht, da sie unter den Kopfbedeckungen gesuchte Flüchtige vermuten.

OMISHA JOYO

Der Clan der Toribota ist eine nomadische Enklave von Isde Naha, einer Welt am Rande der Westlichen Gebiete. Der Mond Jedha, so mutmaßen ihre Astronomen, war der erste Stern des Systems, den die Vorfahren des Clans einst am Himmel entdeckt haben.

KILLI GIMM

Killi ist ebenfalls eine Jüngerin der Whills und leitet ein Waisenhaus in den Schatten des Tempels des Kyber. Ihr menschliches Antlitz – und ihre Angst – verbirgt sie hinter einer Sandfiltermaske.

BÜRGER JEDHAS

TROTZ STÄNDIGER Aufstände geht das Leben in der Heiligen Stadt seinen Gang. Die Bewohner und Besucher haben kaum eine andere Wahl. Gewissermaßen ist Jedha ein Abbild des sich abzeichnenden Bürgerkriegs: Ein teurer, hin und her schwankender Kampf zwischen Imperium und Rebellion, mit zwischen ihnen eingekesselten Zivilisten. Durch die Guerilla-Taktiken der Aufständischen könnte jede kleine Gasse jederzeit zum Kampfgebiet werden.

Die Kultisten des Zentralen Isopters verehren den Tod und finden sich häufig in Kampfgebieten ein, um über die Sterblichkeit zu meditieren.

Trotz der häufig aufflammenden Gewalt versuchen die Bewohner von Jedha, sich an die grausame Realität der Besatzung anzupassen. Imperiale Verbote kommen einem wachsenden Schwarzmarkt zugute. Kaufleute bieten den Imperialen erlaubte und hin und wieder auch illegale Waren an, um sie von ihren schwereren Gesetzesübertretungen abzulenken. Besonders zynische Unternehmer schlagen Profit aus dem täglichen Kampf der Bevölkerung und den Bedürfnissen der Geistlichen. Der Transport in die Heilige Stadt ist ebenfalls ein lukratives Geschäft, da nur Piloten mit spezieller Lizenz Zugang zu den Plateauhäfen haben. Die Zustände sind chaotisch und unhaltbar, aber so ist das Leben auf Jedha.

Die sozialen Turbulenzen in der Heiligen Stadt haben ein Wirtschaftssystem im Untergrund hervorgebracht. Überleben und Seelenheil sind profitable Geschäftszweige.

DIE ENTSCHÄDELTEN

Diese Diener sind das Ergebnis abstoßender medizinischer Techniken, perfektioniert von einem flüchtigen Chirurgen, der sich in der Heiligen Stadt aufhalten soll. Es sind meist Verwundete oder anderweitig handlungsunfähige Opfer der Aufstände, die mittels kybernetischer Technologie umoperiert und jeglicher Individualität beraubt werden. Sie sind unterwürfig wie Droiden und verstörende Gerüchte behaupten, dass sie oft unfreiwillig in die Sklaverei verkauft werden. Die Entschädelten, die in Geshs Tapcafé dienen, servieren Imperialen zum Feierabend Tee und andere Getränke.

DOBIAS COLE-TRUTEN
Cole-Truten hat ein karges Einkommen mit dem Fangen und Verkaufen von Silichordaten an andere Händler, die aus den Wühltieren Mahlzeiten machen. Vom Graben bei den Kyberkristallminen hat er Atembeschwerden und muss oft Verschnaufpausen einlegen.

GAVRA UBRENTO
Gavra Ubrento ist Teil eines umherziehenden Mechanikerteams, das Reparaturarbeiten anbietet. Ihr Spezialgebiet ist die Instandhaltung von Sternenschiff-Antriebssystemen, obwohl sie keinen Zugang zu modernen Werkzeugen und Werkstätten hat.

WOAN BARSO
Barso schmuggelt Flüchtlinge aus Jedha City in einem heruntergekommenen Containerschlepper zu wartenden Frachtern im Orbit. Er hat wenig Vertrauen in die Lebenserhaltungssysteme seines Schiffs, daher trägt er immer einen Raumanzug.

VALWID INED
Dieser clevere Vobati hat kürzlich eine Anstellung als Fälscher gefunden. Er fertigt Transitvisa für Mitglieder von Saw Gerreras Gang an, mit denen sie problemlos an imperialen Sicherheits-Checkpoints vorbei in die Heilige Stadt kommen.

TAM POSLA

Der interstellare Gesetzeshüter Posla, der die Behörden von Milvayne repräsentiert (wie auf seinem Helm zu erkennen ist), hat sich von seinem Dienstbereich weit entfernt und verdingt sich nun als Kopfgeldjäger. Er ermittelt in Fällen von Entführung, Sklaverei und kosmetischen Operationen von Opfern aus den Straßen von Jedha. Die Berichte decken sich mit einer Verbrechensserie auf Milvayne, die zwei Raumreisenden zugeschrieben werden, die die Decknamen Roofoo und Sawkee nutzen. Posla wurde der Fall zwar von seinen Vorgesetzten entzogen, aber er will die beiden Kriminellen um jeden Preis zur Rechenschaft ziehen.

BÜRGER JEDHAS

GUCH YDROMA

Ydroma behauptet, während seiner Pilgerreise durch die Wüste vom Gott seines phirmistischen Glaubens berührt worden zu sein und seitdem Wasser herbeirufen zu können. Er hat die vielen Tempel der Heiligen Stadt besucht und „aus heiterem Himmel“ Wasser erscheinen lassen, das er anschließend in Flaschen versiegelte und mit dem Namen des Tempels versah. Diese Flaschen verkauft er nun an die Gläubigen und die Durstigen.

KINDER JEDHAS

Die Tragödie der Unruhen ist um ein Vielfaches schrecklicher, wenn man sie durch die Augen derer betrachtet, die das größte Leid tragen. Waisen und verlassene Kinder leben überall in der Heiligen Stadt – hungrig und schutzlos. Viele Glaubensgemeinschaften der Stadt haben Kinder als Mündel aufgenommen. Pendra Siliu hat das Glück, noch eine lebende Mutter zu haben, die verzweifelt versucht, einen Weg aus dem Kriegsgebiet hinaus zu finden – irgendwohin, Hauptsache, in Sicherheit.

K-OHN (KONE)

Dieser freigelassene L-1-Taktikdroide bietet seine programmierten Dienste im Austausch gegen Credits, Ersatzteile oder Energieaufladungen an. K-OHNs vielseitige Sprachprozessoren sind auf dem Marktplatz besonders nützlich, wo er Reisenden bei komplexen Transaktionen behilflich ist – und keine Fragen stellt. Er hat sich mit einer Bande von Straßenkindern angefreundet und gibt ihnen einen Teil seiner Einnahmen ab, damit sie essen können. K-OHN spart für ein Prozessor-Upgrade, mit dem er hofft, die Natur der Spiritualität begreifen zu können.

FASSIO ABLUND

Um Schutz zu erkaufen, gab Fassio Informationen über die Aufständischen an das Imperium weiter. Doch dann wurde er erwischt, als er die Rüstung eines gefallenen Soldaten stehlen wollte, und zum Kriminellen erklärt. Verbündete hat er jetzt keine mehr.

NESTA TERM

Als selbst ernannte Linse des Zentralen Isopters betet Nesta den Tod selbst an. Ihre Besessenheit von der Vergänglichkeit bringt sie und ihre Kultisten immer wieder in Gefahr. Auf Jedha studieren sie die Harmonien des Missklangs.

JALICE ANDIT

Die Söldnerin Jalice und ihr Mann Joali führen im Chaos der Heiligen Stadt ein erfolgreiches Leben und sind immer auf der Suche nach Abenteuer und Profit. Solange die Credits fließen und sie an Angriffen teilnehmen dürfen, stehen sie mehr oder weniger auf Saw Gerreras Seite.

CAYSIN BOG

Nachdem dieser Humanoide durch die Aufrührer in Stücke gesprengt wurde, flickte ihn ein geheimnisvoller Mann namens Roofoo zusammen. Die chirurgische Arbeit ähnelt der, die an den Entschädelten ausgeführt wurde.

NIK HEPHO

Im Inneren Rand kennt man den glatthäutigen Britarro Nik Hepho als talentierten Kopfgeldjäger. Er hat sich auf Anhänger des Tempels der Macht spezialisiert, einer illegalen Religion, die noch immer die Ideale und den Glauben der Jedi verehrt. Mit dem Gefühl, die unteren Ebenen Coruscants leergeräumt zu haben, kam er nach Jedha mit einer Liste von Verdächtigen, die vom Imperialen Sicherheitsbüro stammt und die er auf dem Schwarzmarkt erstanden hat. Hepho ist dank seines Langstreckentransmitters in seinem Rucksack stets in Kontakt mit der Droidenintelligenz, die sein Sternenschiff bedient. Sein Schiff, die *Apostate*, wartet im Orbit auf seinen Befehl.

KAMPF DER KULTUREN
Alte und moderne Welt treffen in den engen Straßen der Heiligen Stadt aufeinander. Sturmtruppler patrouillieren rund um die Uhr und konfiszieren größere Exemplare von Kyberkristallen – egal, ob ungeschliffen oder in Form von fein geschnitzten Totems.

SAW GERRERA

EXTREMIST. WAHNSINNIGER. TERRORIST.
Saw Gerrera ist mit all diesen Bezeichnungen bedacht worden – sowohl von seinen Feinden als auch von zögerlichen Verbündeten. Ihn selbst kümmert das wenig. Er führt Krieg gegen das Imperium, seit es sein Versprechen von Freiheit für Saws Heimatplaneten Onderon nach den Klonkriegen gebrochen hat. Saw hat so viel in seinem Krieg verloren, dass der Krieg selbst alles ist, was ihm noch bleibt.

Vor einigen Jahren, bevor Saws Gesundheit sich verschlechterte, hatte er öfter freundliche und klare Momente.

Während der Klonkriege brach auf Onderon nach einer Revolte gegen einen von den Separatisten eingesetzten König ein Bürgerkrieg aus. Als der Planet sich freiwillig der Konföderation anschloss, konnte die Republik dort keinen offenen Krieg führen. Stattdessen bildeten Jedi heimlich onderonianische Rebellen für den Kampf gegen die Separatisten aus. Saw und seine Schwester Steela waren die jungen Anführer dieser Aufrührer. Agenten des separatistischen Königs nahmen Saw gefangen und folterten ihn, was ihn, verbunden mit dem Tod seiner Schwester, zu einem eiskalten Kämpfer machte. Als das Imperium Onderon nach den Klonkriegen annektierte, wurde Saw zum Anführer einer Rebellion gegen die Besatzer. So wurde der Aufrührer, der von der Republik ausgebildet wurde, zu deren skrupellosem Feind.

Saw ist besessen davon, das Imperium aufzuhalten und dessen geheime Pläne aufzudecken, auch wenn es ihn seine Menschlichkeit kosten sollte.

WIEDERSEHEN AUF JEDHA
Als Jyn Erso wieder in Saws Leben tritt, kehrt dessen frühere Wärme zurück. Saw rettete Jyn als Kind von Lah'mu und bildete sie als Kämpferin für seine Rebellenmiliz aus. Er war wie ein Vater für sie, und betrachtete sie als seine Tochter.

ABGRUNDTIEFE PARANOIA

Saw ist vom Krieg verwundet und labil. Der Verfolgungswahn in ihm wächst. Er glaubt, dass Agenten des Imperiums und der Rebellion darum wetteifern, ihn für seine früheren Verbrechen zu ermorden! Seine Paranoia ist die neueste Ausdrucksform seiner Überzeugung, dass das Imperium etwas Grauenvolles im Schilde führt.

„RETTE DIE REBELLION! RETTE DEN TRAUM!"
– SAW GERRERAS ABSCHIEDSWORTE

ERBEUTETES KYBERKRISTALL-GEFÄSS

TRAGBARES UNTERDRUCKATEMGERÄT

Ärmel des Druckanzugs

Aus Dxunholz geschnitzter Gehstock

Kybernetische Fußplatte

DATENBANK

NAME Saw Gerrera
HEIMATPLANET Onderon
SPEZIES Mensch
ZUGEHÖRIGKEIT Anführer einer Rebellenmiliz
GRÖSSE 1,80 m
ALTER Unbekannt

BESESSENER AUSSÄTZIGER

Seit 20 Jahren folgt Saw Hinweisen auf das ihm noch unbekannte Todessternprojekt. Auf seiner Jagd nach Beweisen für das wahre Gesicht des Imperiums hat Saw gezeigt, wie weit er zu gehen bereit ist: Er greift sogar Zivilisten an und nutzt grausame Verhörmethoden. Seine Beziehung zur Rebellenallianz wurde dadurch so sehr belastet, dass ihm formal das Misstrauen ausgesprochen und er von der Liste der Verbündeten gestrichen wurde.

LEBENSLAUF

22 VR1 / 19 VR1	Klonkriege/Bürgerkrieg auf Onderon
19 VR1	Führt Rebellenmiliz an
13 VR1	Befreit Jyn Erso von Lah'mu
5 VR1	Lässt Jyn zu ihrer Sicherheit zurück
2 BR1	Stellt Nachforschungen auf Geonosis an

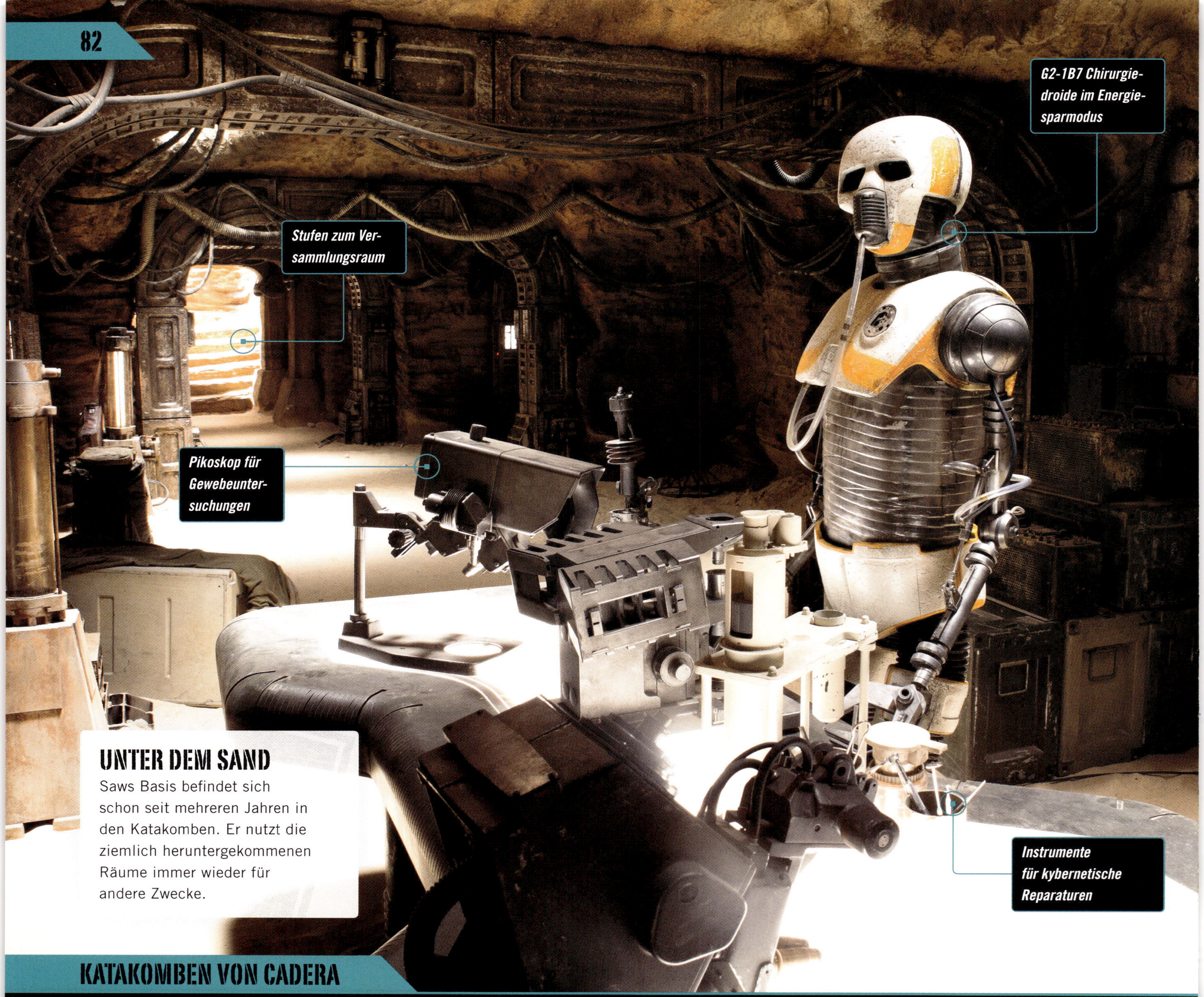

UNTER DEM SAND

Saws Basis befindet sich schon seit mehreren Jahren in den Katakomben. Er nutzt die ziemlich heruntergekommenen Räume immer wieder für andere Zwecke.

KATAKOMBEN VON CADERA

SAWS VERSTECK

DURCHQUERT MAN DIE WÜSTE unterhalb der Heiligen Stadt, erreicht man eine Gruppe vom Wind geschliffener Felsen. Darunter, in den Katakomben von Cadera, liegen die Überreste eines Volks, dessen Name und Geschichte längst vergessen sind. Statuen, die einst den Weg dorthin säumten, wurden vor Jahrhunderten umgestürzt. Die Bewohner Jedhas glauben, dass es dort spukt. Gewissermaßen haben sie Recht, doch gehen dort nicht die Geister der Verstorbenen um, sondern Saw Gerrera.

AUSSICHTSPUNKT
Die Gitterfenster der Höhle wurden vor nicht allzu langer Zeit von den Anhängern des Mondsicheltempels eingebaut. Sie verließen die Katakomben, noch bevor Saw nach Jedha zog.

LEBENSERHALTUNG

Um Saws Gesundheit steht es schlecht, doch sein Drang, das Imperium zu bestrafen, lässt ihn bis an die Grenzen seines geschundenen Körpers gehen. Sein Druckanzug, der seine Lunge intakt hält, muss ständig gewartet werden. Jedes Jahr braucht Saw längere Ruhe- und Diagnosepausen.

SAWS HAUPTQUARTIER

GEFÄNGNIS
Im Kellergewölbe der Katakomben ist das Gefängnis von Saw Gerrera. Hier müssen Gefangene eine gefühlte Ewigkeit vor sich hinsiechen, bevor sie verhört werden.

WAFFENREGAL
Von den Katakomben aus startet Saw seine Angriffe gegen die Besatzer von Jedha. Hier werden die Waffen der Miliz gewartet, damit sie in dem harschen Wüstenklima möglichst lange funktionieren.

SPIELE
Die Katakomben bieten nur wenig Komfort. In ihrer freien Zeit spielen die Soldaten Dejarik mit handgefertigten Figuren, da sie keinen holografischen Spieltisch haben.

G2-1B7

Saws Chirurgiedroide wurde modifiziert, um die Standardeinstellung zu umgehen, die alle 2-1B-Einheiten daran hindert, zu viele Medikamente zu verabreichen. G2-1B7 ist erstaunt, dass Saw noch immer am Leben ist. Der Droide wird allerdings regelmäßig deaktiviert, damit er kein schlechtes Gewissen aufbauen und die Behandlung abbrechen kann.

BINSPO-KARTENSPIEL

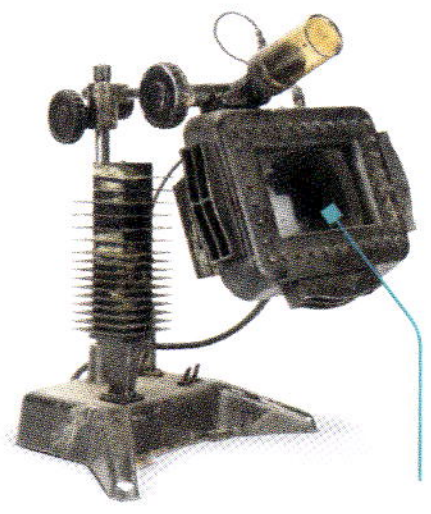

IMPROVISIERTES PLETHYSMOGRAPHIE-MESSGERÄT

SAWS MILIZ

SAWS REBELLION hat sich seit ihren Anfangstagen als Untergrundbewegung auf Onderon immer wieder neu aufgestellt. Als er seine Aktivitäten immer weiter von seiner Heimatwelt weg verlagerte und sich auf imperiale Ziele konzentrierte, rekrutierte Saw gleichgesinnte, kampflustige Mitstreiter. In diesem Umfeld wurde Jyn Erso aufgezogen – umgeben von Soldaten, deren Idealismus durch zu viele knappe Treffer und zu viele schwere Verluste erloschen war.

Auf Jedha fragen sich viele, ob Saw nicht alles nur noch schlimmer macht, statt die Lage zu verbessern. Schließlich werden durch seine Angriffe oft viele Zivilisten verletzt. Doch Saws Eifer kennt keine Grenzen. Er weiß, dass die Kyber-Ablagerungen, die aus den Tiefen des Planeten gezogen werden, einer unvorstellbaren Bestimmung dienen, und forscht seit Jahren wie besessen nach Spuren. Einige seiner Kämpfer teilen sein Bestreben danach, das Imperium zu entlarven. Andere wollen sich schlicht für die erlittene Brutalität rächen, die sie jeglicher Zugehörigkeit beraubt hat.

Jyn Erso überrascht die Miliz, als sie laut verkündet, sie sei die Tochter Galen Ersos – des imperialen Wissenschaftlers, der in einer Botschaft für Saw Gerrera erwähnt wird.

WEETEEF CYU-BEE

Der winzige Talpini ist eines der zerstörerischsten Mitglieder in Saws Rebellenbande. Er versteckt sich mit Leichtigkeit zwischen größeren Wesen, die sich in der Heiligen Stadt versammeln. Weeteef ist ein exzellenter Schütze und auf Sprengstoff spezialisiert. Auf sein Konto gehen die Haftbomben, die die Aufrührer gegen die imperiale Patrouille aus AT-ST-Läufern und Panzern einsetzen.

DH-17/E-11-Hybridblaster mit Tibannagas

MOROFF

Der bullige Moroff ist immer auf der Suche nach Kampfgebieten, in denen er seine Feuerkraft verkaufen kann. Die Details des Konflikts zwischen Imperium und Rebellen sind ihm egal. Der mächtige Gigoraner weiß, dass es für einen hochgewachsenen und starken Schützen immer Geld zu verdienen gibt. In Saws Gruppe hat er Gleichgesinnte gefunden. Als Teil einer Patrouille liefert er Bodhi Rook zum Verhör an Saw Gerrera aus.

Vulk TAU-6-23-Rotationskanone „Blastmühle“

KULLBEE SPERADO

Revolverheld Kullbee wurde von Saw auf Serralonis rekrutiert und ist auf der Flucht vor seiner Vergangenheit. Kullbee ist ein Einzelgänger, der oft wochenlang verschwindet und der schon beim Beten am Tempel der Whills gesehen wurde.

EUWOOD GOR

Als früherer Kundschafter der Rebellenallianz ließ der Alderaaner Gor einiges hinter sich, als er sich entschloss, das Imperium auf Onderon gemeinsam mit Saws Streitkräften zu bekämpfen.

MAGVA YARRO

Als Überlebende des Ghorman-Massakers, bei dem Imperiale friedliche Protestler abschlachteten, hält Magva Mothmas Rebellen für ineffiziente Feiglinge. Sie ist Kundschafterin für Saws Sturmengel-Staffel.

CYCYED OCK

Die Kyberoptikeinheit, die in Ocks Gehirn implantiert wurde, schenkt ihm hervorragende Sehkraft. Er kann damit Kyberablagerungen analysieren, Mikroschaltungen untersuchen und mit seinem Vibrorang zielgenau treffen.

LEEVAN TENZA

Bis vor fünf Jahren war der Sabat Mitglied in General Dodonnas Rebellenteam. Dann wurde er wegen Befehlsverweigerung und vorschnellen Angriffs auf ein imperiales Ziel dem Kriegsgericht vorgeführt. Der Zahnstocher kauende Tenza beharrte gar nicht erst auf seiner Unschuld. Stattdessen floh er aus der Gefangenschaft der Rebellen und schloss sich Gerrera an.

BEEZER FORTUNA

Der Cousin des auf Tatooine lebenden Bib Fortuna verabscheut die Verbindungen seiner Familie in die kriminelle Unterwelt und ist schon immer der politischste Angehörige seines Clans gewesen. Während der Klonkriege inspirierte ihn Cham Syndullas Rebellion und ihr Beitrag zur Befreiung seiner Heimatwelt Ryloth. Beezer wurde bei einer Razzia unter Aufständischen in der Twi'lek-Hautstadt Lessu vom Imperium gefangen genommen, doch bei einem Angriff von Saw Gerreras Truppen wieder befreit. Nun ist er einer der Chefstrategen für Saw, der lokale und galaktische Aktivitäten überwacht und kartografiert, um Saw in seinem privaten Krieg gegen das Imperium zu helfen.

TWO TUBES

EDRIOS X-FLÜGLER

EDRIO UND BENTHIC sind tognathianische Söldner, die sich Saw Gerreras Rebellen angeschlossen haben und von Jedha aus arbeiten. Sie teilen sich den Spitznamen „Two Tubes" wegen ihrer Atemgeräte, die ihnen erlauben, in menschenfreundlichen Atmosphären zu überleben. Ihre Heimatwelt Yar Togna wurde vom Imperium erobert und besetzt, sodass sie fliehen mussten. Getrieben von dem Bestreben, gegen das Imperium zurückzuschlagen, sind Edrio und Benthic Gerreras gewalttätige Methoden einerlei.

Benthic ist Aufklärer und Scharfschütze. Er trägt sein bevorzugtes Zielfernrohr an einer Lederschnur um den Hals.

Die Entwicklungsgeschichte der Tognath reicht in alte Zeiten zurück. Sie sind genetisch entfernt mit den Kel Dor und den Gand verwandt. Ihr Körper vereint Eigenschaften von Insekten und Säugetieren. Er hat sowohl ein inneres als auch ein äußeres Skelett. Auch ihre Augen sind eine Mischform und sie benötigen künstliche Linsen, um das Spektrum besser wahrnehmen zu können. In den Kopf implantierte kybernetische Verstärker unterstützen ihren Gehör- und Gleichgewichtssinn. All diese Geräte sehen sehr unbequem aus, doch die Tognathianer haben ein primitives Nervensystem und sind fast immun gegen Schmerzen. Daher teilt Saw mit Edrio und Benthic auch geheime Informationen – Folter kann bei ihnen nichts ausrichten.

Benthic durchstreift die engen Gassen der Heiligen Stadt. Er operiert auf der Stufe eines Lieutenants der Rebellen, hat aber keinen formalen Rang.

STURMENGEL

Saw unterhält eine kleine Staffel aus sechs X-Flüglern, genannt die Sturmengel, deren Basis eine Höhle nahe den Katakomben von Cadera ist. Die Piloten tauschen bei den halb kaputten Jägern oft Teile aus, um wenigstens ein oder zwei funktionsfähige Schiffe zu haben. Die Sturmengel haben nur begrenzt Astromechs und Hyperantriebsteile zu ihrer Verfügung.

„DU HAST EINEN VON UNS ANGEGRIFFEN. DU HAST DIR FEINDE GEMACHT."

– EDRIO

Edrio ist der Pilot und Benthic der Schütze der beiden Eigefährten. Beide sind gleichermaßen gute Kämpfer am Boden.

ÜBERSETZUNGSFEHLER

Benthic verbindet dem imperialen Überläufer Bodhi Rook die Augen und führt ihn zu Saw Gerrera in die Katakomben. Es gibt im Tognathianischen keine Übersetzung für das Wort „Überläufer", aber zum Glück kann Moroff das Konzept erklären – Bodhi hätte die Begegnung sonst nicht überlebt, denn Benthic kennt keine Gnade mit Imperialen.

FAMILIENBANDE

Das Wort „Eigefährte“ ist die ungefähre Übersetzung eines tognathianischen Ausdrucks. Die meisten würden Edrio und Benthic wohl als Brüder bezeichnen, aber der Vergleich wird ihrer Beziehung nicht gerecht. Hin und wieder verschmelzen Eier der Tognathianer im Brutgallert. Die daraus hervorgehenden Larven sind durch ein untrennbares Band miteinander verbunden. Sie sind sogar zu rudimentärer Telepathie fähig.

DATENBANK

NAME	Edrio und Benthic Two Tubes
HEIMATPLANET	Yar Togna
SPEZIES	Tognathianer
ZUGEHÖRIGKEIT	Saw Gerreras Rebellenmiliz
GRÖSSE	1,90 m
ALTER	32 Standardjahre

BODHI ROOK

ALS FRÜHERER IMPERIALER verfügt Bodhi über ausgezeichnete technische Kenntnisse und ist ein guter Pilot. Bevor er desertierte, flog Bodhi Kyberkristalle von Jedha zu einer geheimen imperialen Forschungsanlage auf Eadu. So lernte er den Wissenschaftler Galen Erso kennen, der ihm eröffnete, wie furchterregend der Todesstern wirklich sein würde. Bodhi trug mit seinen Lieferungen entscheidend zur Fertigstellung der Superwaffe bei.

Bodhi hat Zulassungen für alle Arten von Frachtschiffen, von Raumfähren der *Lambda*-Klasse bis zu den großen Langstreckenfrachtern der *Zeta*-Klasse.

Bodhis Gewissensbisse ließen ihn die Seiten wechseln, doch die Rebellenallianz ist – aus gutem Grund – nicht leicht zu finden. Er ergibt sich Saw Gerreras Streitkräften auf Jedha. Als Gefangener des paranoiden Gerrera muss Rook ein zermürbendes Verhör über sich ergehen lassen, doch er erduldet die Befragung, um Gerrera eine Holoaufzeichnung übergeben zu können: eine Aufzeichnung, die Jyn Erso und die Rebellenallianz in sein immer hektischer werdendes Leben hineinziehen wird. Bodhi ist ein zögerlicher Rebell, doch seine Abneigung gegen das Imperium ist größer. Trotz seiner Angst bringt er all seinen Mut auf, um den Rebellen seine Hilfe anzubieten. Er ist es auch, dem der Teamname „Rogue One" einfällt.

Bodhi hat den Befehl, während der Infiltration auf Scarif die Augen offen und die Maschinen warm zu halten. Er spielt eine wichtige Rolle beim Diebstahl der Baupläne des Todessterns.

WIE STEHEN DIE CHANCEN?

Um über die Runden zu kommen und sich von den Schattenseiten des Imperiums abzulenken, wettet Bodhi auf Odupiendo-Rennen. Er hat schon Tausende Credits gewonnen und verloren und dabei eine exzellente Beobachtungsgabe für Taktik und Geschwindigkeit entwickelt.

TE1.3-QUADNOKULAR VON NEUROSAAV

PILOT VON NEBENAN

Bodhi hat den Verfall seiner einst wunderschönen Heimatwelt Jedha unter der imperialen Besetzung miterlebt. Die Unterjochten nehmen sogar Arbeit von ihren Unterdrückern an, um zu überleben. Für eine gewisse Zeit hat Bodhi Wege gefunden, sich abzulenken, doch schließlich kann er das Leid seiner Landsleute nicht länger ignorieren.

Regenfester Poncho

„ER SAGTE, ICH KÖNNE MIT MIR INS REINE KOMMEN, WENN ICH MUTIG GENUG BIN."

– BODHI ÜBER GALEN ERSO

HINTER FEINDESLINIEN

Auch wenn die Rebellen ihm als Deserteur anfangs misstrauen, fühlt Bodhi sich ihnen verpflichtet. Auf Scarif muss er sich Soldaten stellen, mit denen er früher zusammengearbeitet hat.

Schweißerbrille für Reparaturarbeiten im Flug. Da er oft abgelenkt wird, trägt Bodhi sie einfach immer auf dem Kopf.

MAULWURF

Bodhis Wissen über die imperialen Transitprotokolle verschafft dem Team Rogue One Zugang zu andernfalls unzugänglichen Militäreinrichtungen. Im Imperium hat man Rook zwar schnell als Deserteur identifiziert, doch jeder Versuch, seine Zulassungen zu sperren, bleibt erfolglos. Bodhis frühere Glücksspielgewinne erlauben ihm, Creditzahlungen und sogar Identitätsbescheinigungen anderer Piloten einzufordern, sodass er dem Imperium immer einen Schritt voraus ist.

DATENBANK

NAME	Bodhi Rook
HEIMATPLANET	Jedha (Mond)
SPEZIES	Mensch
ZUGEHÖRIGKEIT	Früher imperialer Frachtpilot
GRÖSSE	1,72 m
ALTER	25 Standardjahre
KOPFGELD	75 000 Credits

Verblasstes imperiales Emblem – gegen die Vorschriften!

Imperiales Standardkomlink, das Bodhi selbst dann zwanghaft bedient, wenn Komsignale gestört sind.

Diagnosenrelaiszylinder

LASTENTRAGAUSRÜSTUNG
Bodhi schleppt eine riesige Kabeltrommel auf dem Rücken, um sein Shuttle an das imperiale Kommunikationsnetzwerk anzuschließen.

Datenrelais-Link im Ärmel

Medikit für den Feldeinsatz in der Seitentasche

CHIRRUT ÎMWE

DER TIEF RELIGIÖSE Chirrut Îmwe glaubt, dass alles Leben durch die Macht miteinander verbunden ist. Seine Blindheit ist für den hervorragenden Krieger kein Hindernis. Zwar ist Chirrut offensichtlich kein Machtnutzer, doch der Mönch hat seinen Körper durch physische und mentale Disziplin bis zur Perfektion trainiert.

Er stammt aus dem so gut wie ausgelöschten Orden der Wächter der Whills, die sich dem Schutz des Tempels des Kyber in der Heiligen Stadt von Jedha verschrieben haben. Seine Ursprünge sind längst in Vergessenheit geraten und untrennbar mit den Legenden der Jedi verwoben. Einige Gläubige beharren darauf, dass die Jedi sich von den Wächtern inspirieren ließen, während Historiker das genaue Gegenteil behaupten. Wie auch immer die Wahrheit aussieht, für Chirrut ist alles eine Sache des Glaubens. Über die Ursache seiner Blindheit spricht er nicht und durch die beschränkte medizinische Versorgung auf Jedha ist sein Zustand irreversibel. Doch seine verbleibenden Sinne filtern die Informationen aus seiner Umwelt und durch seine einzigartige Körperbeherrschung bewegt er sich präzise durch seine Umgebung.

Bei der Konfrontation mit einer Sturmtrupplerpatrouille nutzt Chirrut die Neigung seiner Feinde, seine Kraft zu unterschätzen, zu seinem Vorteil.

GEGENSÄTZE ZIEHEN SICH AN
Chirrut Îmwe und Baze Malbus haben eine gemeinsame Heimat und Geschichte. Sie könnten unterschiedlicher nicht sein. Baze ist ein hartgesottener Pragmatiker, während Chirruts Glaube ihn auch durch schwere Zeiten trägt. Jeder von ihnen behauptet, der Beschützer des anderen zu sein.

> „DIE MACHT IST MIT MIR UND ICH BIN MIT DER MACHT. ICH FÜRCHTE GAR NICHTS. ALLES IST, WIE DIE MACHT ES VERFÜGT."
> – CHIRRUT ÎMWE

SCHICKSALHAFTER BRÜCKENKOPF
Chirrut begleitet die Rogue One-Mission nach Scarif am Boden, um den Eindringlingen, die in die Zitadelle vordringen wollen, Deckung zu geben.

Handgearbeiteter Lichtbogen auf dem Rücken

Gehstock in defensiver Haltung

DER BLINDE MEISTER

Chirrut praktiziert Zama-Shiwo, eine Kampfkunst von Jedha, die auch als das innere Auge der äußeren Hand bekannt ist. Der Grundpfeiler dafür ist die Perfektion des physischen Bewusstseins z.B. über Position, Kontakt und innere Funktionen des Körpers. Man sagt, dass ein Meister dieser Techniken Herzschlag, Atmung und lebenserhaltende Prozesse mit übermenschlich erscheinenden Auswirkungen verändern kann. Die Jedi waren zu ähnlichen, auf Körperbeherrschung beruhenden Manövern fähig – manche glauben, dies sei in einer Verbindung beider Kulturen in uralten Zeiten begründet.

DIE MACHT DER ANDEREN

Obwohl Chirrut fest an die Wirklichkeit der Macht glaubt und den früheren Jedi-Orden respektiert, weiß er, dass niemand jemals als Einziger das Verständnis des kosmischen Energiefelds für sich beanspruchen kann.

Im Gegensatz zu den jüngst verschiedenen Jedi gibt es für die Wächter der Whills keinen Konflikt zwischen Licht und Dunkelheit. Die Wächter glauben, dass ihr Ansatz es dem sterblichen Geist erlaubt, die Ganzheit der Macht zu erfassen.

DATENBANK
NAME Chirrut Îmwe
HEIMATPLANET Jedha (Mond)
SPEZIES Mensch
ZUGEHÖRIGKEIT Wächter der Whills
GRÖSSE 1,73 m
ALTER 52 Standardjahre

KAMPF AUF JEDHA

DA ER IN IHR eine gute Seele spürt, eilt Chirrut Îmwe Jyn Erso zu Hilfe und stellt sich einem Trupp Sturmtruppler in den Weg. Die Imperialen können die Dreistigkeit dieses Einheimischen kaum glauben. Beim Versuch, Îmwe dingfest zu machen, erhalten die Soldaten jedoch eine Lektion darüber, dass Äußerlichkeiten täuschen können. Chirrut weicht ihren Versuchen, ihn festzunehmen, aus, lässt ihre Angriffe ins Leere laufen und teilt Schläge mit seinem Gehstock aus.

UMZINGELT

Jyn versucht, sich in den Straßen Jedhas an Sturmtruppen vorbeizukämpfen und K-2SO will sich mit vorgetäuschter imperialer Autorität durchschummeln. Letztendlich jedoch sind es Chirruts schnelle Bewegungen und Bazes Feuerkraft, die den Ausgang der Mission retten.

SCHWERE PATROUILLE

Ein schwer bewaffneter Panzer wird das Ziel eines aufständischen Angriffs, bei dem Saw Gerreras Miliz sich dessen eingeschränkte Beweglichkeit in den verstopften Straßen der Stadt zunutze macht. Eine gut geworfene Haftbombe verwandelt das Panzerfahrzeug in ein schwelendes Verkehrshindernis und die Rebellen greifen von einem oberhalb gelegenen Brückengeländer aus mit Blastern und Granaten an.

SCHWER BEWAFFNETER KRIEGER

BAZE MALBUS

DER EHEMALIGE WÄCHTER der Whills, Baze Malbus, hat im Kampf gegen das Imperium seine Bestimmung gefunden. Der hartgesottene Veteran unzähliger Scharmützel legt ein Draufgängertum an den Tag, das in eklatantem Kontrast zu der spirituellen Ruhe seines besten Freundes Chirrut Îmwe steht. Bazes Glauben ist offenbar in den Flammen von Jedha verdampft und das Gewicht der Unterdrückung seiner Welt hat seine Seele bis auf einen komprimierten, wütenden Kern zerquetscht. Doch in seinem grimmigen Wesen ist Platz für Galgenhumor. Am liebsten lacht er über die Mantras seines besten Freundes.

Baze Malbus betrachtet Neuankömmlinge auf Jedha mit Argwohn. Sein Finger ist nie weit vom Abzug seiner Waffe entfernt.

Baze hat wenig für die Allianz übrig und wirft Mon Mothmas Freiheitskämpfer mit Saw Gerreras Extremisten in einen Topf. Solange jeder in die richtige Richtung schießt – auf das Imperium –, ist ihm Politik egal. Als aber die Bedrohung durch den Todesstern Jedha für immer verändert, wird die Rebellion für Baze zu einer sehr persönlichen Angelegenheit.

Baze kniet am Strand von Scarif, bereit für die nächste Phase im Kampf gegen das Imperium.

AUF SCARIF
Inmitten der brennenden Wrackteile eines abgeschossenen U-Flüglers erwidert Baze das Feuer auf die heranstürmende Todestruppler-Verstärkung.

„SIE HABEN UNSERE HEIMAT ZERSTÖRT. JETZT KÄMPFE ICH GEGEN DAS IMPERIUM.“
– BAZE MALBUS

Modifizierter, illegaler Repetierblaster

SCHWERES GESCHÜTZ

Baze hat die Gewänder der Wächter der Whills zugunsten einer Panzerung und eines Pilotenanzugs abgelegt, den ihm ein Besucher nach Jedha mitgebracht hat. Wenn Baze seine besetzte Stadt verteidigt, lässt nichts mehr auf die Eleganz und Disziplin der Wächter schließen. Sein schwerer Repetierblaster beschert ihm kurze Momente der Vergeltung, die wie die Energiezellen, die seine Waffe antreiben, immer wieder aufgefüllt werden müssen.

HANDARBEIT
Baze bevorzugt zwar schwere Feuerwaffen wie seinen Raketenwerfer, mit dem er einen AT-ACT angreift, doch seine Nahkampffertigkeiten hat er nicht vergessen. Auf Scarif macht er geräuschlos viele Feinde kampfunfähig, um dem Team Rogue One zu helfen.

WIEDERHOLUNGSTÄTER

Um die Funktionsdauer der internen Komponenten zu verlängern, hat Bazes Repetierkanone eine eingebaute Laserkreislaufvorrichtung – durch die Waffe fließt in etwa die zerstörerische Leistung von fünf Lasergewehren. Da die erforderliche Technologie nicht in das kompakte Gehäuse der Waffe passt, musste sie zum Teil ausgelagert werden und ist nun auf einen flexiblen Gurt und eine Kühl- und Energiezelleneinheit auf dem Rücken verteilt. Bazes Waffe ist für den zivilen Gebrauch alles andere als legal, aber in Zeiten des Überlebenskampfs und des Aufstands sind Gesetze auf Jedha bedeutungslos geworden.

DATENBANK

NAME	Baze Malbus
HEIMATPLANET	Jedha (Mond)
SPEZIES	Mensch
ZUGEHÖRIGKEIT	Vormals Wächter der Whills
GRÖSSE	1,80 m
ALTER	53 Standardjahre

WAFFEN DER WÄCHTER

OBWOHL BEIDE DEN WÄCHTERN der Whills angehören, könnten Baze und Chirrut im Kampf unterschiedlicher nicht sein. Der Traditionalist Chirrut kämpft mit Waffen des alten Ordens, während Baze moderne Kriegsführung bevorzugt. Ihre Methoden sind Ausdruck ihrer beiden Persönlichkeiten. Mag Baze Chirrut auch für seine altertümlichen Ansichten aufziehen und Chirrut mit Unverständnis darauf reagieren, dass Baze sich auf seelenlose Werkzeuge verlässt – sie vertrauen auf den Umgang des Anderen mit den Waffen seiner Wahl.

RAKETENANGRIFF
Der unkonventionelle Baze nutzt jede Waffe, die ihm zur Verfügung steht, zum Beispiel diesen HH-12-Raketenwerfer der SpecForces, den er sich auf Scarif aneignet.

DATENBANK

HERSTELLER	Morellianisches Waffenkonglomerat
WAFFENSYSTEM	MWC-35c Repetierkanone „Stakkatoblitz“
GEWICHT	30 kg
ENERGIESYSTEM	Komprimierte Leiterzellen (Klasse K)
KÜHLSYSTEM	Tank mit R717-Kühlmittel
MUNITION	35 000 Runden, bei voll geladenen Energiezellen

MEHR FEUER, MEHR ZIELE

Bazes Repetierkanone hat zwei Modi. In der Standardeinstellung feuert sie in schneller Abfolge und Baze kann ein großes Schussfeld abdecken. Die Zielerfassungsmechanik im Elektroskop erkennt Bazes Position und Blickrichtung und fasst Schüsse zu Salven zusammen, die die Trefferquote maximieren. Der zweite Modus ist ein einzelner Powerschuss. Der untere Lauf sammelt dafür Energie durch eine Repetiervorrichtung im Vorderschaft. Beide Modi greifen auf dieselbe Energiequelle zurück, mit unterschiedlichen Ergebnissen.

DATENBANK

HERSTELLER	Chirrut Îmwe
WAFFENSYSTEM	Traditioneller Lichtbogen der Wächter der Whills
GEWICHT	8 kg
ENERGIESYSTEM	Diatium-Energiezelle
KÜHLSYSTEM	Wird mit Luft gekühlt
MUNITION	50 Runden mit Standard-Blasterenergiezelle

ANGRIFFSBEREIT
Für den Einsatz stabilisiert Chirrut den langläufigen Lichtbogen mit einer Hand, die einen Armschutz trägt, und zieht dann den Griff zurück, um die Wurfarme mit den Polarisatoren auszuklappen.

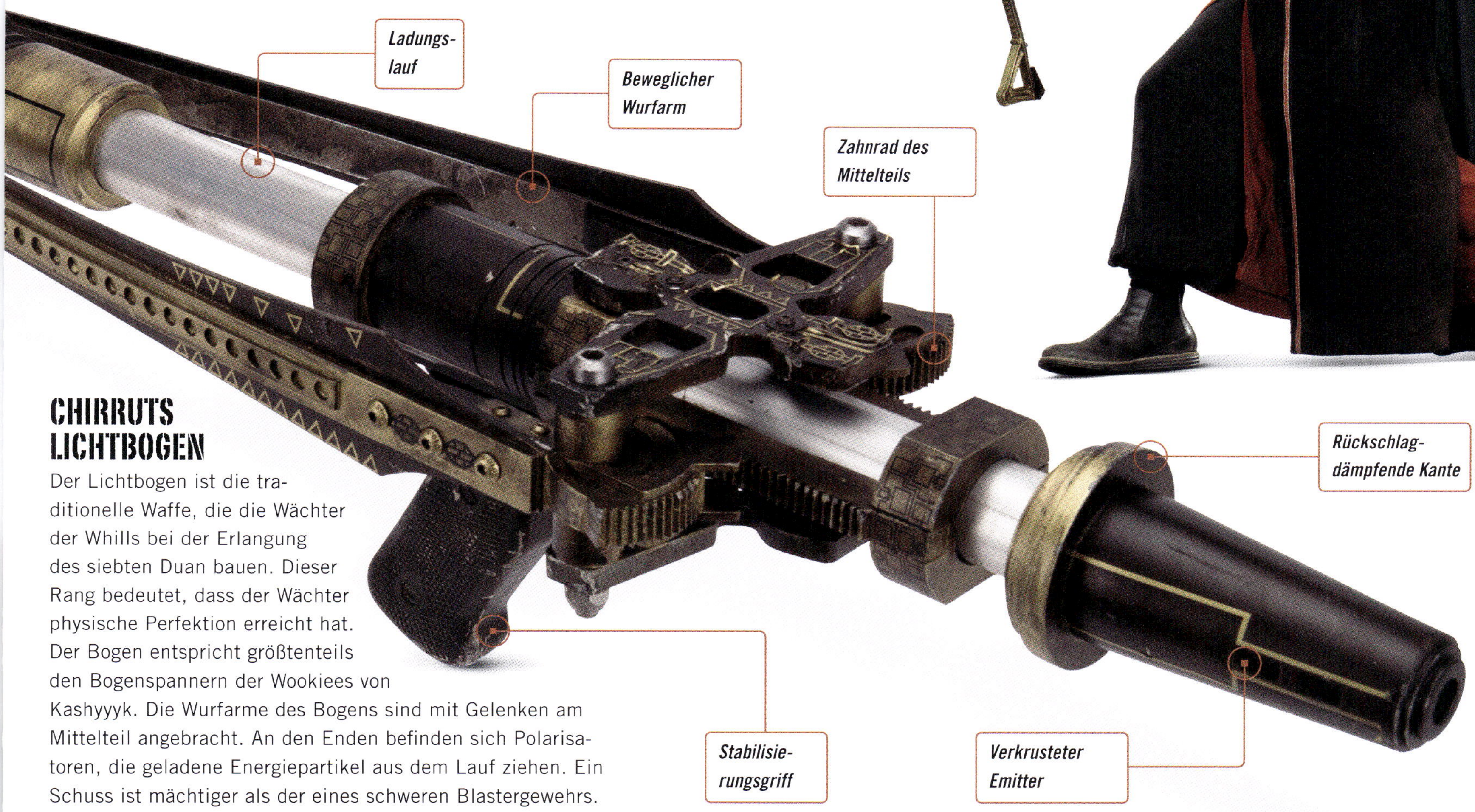

CHIRRUTS LICHTBOGEN

Der Lichtbogen ist die traditionelle Waffe, die die Wächter der Whills bei der Erlangung des siebten Duan bauen. Dieser Rang bedeutet, dass der Wächter physische Perfektion erreicht hat. Der Bogen entspricht größtenteils den Bogenspannern der Wookiees von Kashyyyk. Die Wurfarme des Bogens sind mit Gelenken am Mittelteil angebracht. An den Enden befinden sich Polarisatoren, die geladene Energiepartikel aus dem Lauf ziehen. Ein Schuss ist mächtiger als der eines schweren Blastergewehrs.

CHIRRUTS STAB

Der Stab aus flammengehärtetem Unetiholz hilft Chirrut dabei, seinen Weg durch die Straßen zu finden. An der Spitze ist ein kleines Licht angebracht, das einen Kybersplitter enthält. Es ist einerseits ein Symbol für Erleuchtung, andererseits weiß Chirrut dank seiner Hilfe, wo das Ende des Stabs ist, da er die Schwingungen des Kristalls hören kann.

ANGRIFFSPANZER

DAS IMPERIUM HAT nach den Klonkriegen keine Mühen gescheut, um seine ohnehin schon beeindruckenden Bodentruppen noch weiter auszubauen. Sein Herrschaftsbereich wächst stetig, und so mächtig seine Flotte ist – um einen Planeten zu kontrollieren, muss das Imperium Präsenz am Boden zeigen. Das wachsende Arsenal von Geländeangriffsvehikeln (GAVs), darunter schwere Angriffspanzer, wird immer häufiger auf besetzten Welten eingesetzt.

DATENBANK

HERSTELLER Rothana Schwermaschinenbau

MODELL TX-225 GAVw „Besatzer" Kampfangriffspanzer

ZUGEHÖRIGKEIT Galaktisches Imperium

HÖHE 1,82 m

BESATZUNG 3 (Kommandant, Fahrer, Schütze)

GESCHWINDIGKEIT 72 km/h (45 km/h im Gelände)

BEWAFFNUNG 2 hochstellbare mittelschwere Doppellaserkanonen, 1 frontale mittelschwere Doppellaserkanone

WERTVOLLE FRACHT

Das Imperium konfisziert Kyberkristalle aus den Minen und aus dem Besitz der Bewohner von Jedha und lagert sie in gepanzerten Frachtmodulen mit orangefarbener Farbkodierung. Die Panzer fahren die Module zu wartenden Transportschiffen, die sie zu den Forschern der Tarkin-Initiative auf anderen Planeten fliegen.

HINTERHALT DER AUFRÜHRER

Der Tythoni-Platz in Jedha City ist ein perfekter Ort für einen Hinterhalt. Hinter Brüstungen und auf Dächern versteckte Aufrührer eröffnen das Feuer und bewerfen das Antriebssystem des Panzers mit Sprengsätzen. Einer davon trifft das Kettenfahrwerk und macht den Panzer dadurch noch verwundbarer.

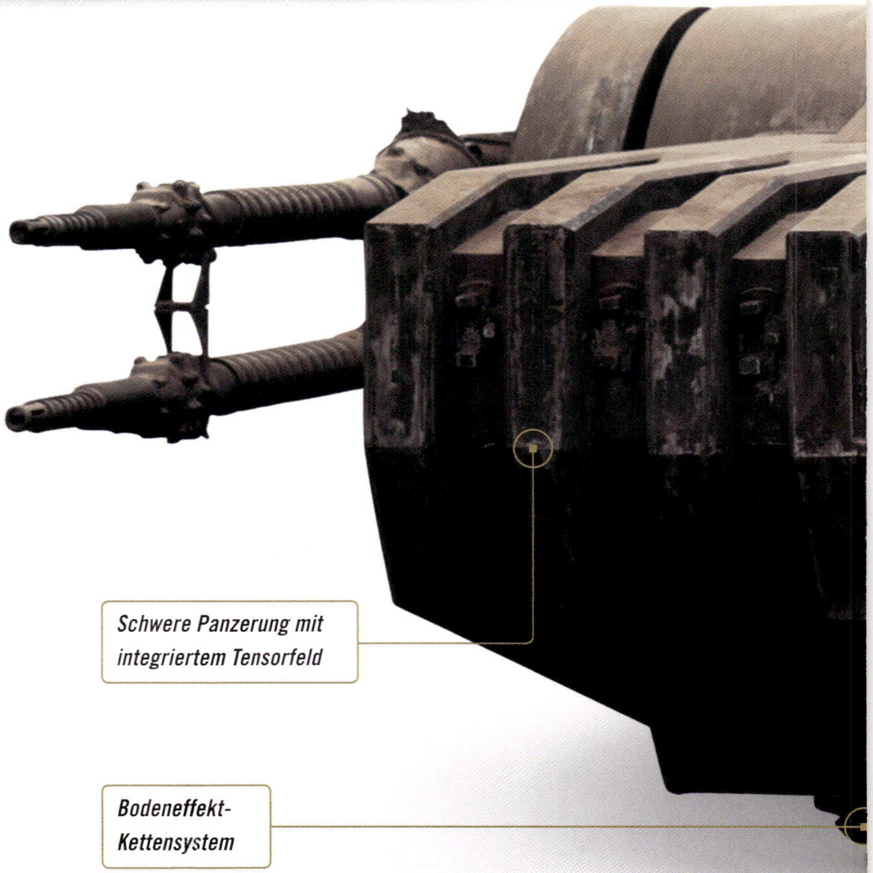

INFANTERIEVERSTÄRKUNG

Trotz seiner schweren Panzerung und Bewaffnung sind Panzer bei Bodenangriffen gefährdet. Die dicht besiedelte Umgebung und hohe Aussichtspunkte können von ausgebildeten Guerillas ausgenutzt werden, um Panzer einzukesseln und anzugreifen. Als Gegenmaßnahme begleiten Standard-Sturmtruppler die langsame Fahrt des Panzers durch Jedha City.

BEFEHL VON OBEN

Der Panzerkommandant gibt von der höchsten Einstiegsluke des TX-225 aus Befehle und koordiniert den Einsatz seiner Besatzung. Wenn Infanterieeinheiten als Begleitung aufgestellt werden, fallen auch diese unter sein Kommando, denn die Soldaten sind zum Schutz des Fahrzeugs eingeteilt. Die Helmsysteme des Kommandanten sind mit dem Computer des Fahrzeugs synchronisiert, sodass er stets über Statusänderungen informiert ist.

TX-225 BESATZER

ROTHANA SCHWERMASCHINENBAU ist schon seit Langem Rüstungslieferant für das Imperium, unter anderem produzierten sie die ersten Läufer, die in den Klonkriegen eingesetzt wurden. Heute ist Rothana auf Bodeneffekt- und Repulsorliftpanzerfahrzeuge spezialisiert. Der TX-225-Angriffspanzer fährt auf Gliederketten, die dem Fahrzeug Manövrierbarkeit in enger Umgebung ermöglichen. Seine Laserkanonen sind ideal, um feindliche Truppen aufzumischen und der starke Antrieb ermöglicht den Transport schwerer Lasten.

PANZERUNGSSTRUKTUR

Bodenfahrzeuge haben selten Schilde, da Luftreibung ihre Leistung beeinträchtigt und Deflektorschildgeneratoren überlastet. Stattdessen ist der TX-225 mit einem leichten, aber robusten Verbundstoff gepanzert. Das Gemisch aus mit Quadanium angereichertem Titan ist mit Keramikplatten durchsetzt und mit einem elastischen Gitter verbunden. Die Panzerung ist erstaunlich belastbar, ohne dabei das Antriebssystem mit dem zusätzlichen Gewicht zu belasten.

ANTRIEBSSYSTEM

Es gibt zwei Modelle des TX-225 Besatzers. Das Standardmodell, der TX-225 GAVw, wird mit einer Raupenkette angetrieben, der TX-225 GAVr dagegen schwebt mittels Repulsorlifts über dem Boden. Auf Jedha wird die Kettenversion eingesetzt. Antriebsräder bewegen die Kette aus Metallplatten, um das Fahrzeug in kriechende Bewegung zu versetzen. Das macht diese Variante stabiler als das Repulsorliftmodell, außerdem ist sie immun gegen auf Repulsorliftsignaturen ausgelegte Sprengsätze. Die Kette ist allerdings ein komplexer Mechanismus, der durch Vernachlässigung beschädigt werden kann. Wohlplatzierter Sprengstoff kann Kettenglieder herausreißen und das Fahrzeug bewegungsunfähig machen.

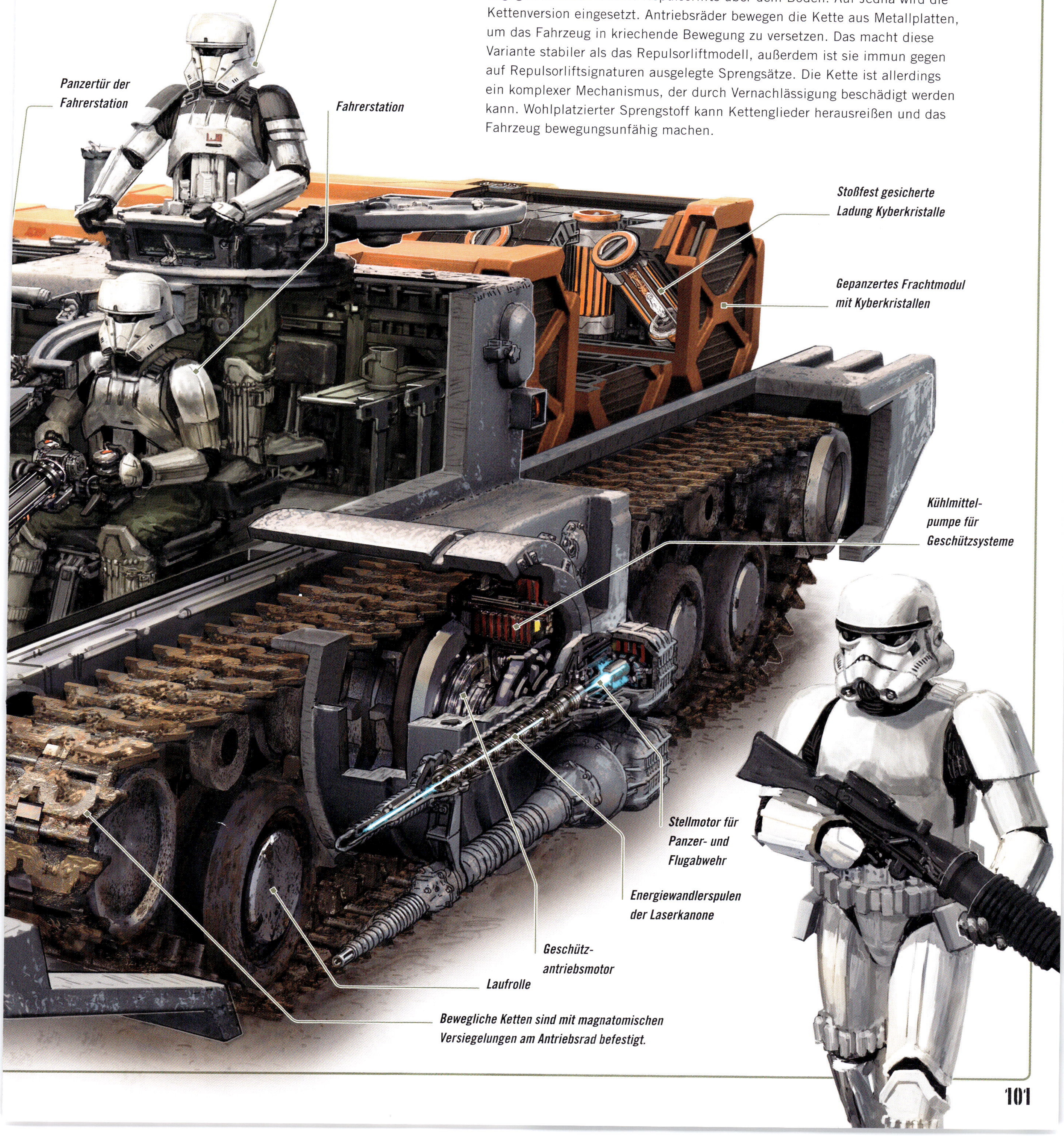

PANZERFAHRER

KAMPFFAHRZEUGFAHRER bedienen die Geländeangriffsvehikel (GAV) des Imperiums – von Truppentransportern bis zu Panzern. Die Fahrer selbst sind nur leicht gerüstet und verlassen sich im Kampf auf die schützende Wirkung der dicken Außenhülle ihrer Fahrzeuge. Auf Jedha steuern sie die mächtigen TX-225-Angriffspanzer durch die schmalen Straßen der Heiligen Stadt, demonstrieren ihre überlegene Feuerkraft und eskortieren Kyber-Ladungen, die vom Planeten abgeholt werden.

Über der gepanzerten Außenhülle des Fahrzeugs hat der Panzerkommandant eine gute Aussicht, die es ihm erlaubt, während Kampfhandlungen unverzüglich Entscheidungen zu treffen.

Drei Soldaten bilden die Minimalbesetzung eines TX-225: ein Panzerkommandant, ein Fahrer und ein Schütze. Der Kommandant mit den grauen Markierungen auf der Rüstung koordiniert den Einsatz des Panzers und aller begleitenden Fahrzeuge oder Infanteristen, die Teil der Patrouille sind. Schütze und Fahrer tragen identische Rüstungen. Der Fahrer bedient den Panzer und ist für die Maschinen verantwortlich. Der Schütze feuert und sorgt dafür, dass die Geschütze stets einsatzbereit sind.

Die verstopften Straßen der Heiligen Stadt von Jedha erfordern langsame Fortbewegung. Begleitende Infanterie hält die Augen nach Aufrührern offen.

JEDHA-PATROUILLE
Granaten, Minen und widerständische Scharfschützen sind eine ständige Gefahr für imperiale Patrouillen. Der TX-225 ist ein bedrohlicher Anblick, aber auch ein verlockendes Ziel.

LEICHTE RÜSTUNG

Die Uniform der imperialen Kampffahrzeugfahrer wurde während der Regierungszeit des Imperators immer wieder geändert, um Verbesserungen in Sachen Vielseitigkeit und Spezialisierung der Fahrzeugführer umzusetzen. Die neueste Version ist eine Teilrüstung, die Schutz bietet, aber auch die nötige Flexibilität für das Sitzen im engen Inneren eines Panzerfahrzeugs gewährleistet.

Graue Markierungen für Kommandantenstatus

Flexible Beinschienenplatten für sicheren Halt

„WEITERFAHREN. ZERMALMT ALLES, WAS IM WEG STEHT."
– SEARGANT ARBMAB

KRISTALL-LIEFERUNGEN
Imperiale TX-225-Angriffspanzer transportieren schwere Lasten durch die Heilige Stadt wie zum Beispiel die orangefarbenen Frachtcontainer mit konfiszierten Kyberkristallen aus den Minen von Jedha. Diese Ladungen werden von Panzer- und Sturmtrupplern zu Frachtschiffen gebracht und vom Mond wegtransportiert.

KOORDINIERTE EROBERUNG

Imperiale GAV-Besatzungen verlassen sich auf koordinierte Einsätze mit verschiedenen Einheiten. Die Vorschrift besagt, dass GAV nicht ohne adäquate Rückendeckung aus der Luft oder dem Orbit operieren dürfen und, wenn möglich, von Infanterie begleitet werden sollen. Während Panzercrews den Fußsoldaten Namen geben wie „Minipanzer“ oder „Leichtfüße“, nennen Infanteristen die Panzer im Gegenzug „Feuermagneten“. Die Rebellenallianz hat kaum gepanzerte Einheiten und greift imperiale Panzer mit Minen oder improvisierten Sprengladungen an.

DATENBANK

NAME	HH-4413 (Sergeant Warda Gojun)
HEIMATPLANET	Saleucami
SPEZIES	Mensch
ZUGEHÖRIGKEIT	71. GAV-Bataillon
GRÖSSE	1,80 m
ALTER	22 Standardjahre

AT-ST

AUFRÜHRER UNTERSCHÄTZEN OFT das Potenzial des Allterrain-Scouttransporters (AT-ST oder Scoutläufer). Hinter dem trügerisch strauchelnden Gang verbirgt sich ein mächtiges Patrouillenfahrzeug. AT-STs werden normalerweise auf offenen Schlachtfeldern für Aufklärung und Truppenunterstützung eingesetzt. In den überfüllten Vierteln von Jedha City wird er zu einer tödlichen Bedrohung für die Rebellen. Beschuss aus Handfeuerwaffen prallt an der Panzerung ab, doch improvisierte Sprengsätze können den AT-ST aus dem Gleichgewicht bringen.

GEPANZERTES COCKPIT

Panzerplatten umhüllen die Kontrollkabine und schützen die zweiköpfige Besatzung. Von ihrer erhöhten Position aus haben Fahrer und Schütze einen guten Überblick. Der „Kopf“ des Läufers sitzt auf einem Geschützturm. In seinem „Kinn“ befindet sich eine Zwillingslaserkanone und an den „Schläfen“ sind modulare Waffenplätze angebracht, sodass das Schussfeld mit drei Hauptwaffen abgedeckt werden kann. Die zwei Sichtfenster sind gezielt im oberen Bereich des „Gesichts“ eingebaut, um den beunruhigenden Anblick eines seelenlosen Monsters oder übergroßen Kampfdroiden zu erzeugen.

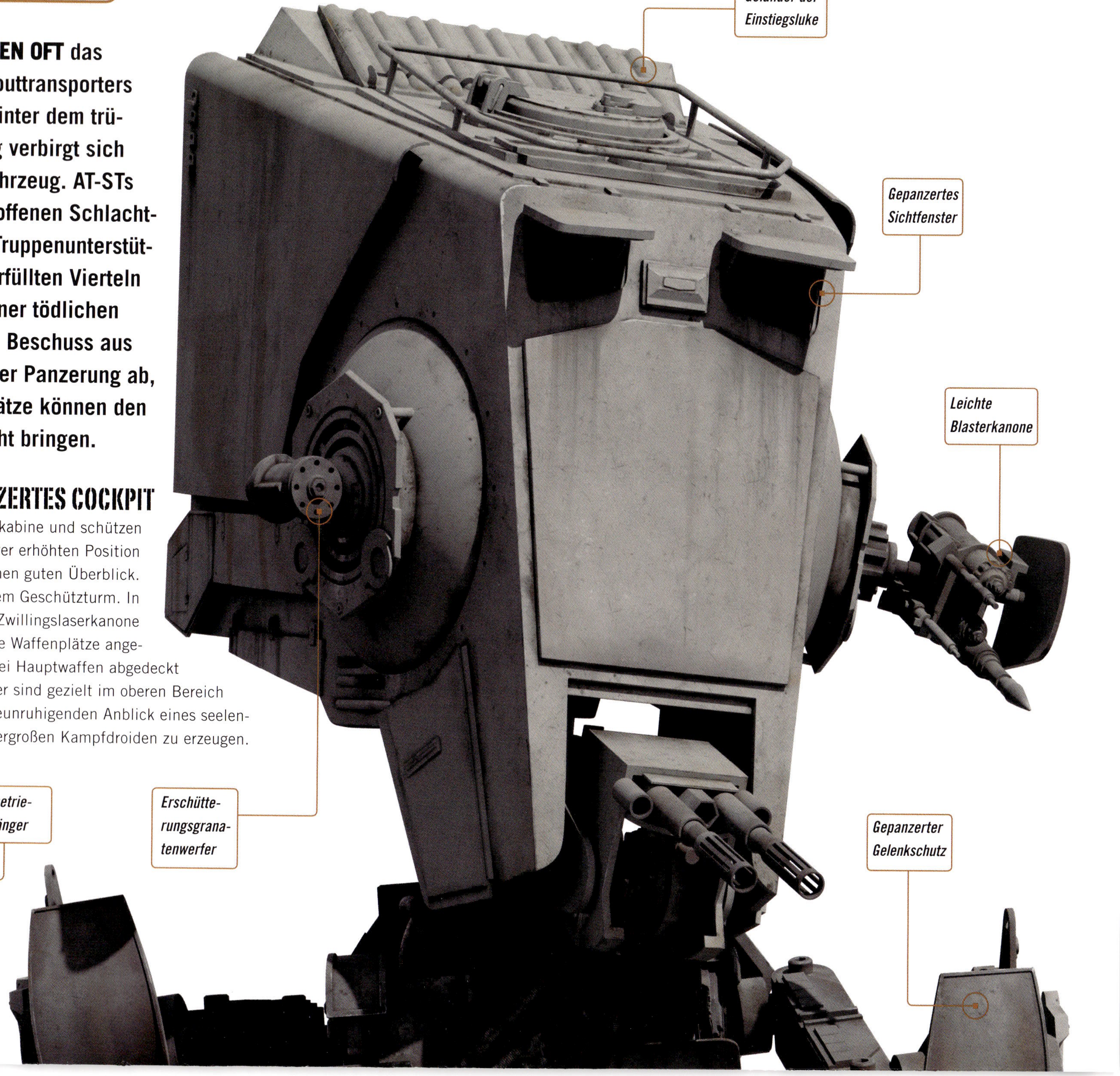

AT-ST-PILOTENHELM

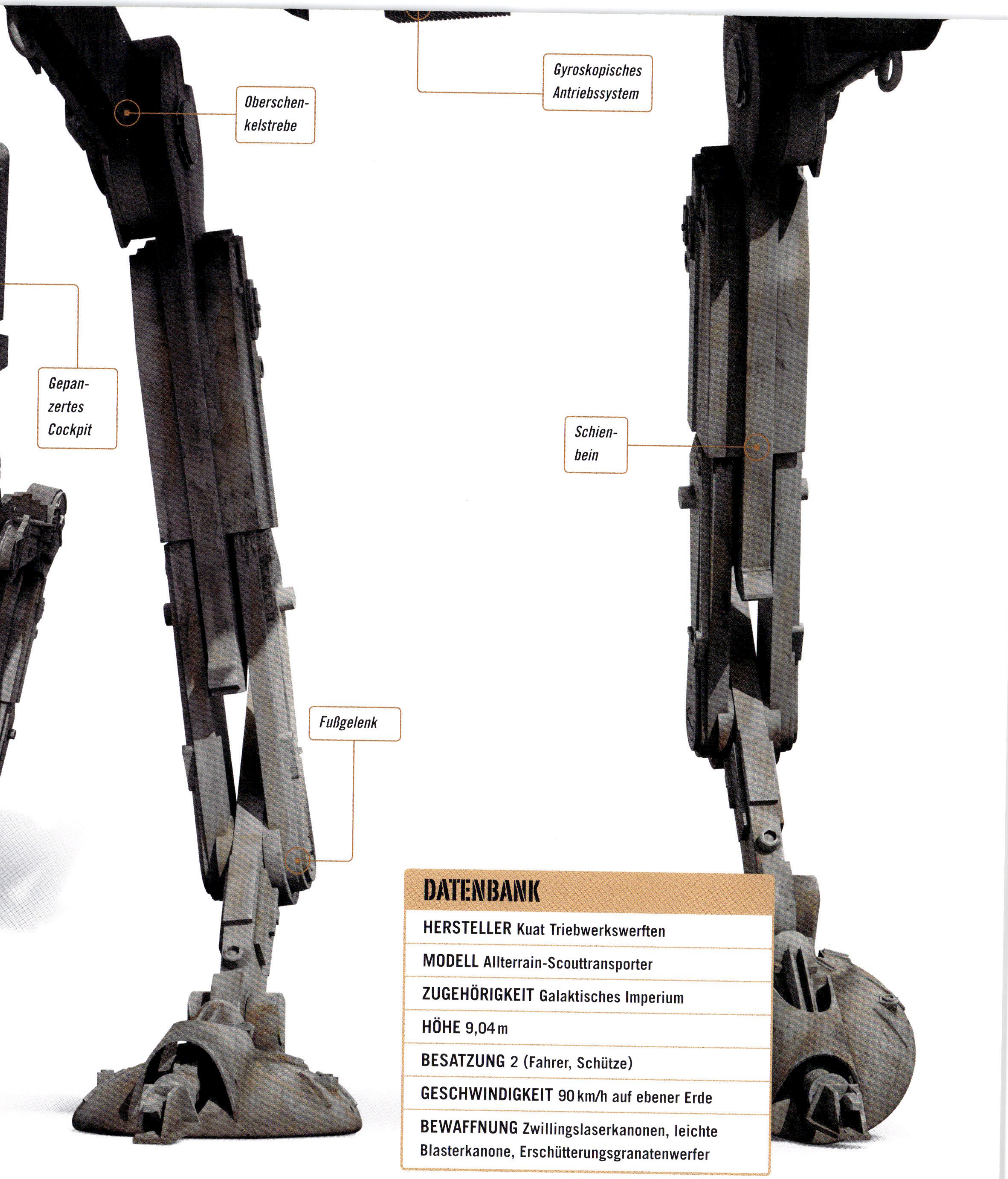

AGILES FAHRWERK
Ein komplexes gyroskopisches Stabilisierungssystem befindet sich im Innern des Bewegungsantriebs des Läufers. Es hält ihn aufrecht, während das Gewicht von einem Bein zum anderen wechselt. Seitliche Stützen erlauben dem AT-ST eine Vielzahl an Beinstellungen.

DATENBANK

HERSTELLER	Kuat Triebwerkswerften
MODELL	Allterrain-Scouttransporter
ZUGEHÖRIGKEIT	Galaktisches Imperium
HÖHE	9,04 m
BESATZUNG	2 (Fahrer, Schütze)
GESCHWINDIGKEIT	90 km/h auf ebener Erde
BEWAFFNUNG	Zwillingslaserkanonen, leichte Blasterkanone, Erschütterungsgranatenwerfer

KAPITEL 4

DAS IMPERIUM

Das Galaktische Imperium erhob sich aus dem Chaos der Klonkriege mit dem Versprechen von Frieden und Sicherheit für die kriegsmüde Bevölkerung. Viele gaben freiwillig Freiheiten im Austausch für Stabilität auf. Der Senat versucht vergeblich, die Macht des Imperiums einzudämmen. Die Pläne des Imperators sehen keine Einschränkungen vor und die Fertigstellung des Todessterns wird ihn unaufhaltbar machen.

ORSON KRENNIC

DER DIREKTOR der Sondereinheit für Rüstungsforschung für das imperiale Militär ist besessen von der Fertigstellung des stark im Zeitplan zurückliegenden Todessternprojekts. Krennic ist grausam, aber brillant, und sein Ruf hängt von der Lieferung der funktionsfähigen Kampfstation an den Imperator ab. Er weiß, dass eine starke Hand gebraucht wird, die die Zukunft der Zivilisation in der Galaxis lenkt. Da er seit Langem von seinem eigenen Genie überzeugt ist, kann diese starke Hand nur er selbst sein.

Als junger Mann brachte Krennics Genialität ihm einen Platz im Brentaal-Zukunftsprogramm ein, einem Bildungsinstitut für die Ausbildung von Wunderkindern. Das Spezialgebiet des jungen Orson war Architektur, allerdings bescheinigten ihm viele seiner Mentoren, dass seine Manipulationsfähigkeit genauso effektiv war wie sein Konstruktionstalent. Während der Klonkriege leitete Krennic den Umbau kommunaler Anlagen in militärische Kommandozentralen. Seine Bauten ersetzten nach und nach die fließenden Linien republikanischer Architektur durch jenes brutalistische Design, das später zur imperialen Ästhetik wurde. Als aus den Entwürfen für den Todesstern schreckliche Realität wurde, stieg auch Krennics Stern immer höher.

Die ständigen Verspätungen der Operation Todesstern machen Krennic zu schaffen. Immerhin hängt sein Ruf von der Lieferung der Superwaffe ab.

AUF DER JAGD

Krennic nutzt alle zu seiner Verfügung stehenden Ressourcen, um den flüchtigen Galen Erso zu finden. Er hat seinen langjährigen Kollegen manipuliert und getäuscht, damit der die entscheidende Forschung für die Fertigstellung des Todessterns voranbrachte. Unter dem großem Druck, das Projekt endlich abzuschließen, wirft Krennic jegliche Freundschaft über Bord.

DER TOD IST NAH
Auf Lah'mu marschieren Krennic und seine Todestruppler auf den Hof der Ersos zu. Krennic ist der Meinung, dass Galen genug Gelegenheiten hatte, sich zu fügen. Das Galen die Dinge nicht durch Krennics Augen sehen kann, ist eine untragbare Charakterschwäche.

„WIR WAREN DABEI, GROSSES ZU VOLLBRINGEN, GALEN.“

– ORSON KRENNIC ZU GALEN ERSO

UNTER DRUCK
Die Anforderungen der imperialen Ränge setzen Krennic unter Druck. Er ist kein prinzipientreuer Coruscanti, der sich mit Worten durch Debatten und Politik lavieren kann. Krennics feuriges Temperament ist so manchem, wie zum Beispiel Großmoff Tarkin, äußerst unangenehm.

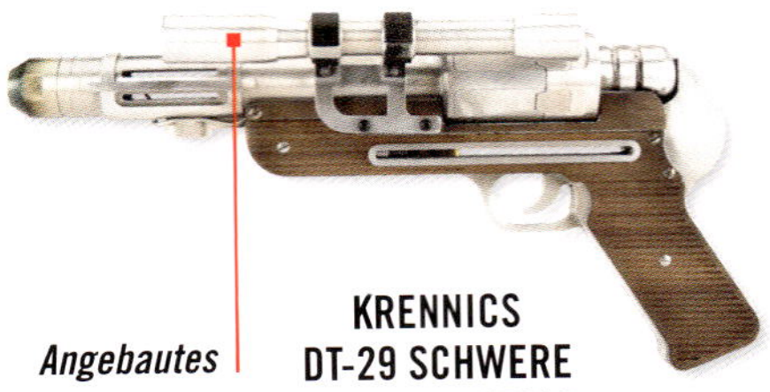

Angebautes Makroskop

KRENNICS DT-29 SCHWERE BLASTERPISTOLE

ARCHITEKT DER ZERSTÖRUNG

Krennic weiß, dass er von ehrgeizigen Imperialen umgeben ist, die ihre Machtpositionen auf dem Rücken der Schwächeren aufbauen. So kurz vor der Fertigstellung des Todessterns ist Krennics Karriere sowohl am Zenit als auch an einem äußerst wunden Punkt angelangt. Die Kampfstation ist der letzte Schritt des Imperators zur Eroberung der gesamten Galaxis. Die Waffe erfolgreich bei Palpatine abzuliefern, würde Krennic zum unsterblichen Helden des Imperiums machen – etwas, das er mehr begehrt als alles andere.

DATENBANK

NAME Orson Krennic
HEIMATPLANET Lexrul (Sativran City)
SPEZIES Mensch
RANG Direktor der Sondereinheit für Rüstungsforschung, Tarkin-Initiative, Imperium
GRÖSSE 1,80 m
ALTER 62 Standardjahre

LEBENSLAUF

51 VR1	Geburt auf Lexrul
36 VR1	Zulassung zum Brentaal-Zukunftsprogramm
36 VR1	Lernt Galen Erso kennen.
22 VR1	Arbeit für Rüstungsentwicklung der Republik
19 VR1	Stellt Galen ein.
13 VR1	Macht Galen ausfindig.
0 VR1	Waffentest an Jedha

DARTH VADER

DIE FURCHT EINFLÖSSENDE, geisterhafte Gestalt, die in den oberen Ebenen der imperialen Militärhierarchie umgeht, pflegt eine spezielle Beziehung mit dem Imperium. Darth Vader hat keinen formalen Rang und benötigt auch keinen, denn er ist der Abgesandte des öffentlichkeitsscheuen Imperators. Das Projekt Todesstern hat das persönliche Interesse Palpatines erregt und Vader soll die Offiziere, die daran arbeiten, überwachen.

Auf der vulkanischen Welt Mustafar machte sich der soeben umgetaufte Darth Vader seinen früheren Freund und Mentor, den Jedi-General Obi-Wan Kenobi, zum Feind.

Darth Vader und seine Geschichte sind in der Öffentlichkeit kaum bekannt: Unter seinem Geburtsnamen Anakin Skywalker war er ein Held der Klonkriege und ein starker Jedi, der immer wieder seine Abenteuerlust und auch seine Neigung, an die Grenzen der Vorschriften des Ordens zu gehen, unter Beweis stellte. Der Jedi-Orden weigerte sich, Skywalker in einen Rang zu erheben, der es ihm erlaubt hätte, seine Fähigkeiten voll zu entfalten. Damit spielte er dem Obersten Kanzler Palpatine in die Hände, der um Anakins Loyalität buhlte. Der heimliche Sith versprach ihm, dass die dunkle Seite der Macht ihn noch mächtiger machen und es ihm ermöglichen würde, die Galaxis nach einem strengen und ordentlichen Ideal zu formen. Skywalker schwor ihm die Treue und wurde zu Darth Vader.

Vader erlitt bei seinem Duell gegen Kenobi auf Mustafar lebensbedrohliche Verletzungen. Palpatine, nunmehr Imperator, ließ seinen Musterschüler mithilfe von kybernetischer Technologie retten.

Als Teil seines Dienstes für den Imperator hat Vader das Kommando über viele militärische Ressourcen, unter anderem über den Sternenzerstörer *Devastator*.

WIEDERGEBURT

Der mechanische Tyrann, der einst Anakin Skywalker war, ist für immer in eine Panzerhülle eingeschlossen. Der Großteil seines biologischen Körpers wurde durch kybernetische Teile ersetzt, um ihn am Leben zu erhalten. Aufgrund seines Zustands ist er nie weit von medizinischen Einrichtungen entfernt, wo seine Systeme gewartet werden können.

„DIE FÄHIGKEIT, EINEN GANZEN PLANETEN ZU VERNICHTEN, IST NICHTS GEGEN DIE STÄRKE, DIE DIE MACHT VERLEIHT."
– DARTH VADER

DUNKLER MONOLITH
Vaders persönliche Wohnstätte ist ein Obsidianturm auf Mustafar. Der Imperator hat verfügt, dass Vader auf der Welt leben sollte, die ihn für immer entstellt hat. Sein Diener Vaneé sieht nach ihm, während Vader in einer Verjüngungskammer meditiert. Das kahle Bauwerk wurde über einer alten Burg voller dunkler Geheimnisse erbaut.

DARTH VADERS SITH-LICHTSCHWERT

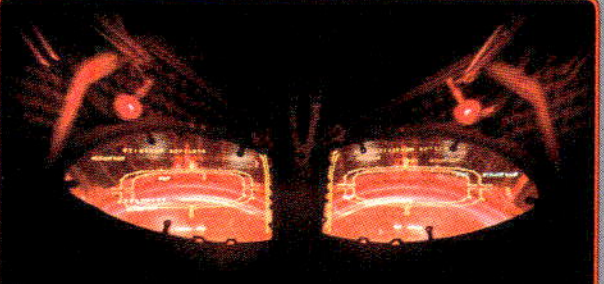

ROTE AUGEN
Fotorezeptorlinsen und Bildschirme haben angepasste Farbgebung, um Vaders geschwächte Augen zu schonen. Im Laufe der Jahre wurden unterschiedliche Optiksysteme in Vaders Helme eingebaut.

TECHNOLOGISCHES SCHRECKGESPENST

Vader hat wenig Respekt für das Todessternprogramm, doch er führt die Befehle seines Meisters, die Sicherheit und die Fertigstellung des Projekts zu gewährleisten, zügig und ohne Fragen zu stellen aus. Vaders Meinung nach hat der Todesstern politische Ambitionen in Menschen geweckt, die der Macht einer solchen Superwaffe nicht würdig sind. Wahre Macht erwächst aus Hingabe und Entbehrung, wie Vader selbst durch die Verluste unter Beweis gestellt hat, die er auf dem Pfad zur dunklen Seiten der Macht erlitten hat.

LEBENSLAUF

- **41 VR1** Geburt als Sklave Anakin Skywalker
- **32 VR1** Aufnahme in den Jedi-Orden
- **32 VR1** Schüler von Obi-Wan Kenobi
- **22 VR1** Erhält den Rang des Jedi-Ritters.
- **19 VR1** Wird zu Darth Vader.

DATENBANK

NAME Darth Vader
HEIMATPLANET Aufgewachsen auf Tatooine
SPEZIES Mensch
ZUGEHÖRIGKEIT Dunkler Lord der Sith, Abgesandter des Imperators
GRÖSSE 2,02 m
ALTER 41 Standardjahre

DATENBANK

REGION Mobil

DURCHMESSER 160 km

TERRAIN Die Decks sind um ein Kraftwerks- und Antriebssystem herum angelegt. Die „Stadtgebiete“ an der Oberfläche sind in Funktionssektoren eingeteilt. Äquator- und Meridiangraben für Wartung, Superlaserauge

MONDE Keine

EINWOHNER Abhängig von Mission, die Personalzahlen schwanken zwischen 1 186 295 und 1 206 293.

DAS IST KEIN MOND

DER TODESSTERN

NACH ZWEI JAHRZEHNTEN der Forschung, Konstruktion und Tests steht die DS-1 Tiefraumkampfstation, genannt der Todesstern, kurz vor der Vollendung. Die mobile, Planeten vernichtende Superwaffe ist so groß wie ein kleiner Mond und in der Lage, die Energie von Hypermateriereaktionen in seinem Innern zu einem Superlaserstrahl zu transformieren und zu fokussieren. Diese Energieumwandlung mithilfe von Galen Ersos Kyberkristall-Transformationsformel war die schwierigste technische Hürde. Aber nun, endlich, ist die Waffe bereit für den Einsatz.

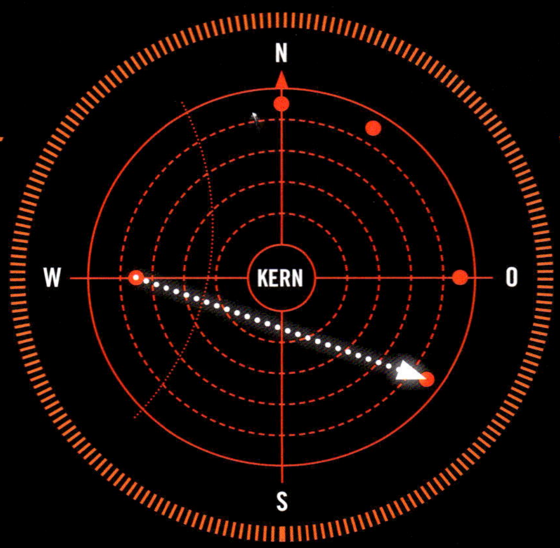

IMPERIALE KAMPFSTATION

DIREKTOR DES TODESSTERNS
Orson Krennic ist mit der Realisierung des Todessterns beauftragt. Er steht kurz vor seinem größten Triumph und wartet ungeduldig auf die Fertigstellung.

GENAUE KONTROLLE
Im Todesstern steckt die größte Konzentration künstlicher Energie, die je geschaffen wurde. Die Systeme müssen ständig überwacht werden.

ZERSTÖRERISCHE DEMONSTRATION
Krennic möchte dem Imperator die Station unbedingt vorführen, doch Großmoff Tarkin mischt sich ein und die Audienz wird Krennic verweigert.

LETZTE ANPASSUNGEN
Endlich wird die funktionsfähige Superlasereinheit in den Überbau des Todessterns eingesetzt und an den Hypermateriereaktor angeschlossen.

EINSATZBEREIT

Der Todesstern bündelt acht Sublaserstrahlen zu einem einzelnen, durch Kyberkristall-Felddynamik vergrößerten Strahl. Dabei ist genau auf das korrekte Timing und die Balance der Strahlen zu achten, denn der kleinste Fehler kann die Reaktion aus dem Gleichgewicht bringen – mit katastrophalen Folgen. Jede der acht Feuerstationen hat ein Team aus ausgebildeten Kanonieren und Technikern, die einer genau festgelegten Feuersequenz folgen.

DER WEG ZU DS-1

DER WEG ZUR FERTIGSTELLUNG des Todessterns war lang und mit Rückschlägen und Intrigen, aber auch Durchbrüchen gepflastert. Die Galaxis ahnt noch immer nicht, dass Imperator Palpatine die Klonkriege verursacht hat. Die Idee des Todessterns stammte von den Separatisten – der feindlichen Fraktion, die Palpatine heimlich anführte. Sie hatten das technische Know-how für die Konstruktion und das Imperium die Ressourcen und die Motivation für die Umsetzung.

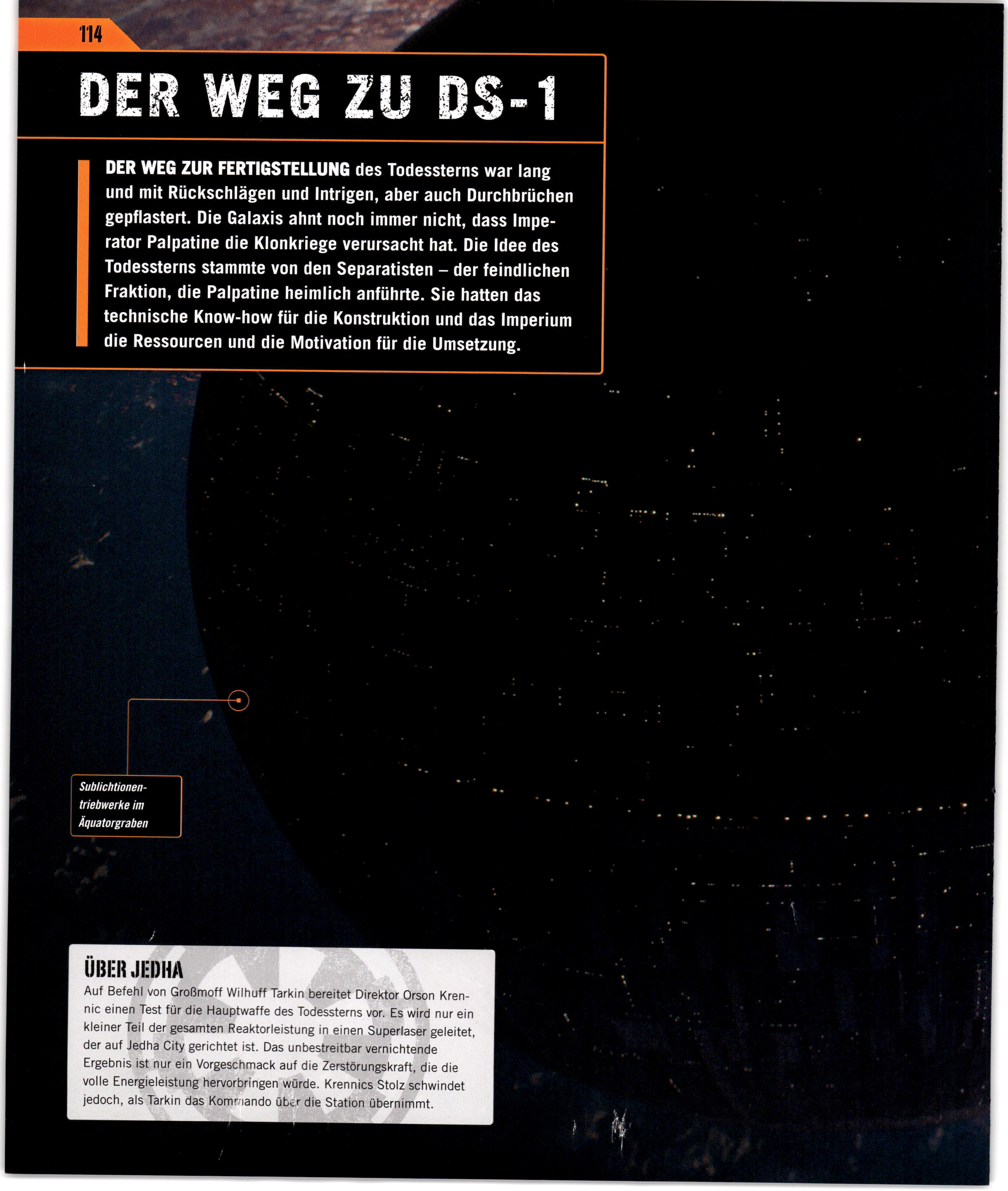

ÜBER JEDHA

Auf Befehl von Großmoff Wilhuff Tarkin bereitet Direktor Orson Krennic einen Test für die Hauptwaffe des Todessterns vor. Es wird nur ein kleiner Teil der gesamten Reaktorleistung in einen Superlaser geleitet, der auf Jedha City gerichtet ist. Das unbestreitbar vernichtende Ergebnis ist nur ein Vorgeschmack auf die Zerstörungskraft, die die volle Energieleistung hervorbringen würde. Krennics Stolz schwindet jedoch, als Tarkin das Kommando über die Station übernimmt.

DIE GEBURT EINES MONSTERS

SCHWARMINTELLIGENZ
Im Auftrag von Count Dooku (dem Sith-Lord Darth Tyranus) entwirft der Stalgasin-Schwarm von Geonosis eine Kampfstation mit einer mit Kyberkristallen betriebenen Waffe.

POGGLE SPUCKT AUS
In Anakin Skywalkers Gefangenschaft gesteht Poggle der Geringere, dass die Superwaffe der Separatisten nur ein theoretisches Konstrukt ist.

TARKINS EHRGEIZ
Als Wilhuff Tarkin von der Waffe erfährt, unterstützt er das Bauvorhaben. Er ist davon überzeugt, dass ihre Präsenz alle Kriege beenden wird.

DIE GEBURT DES TODESSTERNS
Mit Plänen, die Palpatine von den Geonosianern erbeutet hat, beginnt die Konstruktion des Todessterns über Geonosis. Überwacht wird sie von Tarkin und Krennic.

DER BAU ÜBER GEONOSIS
Die steinernen Ringe von Geonosis werden mit riesigen orbitalen Baumaschinen zu rohem Baumaterial verarbeitet. Eine Kugelform entsteht.

SAWS BESESSENHEIT
Saw Gerrera folgt besessen jedem Hinweis auf eine geheime imperiale Superwaffe. Er kommt der Wahrheit so nah, dass der Todesstern verlegt wird.

SPUREN VERWISCHEN
Um den Todesstern geheim zu halten, ermordet das imperiale Militär die gesamte Bevölkerung von Geonosis. Der milliardenfache Genozid bleibt über Jahre unbemerkt.

KYBERTRANSFORMATION
Der nicht funktionsfähige Superlaser wirft den Todesstern zurück. Erst als Galen Erso zur Erforschung der Kyberdynamik gezwungen wird, wird Fortschritt verzeichnet.

LETZTE KORREKTUREN
Der funktionsbereite Superlaser, erschaffen auf Eadu, wird zum Todesstern transportiert und in die Außenschale eingebaut. Die Kampfstation ist einsatzbereit.

STERNENZERSTÖRER

UM DEM BEDÜRFNIS für interstellare Verteidigung nachzukommen, waren die Schiffswerften der Galaxis schon während der Klonkriege in Betrieb und haben seitdem ununterbrochen produziert. Zivile Trockendocks auf Kuat, Corellia, Ringo Vinda oder Fondor bauten nun gigantische Sternenzerstörer der *Imperium*-Klasse, das unverwechselbare Kriegsschiff der imperialen Flotte. Diese neuen Standardschiffe sind mächtiger als die alten Jedi-Kreuzer und werfen den Schatten noch größerer Kriegsschiffe voraus.

DEM DUNKLEN LORD ERGEBEN
Der kompetente und konzentrierte Flottenoffizier Captain Shaef Corssin ist der Kommandant des Sternenzerstörers *Devastator*, des Kriegsschiffs, das Darth Vader als Flaggschiff dient.

DATENBANK

HERSTELLER Kuat Triebwerkswerften

MODELL Sternenzerstörer der *Imperium I*-Klasse

ZUGEHÖRIGKEIT Galaktisches Imperium

LÄNGE 1600 m

BESATZUNG 9235 Offiziere, 27 850 Einberufene, 9700 Truppler

GESCHWINDIGKEIT 975 km/h in Atmosphäre

BEWAFFNUNG 60 schwere Turbolaserkanonen, 60 Ionenkanonen, 6 schwere Zwillingsturbolasertürme, 2 schwere Zwillingsionenkanonentürme, 2 schwere Vierfachturbolaser, 3 Dreifachturbolaser, 2 Turbolaser, 10 Traktorstrahlprojektoren

EXECUTRIX

Der Sternenzerstörer *Executrix* schält sich aus dem Schatten des Todessterns, als der Superlaser eingepasst wird. Die *Executrix* wird von Captain Hindane Darcc kommandiert und ist das Flaggschiff von Großmoff Tarkin, dem Gouverneur der Territorien des Äußeren Rands. Von der Kommandobrücke aus sieht Tarkin seinen Traum Wirklichkeit werden. Direktor Krennic steht bei ihm, bereit, die Waffe dem Imperator vorzuführen, wenn Tarkin es gestattet.

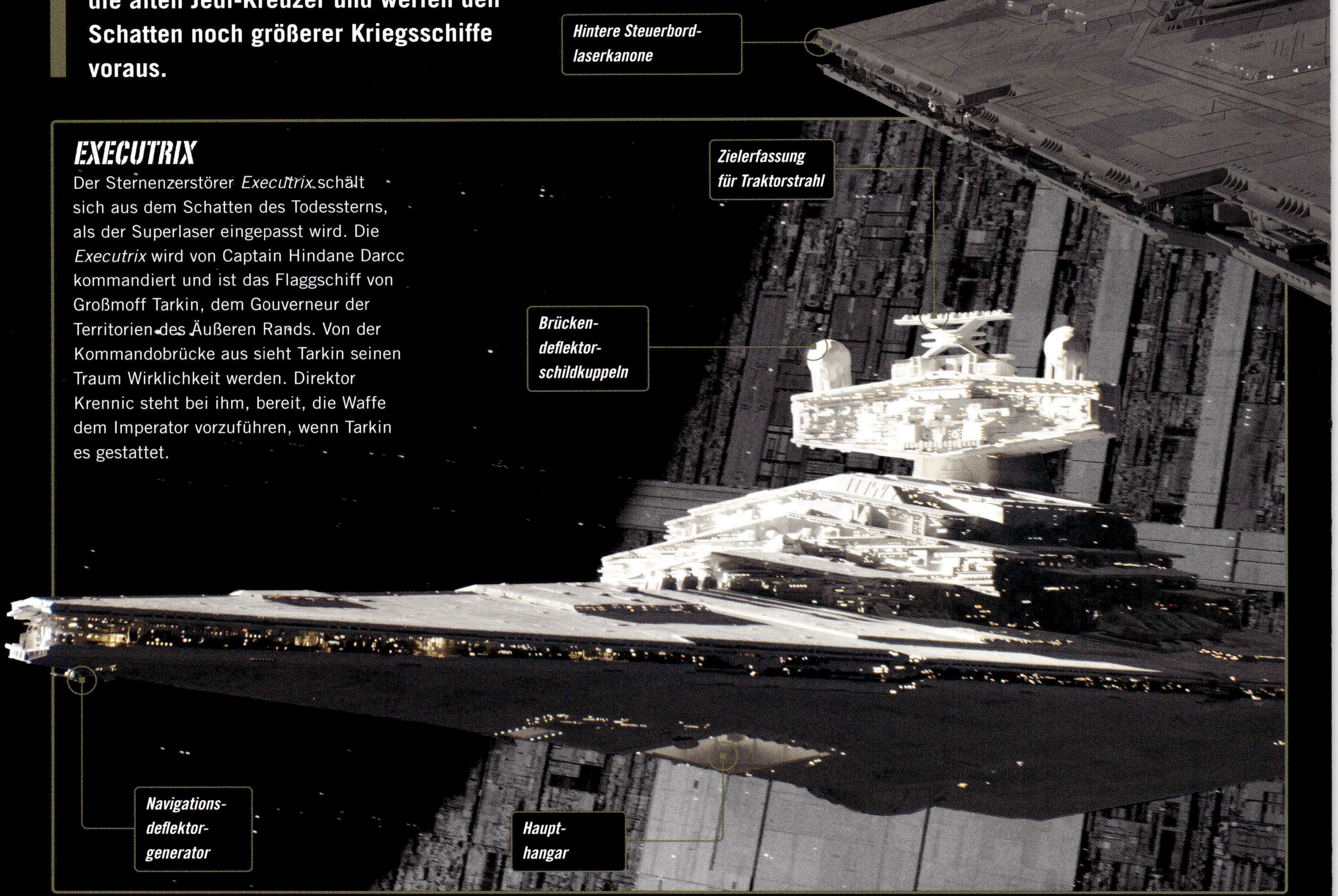

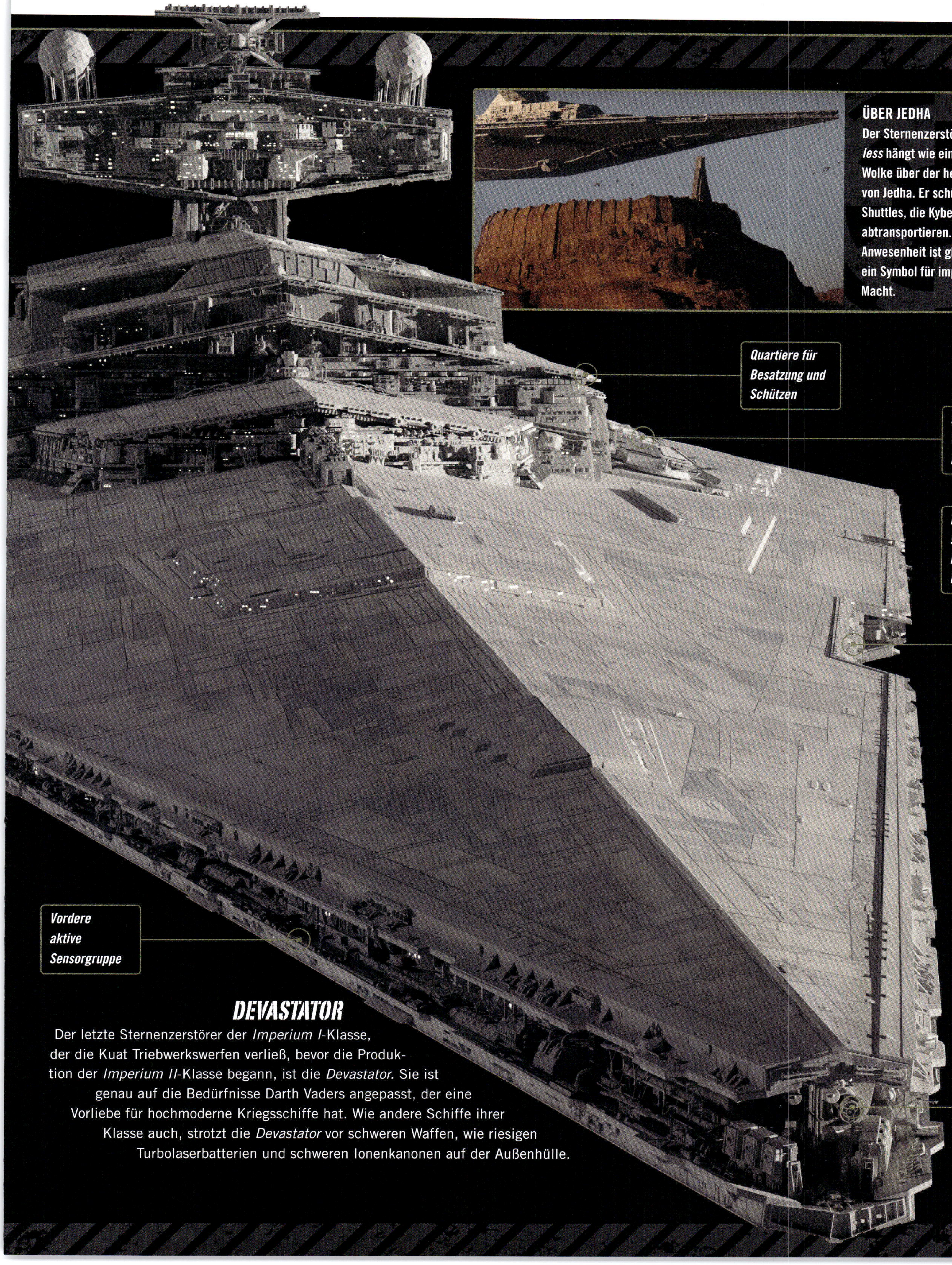

ÜBER JEDHA

Der Sternenzerstörer *Dauntless* hängt wie eine dunkle Wolke über der heiligen Stadt von Jedha. Er schützt die Shuttles, die Kyberkristalle abtransportieren. Seine Anwesenheit ist gleichzeitig ein Symbol für imperiale Macht.

DEVASTATOR

Der letzte Sternenzerstörer der *Imperium I*-Klasse, der die Kuat Triebwerkswerfen verließ, bevor die Produktion der *Imperium II*-Klasse begann, ist die *Devastator.* Sie ist genau auf die Bedürfnisse Darth Vaders angepasst, der eine Vorliebe für hochmoderne Kriegsschiffe hat. Wie andere Schiffe ihrer Klasse auch, strotzt die *Devastator* vor schweren Waffen, wie riesigen Turbolaserbatterien und schweren Ionenkanonen auf der Außenhülle.

MACHTKAMPF

Kurz vor der Fertigstellung wird der Todesstern zum zentralen Gegenstand im Machtkampf zwischen Großmoff Tarkin und Direktor Krennic. Der gerissene Tarkin hat, je nachdem wie das Projekt in der Gunst des Imperators stand, entweder Lorbeeren geerntet oder Verantwortung von sich gewiesen. Doch nun ist die Macht der Kampfstation unbestreitbar. Krennic ist seiner Vision treu geblieben, selbst als es so aussah, als würde der Todesstern nie vollendet werden.

TESTSCHUSS

Zu Krennics Ärger hat nur Tarkin Zugang zum Imperator. Der Direktor ist überzeugt, Palpatine beeindrucken zu können, wenn er nur die Gelegenheit zu einer Audienz bei ihm bekäme. Als Tarkin Krennic zu einer Vorführung der Feuerkraft des Todessterns drängt, ist Krennic verärgert über die Abwesenheit des Imperators. Tarkin beteuert, es sei eine Vorsichtsmaßnahme, da die Hauptwaffe früher schon öfter versagt hat. Doch der Superlaser funktioniert besser als erwartet, insbesondere, da der erste Schuss nur einen Bruchteil der vollen Feuerkraft entfaltet.

KOMMANDANTEN

DIE GRENZE ZWISCHEN der politischen und der militärischen Maschinerie des Imperiums verschwimmt immer mehr. Der Übergang des Galaktischen Imperiums von einer vom Krieg gezeichneten Republik zur Militärherrschaft erfolgte so schleichend, dass kaum jemand ihn bemerkte. Die Bürger jedenfalls glaubten, dass ihre Interessen vom Senat und von der Regierung bestens vertreten wurden.

Wer einer einflussreichen Familie angehört, kann sich schnelle Beförderungen leisten und in die oberen Ränge des Imperiums aufsteigen.

Letztendlich stellte sich der Senat für die Pläne des Imperators als entbehrlich heraus. Die Autorität wurde der Militärführung überlassen und lief bei Palpatine zusammen. Um zu gewährleisten, dass dieser Übergang exakt nach seinen Vorgaben vollzogen wurde, hat man in den Akademien der Galaxis ambitionierte Männer und Frauen ausgebildet, die getreu dem imperialen Mantra von Kontrolle durch Autorität handelten.

Der endgültige Übergang zum Militärstaat hängt vom Kommandostab der Flotte, dem Todesstern und den militärischen Zentren wie der Basis auf Scarif ab. Von dort stammen die vielversprechendsten Imperialen, die nur auf den Befehl für die vollständige Unterwerfung der Galaxis warten.

Lieutenant Adema steht in der Zitadelle von Scarif, in der es zugeht wie in einem Bienenstock. Adema erhält ungewöhnliche Berichte von Rebellen, die auf Scarif eintreffen.

IMPERIALE INSIGNIEN
Eine Plakette mit farbigen Rechtecken zeigt den Rang an. Durch sektorspezifische Regelungen sind die Markierungen ein uneinheitliches Gemisch.

LIEUTENANT NILES GAVLA
Der Absolvent der Militärakademie von Carida ist auf Scarif stationiert. Er dient dem Verteidigungsoffizier auf dem Todesstern als Verbindungsoffizier für den Planeten betreffende, administrative Angelegenheiten.

GENERAL SOTORUS RAMDA

Nach einer vernichtenden Revolte auf Syni IV wollte der einfallslose Garnisonskommandant unbedingt einen Posten, der näher am Kern der imperialen Macht lag. Zwar hätte er die Berufung in eine Kernwelt bevorzugt, doch er hat am Kommando der Garnison auf Scarif Gefallen gefunden. Das Wetter ist angenehm und durch die schweren Verteidigungsanlagen ist ein Angriff unwahrscheinlich. Genau diese Art von Trägheit macht die Allianz sich zunutze.

GENERAL HURST ROMODI
Der vom Kampf gezeichnete Klonkriegsveteran Hurst Romodi war einer der ersten Generäle in der wiederaufgebauten imperialen Armee. Er diente gemeinsam mit Moff Tarkin bei Missionen zur Befriedung der unwilligen Westlichen Gebiete und kehrte auf persönliche Einladung zurück in den Militärdienst, um bei der Arbeit am Todesstern zu helfen.

LIEUTENANT (JUNIORSTUFE) TOBIX CHASSER
Chassers Einsatzgebiet ist die Stationierung von Personal auf dem Todesstern. Wer weiß, dass die Station kurz vor der Inbetriebnahme steht, wetteifert um einen Posten an Bord.

LIEUTENANT CRIDEN VALDAS
Als Bereitschaftsoffizier in der Zitadelle von Scarif berichtet Lieutenant Valdas in Angelegenheiten militärischen Technologiemanagements und Notfallplanung an General Ramda.

LIEUTENANT MYTUS ADEMA

Der ehrgeizige junge Offizier hat Ziele jenseits des für die meisten Erreichbaren. Mytus Adema ist von General Ramdas Kommandantur der Zitadelle angewidert. Während Ramda den Todesstern für Zeit- und Geldverschwendung hält, sieht Adema in ihm ein potentes Symbol imperialer Macht, das Respekt gebietet. Er beobachtet Ramda genau in der Hoffnung, dass er eines Tages Direktor Krennic einen vernichtenden Bericht über seinen Vorgesetzten vorlegen kann.

HILFSPERSONAL

ZWISCHEN DEN TRUPPEN der Infanterie und den oberen Kommandoebenen halten zahllose Service- und Hilfsarbeiter die Militärmaschinerie in Betrieb. Sie umfassen viele Tätigkeitsfelder und sind dem Imperium genauso treu ergeben wie ihre Kollegen an der Front. Wo auch immer sie stationiert sind, in Anlagen am Boden, auf Sternenzerstörern oder im gigantischen Innern des Todessterns, erfüllen sie den Willen des Imperators.

Ohne das Servicepersonal wäre das Imperium nicht in der Lage, sich gegen die Bedrohung durch die Rebellion zu wehren.

Auf der untersten Stufe der Serviceleiter des Imperiums stehen Droiden. Im Gegensatz zu denen der Rebellenallianz genießen sie aber keinerlei Privilegien, Respekt oder andere Zugeständnisse. Techniker rangieren ähnlich weit unten in der Hierarchie und werden von den Kommandanten meist ignoriert. Techniker in grauen Uniformen führen die niedersten Arbeiten aus. Eine schwarze Uniform trägt, wer etwas höher gestellt ist. Flottensoldaten, Schützen und die Bodencrew sind militärische Positionen, die zwar kaum im Kampfeinsatz sind, die aber wichtige Rollen im Tagesgeschäft spielen. In den Technik- und Servicesektoren des Todessterns werden Hunderttausende von ihnen beschäftigt.

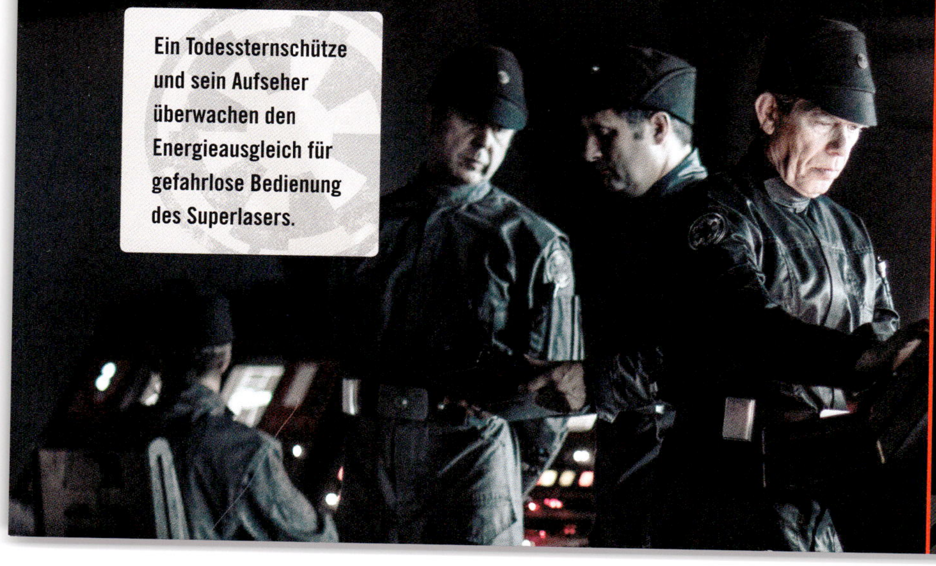

Ein Todessternschütze und sein Aufseher überwachen den Energieausgleich für gefahrlose Bedienung des Superlasers.

CORPORAL ANSIN THOBEL

Flottensoldaten sind bei imperialen Operationen allgegenwärtig. Auf dem Todesstern sind so viele stationiert, dass man ihnen den Beinamen Todessterntruppen gegeben hat. Die Marinesoldaten sind für den Kampf an Bord von Schiffen, die Abwehr von Eindringlingen und die Ergreifung flüchtiger Gefangener ausgebildet. Die meisten von ihnen übernehmen zusätzliche Aufgaben im täglichen Betrieb, so wie Corporal Thobel. Wenn er nicht im Kommandosektor Wache hält, besetzt er eine Sensorstation im allgemeinen Sektor.

4D6-J-A7

Der RA-7-Protokolldroide ist als Verwaltungsassistenz in den Räumen des imperialen Sicherheitsbüros in der Zitadelle von Scarif stationiert und hat routinemäßigen Zugang zu Geheiminformationen. Aus diesem Grund sind 4D6s Datenbanken vor elektronischem und andersartigem Zugriff geschützt – was an ihrem Charakter nicht spurlos vorübergegangen ist. Sie behandelt andere Droiden in ihrer Station mit unerträglicher Arroganz. Ihre Leistung beeinträchtigt dies das allerdings nicht.

YORT CAVWOL

Der penible diensthabende Offizier Cavwol sendet Berichte über Routineoperationen im Hauptquartier von Scarif an Lieutenant Adema und General Ramda, exakt an deren Bedürfnisse angepasst.

TODES HALVAX

Computertechniker Halvax ist der Systemadministrator im Kommandoraum von Scarif. Er hält den Betrieb der Zitadelle gemäß Direktor Krennics Anweisungen in Betrieb und ist stets bereit, jedes technische Problem zu beseitigen.

LIEUTENANT DANBIT BRUN

Brun überwacht das Energiesystem des orbitalen Schildeinlasses über Scarif. Dabei muss er die Felddynamik genau im Blick haben, um gefährliche Ballungen stellarer Windaurorae zu vermeiden.

C2-B5

Der Astromech macht im Tresorraum der Zitadelle von Scarif Wartungsrundgänge und kontrolliert das Computernetzwerk auf elektronische Abweichungen. Der Speicher von C2-B5 wird regelmäßig gelöscht, daher hat er keinerlei entwickelte Persönlichkeit.

2. LIEUTENANT FROBB

Auf Landeplattform 9 am Strand von Scarif führt Frobb Buch über Starts und Landungen. Er stellt sicher, dass genug Treibstoff, Lebenserhaltungsausrüstung und Proviant vorhanden ist und ordnet bei ungewöhnlichen Vorkommnissen Kontrollen an.

MSE-6-DROIDE

Die MSE-6-Droiden von Rebaxan Colmuni, auch Mausdroiden genannt, sind ein gewöhnlicher Anblick in imperialen Anlagen. Sie flitzen am Boden umher, übermitteln Botschaften und transportieren kleinere Gegenstände.

TECHNIKER KENT DEEZLING

Die geschäftigen imperialen Häfen profitieren von emsigen Crewmitgliedern, die dabei helfen, den Verkehr zu regeln, wenn automatische Systeme für gewöhnlich kurzfristige Änderungen auf Landebahnen nicht schnell genug verarbeiten können. Die Decktechniker sind über ihre Headsets direkt mit der Luftverkehrskontrolle verbunden, bevorzugen aber offenbar analoge Lösungen. Sie dirigieren Schiffe mit Leuchtstäben und schätzen ohne Sensoren Entfernungen ab. Die Techniker tragen Pilotenuniformen, da sie autorisiert sind, bestimmte Schiffe zur korrekten Positionierung auf dem Landedeck zu kommandieren.

SIGNALLEUCHTSTÄBE

DATENBANK

REGION	Territorien des Äußeren Rands
DURCHMESSER	14 121 km
TERRAIN	Gebirge
MONDE	1
EINWOHNER	2,5 Millionen (geschätzte Zahl der Einheimischen)

GEHEIMLABOR

EADU

LAUT SICHERHEITSVORSCHRIFTEN muss die gefährlichste aller Forschungsarbeiten für den Todesstern so weit wie möglich von der Baustelle der Kampfstation selbst entfernt stattfinden. So beherbergen die Gebirge des Planeten Eadu, Eigentum von Großmoff Tarkin, ein streng geheimes Labor für Hochenergieumwandlung, aufgebaut von Direktor Krennic. Hier arbeitet Galen Erso und sein Team von brillanten Wissenschaftlern an der Lösung des Rätsels der Kyberkristalle.

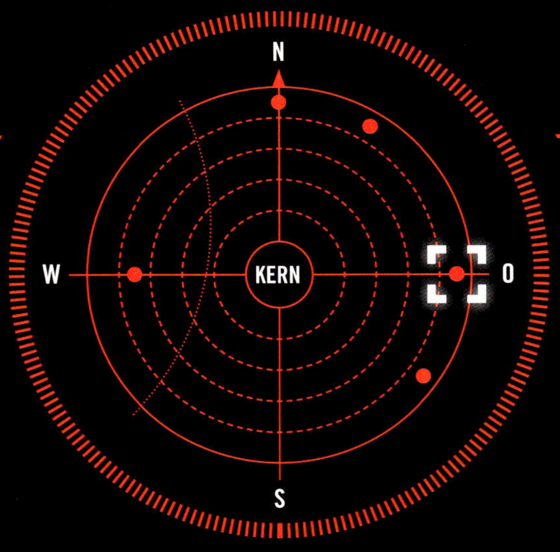

UNTER BEOBACHTUNG

ÜBERRASCHUNGSINSPEKTION
Obwohl das Imperium regelmäßige Kontrollen in der Wissenschaftsabteilung durchführt, lässt die plötzliche Ankunft von Todestrupplern nichts Gutes erahnen.

DER DIREKTOR
Da Krennic Beweise für einen Verräter in ihren Reihen hat, lässt er das gesamte Team von Wissenschaftlern vor ihm antreten.

AUSSICHTSPUNKT
Hoch oben, von den sturmgepeitschten, regennassen Bergen aus, beobachten die Rebellen die Konfrontation zwischen Imperialen und den Wissenschaftlern.

GALENS REBELLION
Um das Leben seiner Wissenschaftler zu verschonen, gibt Galen Erso zu, der einzig Verantwortliche für den Verrat des geheimen Todessternprojekts zu sein.

SCHWERE VERTEIDIGUNG

Die abgelegene Lage des Planeten und das schwer passierbare Terrain sind natürliche Verteidigungsanlagen für Eadu. Zusätzlich steht eine Garnison Sturmtruppler bereit, um die Anlagen zu verteidigen – ebenso wie eine Batterie schwerer Flugabwehr-Turbolaser und eine Staffel TIE-Jäger.

GALEN ERSO

GALEN ERSO, EIN BEKANNTER interdisziplinärer Wissenschaftler, ist ein brillanter Theoretiker, Mathematiker und Experimentalphysiker. Als Kind in Armut lebender Eltern widmete er sein Genie der Lösung von Problemen der Knappheit und des Mangels. Mit nicht immer leicht zugänglichen Ressourcen untersuchte er die Strukturen der Existenz, um herauszufinden, ob und wie unbegrenzt Energie erzeugt werden könnte – dies würde die Kluft zwischen Arm und Reich ein wenig verkleinern.

Galens zielstrebige Hartnäckigkeit lässt ihn oft alles und alle um ihn herum vergessen. Auf Lah'mu holt er verlorene Zeit mit seiner Tochter Jyn nach.

Galen fragt sich immer „Was wäre, wenn…?", um alle noch so unvorstellbaren Möglichkeiten abzutasten. In jungen Jahren meisterte er Musik und Chemie und las sich Wissen aus Datenbüchern und dem HoloNet an. Als er ins Brentaal-Zukunftsprogramm aufgenommen wurde, lernte er den Architekten Orson Krennic kennen. Die beiden arbeiteten eng zusammen, und obwohl Galen ein paar Jahre älter war, stand er im Schatten von Orsons dominanter Persönlichkeit.

Sein junges Erwachsenenleben verbrachte Galen mit Studien, Forschungspraktika und Lehraufträgen. Krennic half ihm, eine Gastprofessur am Institut für Angewandte Wissenschaften auf Coruscant zu ergattern, wo Galen sich der Erforschung von Kyberkristallen widmete.

Als seine Pläne, anderen zu helfen, vom Imperium durchkreuzt werden, entscheidet Galen sich dazu, stattdessen seiner eigenen Familie zu helfen.

„WIR NENNEN ES DEN TODESSTERN. ES GIBT KEINEN BESSEREN NAMEN."

– GALEN ERSO

VERDREHTE WAHRNEHMUNG

Krennic glaubt, er habe es Galen ermöglicht, sein wahres Potenzial zu entfalten und kann nicht begreifen, wie undankbar er ist.

Rangplakette der Forschungsabteilung

Uniform der imperialen Projektentwicklung

KOMPLIZE DES IMPERIUMS

Krennic zwang Galen dazu, einem geheimen Forschungsprojekt beizutreten, das der Galaxis helfen sollte, sich von den Klonkriegen zu erholen. Projekt Himmelsmacht hing von Galens Wissen über Energieanreicherung durch Kyberkristalle ab, um undenkbare Mengen an Energie zu gewinnen. Während Galen an der Energiemaximierung arbeitete, ahnte er nicht, dass Krennic plante, seine Arbeit für die Todessternsuperwaffe zu benutzen.

MOMENTE DER REBELLION

Als Galen von dem grauenvollen Todessternprojekt erfährt, flieht er mit seiner Familie nach Lah'mu. Doch dort wird er einige Jahre später von Krennic aufgespürt. Galen wird gezwungen, gemeinsam mit anderen gefangenen Wissenschaftlern in einem Geheimlabor auf Eadu zu arbeiten. Er beginnt eine unauffällige Rebellion, indem er Informationen über den Todesstern nach außen dringen lässt.

DATENBANK

NAME	Galen Walton Erso
HEIMATPLANET	Grange
SPEZIES	Mensch
ZUGEHÖRIGKEIT	Früher Projekt Himmelsmacht, derzeit Tarkin-Initiative
GRÖSSE	1,83 m
ALTER	55 Standardjahre

KRISTALLSYMBOL
Der geschliffene Kyberkristall wird das Logo des Expertenteams, das Tarkin-Initiative genannt wird.

NEUER FOKUS

Während einer sechsmonatigen Expedition nach Espinar lernt Galen die ortskundige Lyra kennen und lieben. Sie heirateten auf Corsucant und während der ersten Monate der Klonkriege wurde ihre Tochter Jyn geboren. Der galaktische Konflikt hielt die Familie auf Vallt fest, einer Welt, die aufseiten der Separatisten stand. Das Eingreifen Krennics befreite die Ersos zwar, doch es führte nur zu einer neuen Gefangenschaft, als Galen tief in Krennics wachsende imperiale Ambitionen verwickelt wird.

LEBENSLAUF

56 VR1	Geburt auf Grange
40 VR1	Aufnahme in das Brentaal-Zukunftsprogramm
36 VR1	Begegnet Orson Krennic.
25 VR1	Hochzeit mit Lyra
22 VR1	Geburt Jyn Ersos auf Vallt
17 VR1	Flucht vor Krennic
13 VR1	Wird von Krennic aufgespürt.

AUSZEICHNUNGEN

Jugendstipendium der Wissenschafts- und Ingenieursmesse auf Grange
Bestnote im Brentaal-Zukunftsprogramm Werkstoffkundewettbewerb
Ingenieursmedaille von Kuat Systeme
Ashgad-Preis
Preis der Roche-Stiftung

GEFANGENE WISSENSCHAFTLER

TODESSTERNFORSCHER

DER TODESSTERN wurde im Geheimen in verschiedenen Forschungslaboren entwickelt, nachdem die theoretischen Baupläne von der Stalgasin-Stockkolonie auf Geonosis aufgezeichnet worden waren. Die geonosianischen Ingenieure haben zwar viele Herausforderungen der Konstruktion bewältigen können, jedoch nicht die der Feuerkraft. Sie waren nicht in der Lage, aus Kyberkristallen eine sichere, beherrschbare Ausgabe für Schussenergie zu entwickeln.

Für das Imperium ist die Lösung des Kyberkristallproblems und damit die Fertigstellung des Todessterns von oberster Dringlichkeit. Allerdings sind Kyberkristalle extrem selten, insbesondere in der Größe, in der sie für die maximale Energiegewinnung notwendig sind. Kleinere Fragmente sind nur beschränkt einsatzfähig. Darüber hinaus ist die Energie, die durch kristalline Verstärkung freigesetzt wurde, äußerst gefährlich – zu gefährlich, um innerhalb der Kampfstation getestet zu werden. Während also der Überbau fast fertig ist, wird die Entwicklung des Superlasers weit von der Baustelle entfernt in den abgelegenen Bergen des regnerischen Eadu fortgesetzt. Unter der Leitung von Galen Erso arbeitet ein Team wissenschaftlicher Genies an zwei zusammenhängenden Projekten: der Verschmelzung kleiner Kristallscherben in größere Strukturen und der Entwicklung und Lenkung einer kontrollierten Kettenreaktion.

Krennic versammelt das Team für ein Verhör. Er vermutet einen Rebellensympathisanten unter ihnen.

RASETT MILIO
Milio ist der Administrator der Abteilung HEKIL (Hochenergie-Konzept- und Implementierungslabore) der Tarkin-Initiative. Der Schwerpunkt seiner Arbeit ist die Entwicklung von Einschlusskanälen und gerichteten Kraftfeldern, um die Energie, die der Superlaser freisetzt, kegelförmig zu fokussieren.

Das kristallförmige Gitter ist das Symbol der Tarkin-Initiative.

VLEX ONOPIN
Der Absolvent des Magrody-Instituts für Programmierbare Intelligenz kodiert die Ablaufsteuerung, die die Myriaden Hyperraumformeln berechnen, die für Kyberkristallenergieumwandlung notwendig sind. Seine komplexen Computerprogramme erstellen Modelle der Variablen, die beim Abfeuern des Lasers einbezogen werden müssen.

Kodierter Zylinder für Zugang zu den Hochsicherheitslaboren

AMES URAVAN

Dr. Uravan hat mit phasenverschobenen Veredelungstechniken Pionierarbeit in der Kristall-Ingenieurskunst geleistet. Er beaufsichtigt die Zusammenfügung der Kristallscherben, die von Jedha geliefert werden, zu großen Strukturen, die die Eigenschaften einzelner, unversehrter Kristallkörper simulieren sollen.

Das geerdete Schuhwerk schützt vor statischen Entladungen.

SIRRO ARGONNE

Argonne ist für die Verwaltungsarbeit der Forschungseinrichtung zuständig und sorgt dafür, dass die dort stationierten Wissenschaftler alles haben, was sie benötigen, seien es Werkstoffe oder Personal. Er war früher im Wissenschaftsministerium der Republik beschäftigt.

Antiseptischer Overall verhindert Kontaminierung des Labors.

FEYN VANN

Das Hauptstudiengebiet des ehemaligen Forschers von Nordoxicon Unlimited ist Schildtechnologie. Er hat eine Reihe von Deflektoreinheiten entwickelt, die Hypermateriestrahlen aus dem Hauptreaktor des Todessterns in die Schussanlage lenken.

Die Farbe des Schulterteils ändert sich bei gefährlicher Strahlung.

Imperiales Zahnradsymbol

STURMTRUPPEN

DIE STURMTRUPPEN sind eine Weiterentwicklung der Klontruppen, die die Republik während ihrer letzten Jahre verteidigt haben. Statt sich weiter kaminoanischer Klone zu bedienen, rekrutiert das Imperium Soldaten aus der Bevölkerung und erzieht ihnen Loyalität und Patriotismus an. Ironischerweise hat das Imperium durch diese entmenschlichende Doktrin mehr Uniformität in seinen Rängen erzeugt als seinerzeit die Republik mit genetischen Klonen.

Auf Welten, die das Interesse des Imperiums geweckt haben oder Unruhen verzeichnen, sind Sturmtruppen immer häufiger anzutreffen.

Nach den Klonkriegen begann das Imperium, Klontruppler auszumustern. Ihr schneller Alterungsprozess macht sie zwar in einem Bruchteil der Zeit, die ein unveränderter menschlicher Körper braucht, kampf- und einsatzfähig. Allerdings erreichen sie auch schneller ihre maximale Lebensdauer. In der Anfangszeit des Imperiums galten Klonveteranen als Helden, doch mit der Zeit gerieten die Soldaten in Vergessenheit. Viele Klontruppler hatten es schwer, einen Platz in der sich schnell wandelnden Galaxis zu finden. Der Sturmtruppler wurde zum neuen Gesicht des Imperiums, hervorgebracht aus einem sich schnell ausbreitenden Netz imperialer Akademien.

In den Klonkriegen war es üblich, Rüstungen mit persönlichen Markierungen zu verzieren, doch die Regeln des Imperiums verbieten solche Änderungen.

Die imperiale Besetzung Jedhas hat die einst friedvolle Welt in ein Pulverfass verwandelt. Sturmtruppen schlagen ununterbrochen Aufstände nieder.

STREITKRÄFTE

In einigen Akademien beginnen Kadetten im Alter von 13 Standardjahren ihre Ausbildung und werden treue Diener des Imperiums. Dies ist erschreckend einfach, besonders in armen Welten des Äußeren Rands oder auf vom Krieg zerrütteten Planeten, die das Imperium als ihren Retter ansehen. Nach Jahren der Konditionierung wird aus dem Kadetten ein anonymer Soldat mit einer Nummer statt einem Namen.

„HALT, BÜRGER! HER MIT DEN PAPIEREN!"
– IMPERIALER STURMTRUPPLER

VERTEIDIGUNGSKRÄFTE AUF EADU
Sturmtruppen werden oft als Sicherheitskräfte eingesetzt, um wichtige Einrichtungen zu schützen. Die 975. Garnison ist der Tarkin-Initiative zugewiesen und bewacht die wissenschaftliche Forschungsbasis auf Eadu. Die Loyalität der Truppen ist so unerschütterlich, dass sie bedenkenlos für Geheimoperationen eingesetzt werden können.

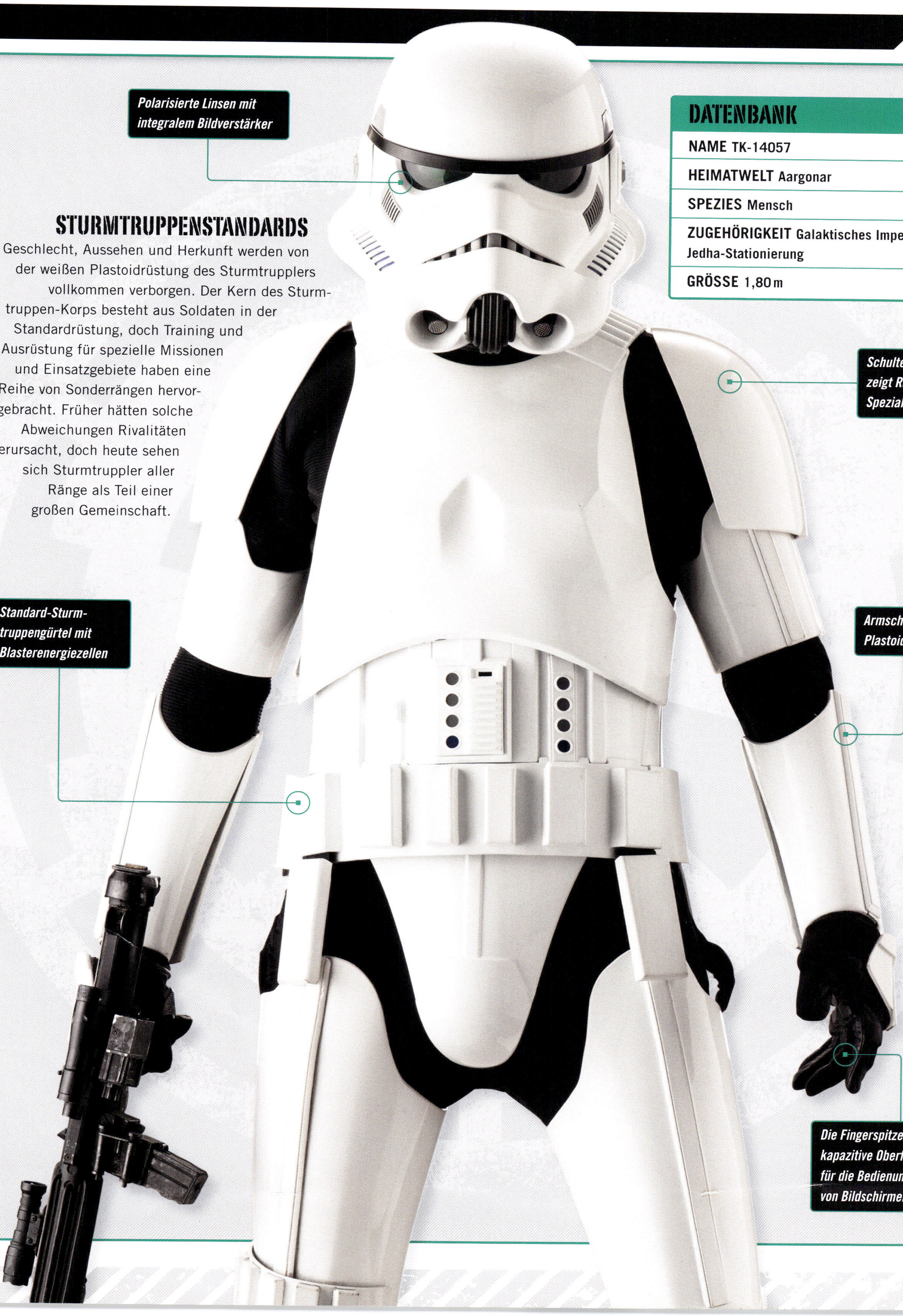

STURMTRUPPENSTANDARDS

Geschlecht, Aussehen und Herkunft werden von der weißen Plastoidrüstung des Sturmtrupplers vollkommen verborgen. Der Kern des Sturmtruppen-Korps besteht aus Soldaten in der Standardrüstung, doch Training und Ausrüstung für spezielle Missionen und Einsatzgebiete haben eine Reihe von Sonderrängen hervorgebracht. Früher hätten solche Abweichungen Rivalitäten verursacht, doch heute sehen sich Sturmtruppler aller Ränge als Teil einer großen Gemeinschaft.

DATENBANK

NAME TK-14057

HEIMATWELT Aargonar

SPEZIES Mensch

ZUGEHÖRIGKEIT Galaktisches Imperium, Jedha-Stationierung

GRÖSSE 1,80 m

IN ALARMBEREITSCHAFT

Sturmtruppen werden nicht nur als Bodentruppen eingesetzt, sondern auch als Sicherheitspersonal. Abhängig von ihrem Defensivstatus werden sie zu unterschiedlichen Aufgaben herangezogen. Nach der Meldung eines Rebellenangriffs werden die Truppen auf ihre jeweiligen Kampfstationen beordert.

TRUPPENAUSRÜSTUNG

DAS IMPERIUM rüstet seine Truppen mit moderner Technik aus, um sicherzugehen, dass sie Aufrührern immer einen Schritt voraus sind. Das Bedürfnis nach schneller Lieferung massenproduzierter Güter hat jedoch Engpässe zur Folge, die die Rebellen ausnutzen. Die Sturmtruppenrüstung mag unterdrückte Einwohner einschüchtern, aber wohlplatzierte Blasterschüsse können sie durchbrechen. Für Eliteeinheiten wird immer fortschrittlichere Rüstung produziert, doch die Standardtruppen müssen mit den Schwachstellen ihrer Ausrüstung leben. Das Defizit gleichen sie aus, indem sie in großen Gruppen auftreten.

SANDTRUPPENPATROUILLE
Soldaten auf Jedha, die eine abgewandelte Form der Rüstung tragen, heißen Sandtruppen. Filtersysteme halten die Atemstutzen der Rüstung von Staub frei. Die Kühleinheiten, die auf Wüstenwelten angelegt werden, sind auf dem kalten Mond jedoch nicht notwendig.

QD4.4-ELEKTROQUADNOKULAR VON NEURO-SAAV

TYP-4-MARSCHGEPÄCK

LANGSTRECKENTRANSMITTER-ANTENNE

STURMTRUPPENHELM

Elektronische Systeme im Helm (umgangssprachlich auch „Eimer" genannt) filtern Bilder der Umgebung durch militärische Linsen. Das Multifrequenz-Zielerfassungssystem (MFZES) erstellt dann ein Display in der Sichtlinse des Soldaten. Der Helm kann versiegelt werden, hat aber keine innere Luftversorgung. Für einen reinen Luftkreislauf muss der Soldat einen externen Atmosphärentornister anschließen.

KRISTALLPATROUILLE

Während spezialisierte Sturmtruppler wie Schneetruppler, Scouttruppler und Küstentruppler auf ihre Aufgaben angepasste Rüstungen tragen, steht dem Standard-Sturmtruppler spezielle Feldausrüstung für Sondereinsätze zur Verfügung. Dieser Soldat ist als Sicherheitskraft in der Heiligen Stadt eingesetzt und parouilliert auf der Suche nach Kyberkristallen, die er von Bürgern zu konfiszieren hat – unabhängig von Größe und Qualität. Anschließend werden sie zur Weiterverarbeitung nach Eadu transportiert. Man versiegelt sie luftdicht in Containern und trägt sie in Lastenrucksäcken.

TD2.3-ELEKTROFERNGLAS VON NEURO-SAAV

MULTIFREQUENZ-NOTSCHEINWERFER

AUSRÜSTUNGSBEHÄLTER

DRAMA AUF EADU

DIE EADU-MISSION nimmt eine tragische Wendung, als gegensätzliche Befehle aufeinanderprallen. Aus Angst vor Galen Ersos Wissen ordnet die Allianz einen Luftangriff auf die Anlagen der Tarkin-Initiative an, nicht ahnend, dass Cassian, Jyn, Baze, Chirrut, Bodhi und K-2SO in Schussweite sind. Inmitten der Flammen ist Galen und Jyn nur ein kurzes Wiedersehen gegönnt. Galen sieht seine Tochter, seinen geliebten „Sternenstaub“, nach Jahren zum ersten Mal wieder.

VERGELTUNGSSCHLAG
Baze Malbus eröffnet aus der Deckung des regnerischen Dunstes das Feuer auf die Landeplattform des Eadu-Komplexes und die Sturmtruppler, die aus dem gepanzerten Bunker herauskommen. Chirrut nutzt sein feines Gehör, um nahende TIE-Jäger ins Visier zu nehmen.

DRAVENS PLAN B

General Draven hat Cassian Andor den Auftrag gegeben, Galen Erso zu ermorden, statt ihn zu befreien, da er zu viel weiß. Allerdings hat er auch einen Alternativplan: eine Staffel von X- und Y-Flüglern, die auf seinen Befehl hin ihre tödliche Ladung von Bomben und Haftminen über Eadu abwerfen.

KAPITEL 5

DIE EINZELGÄNGER

Jyn Erso ist Zeugin des zerstörerischen Potenzials des Todessterns geworden. Sie wird nicht stumm zusehen, während die Anführer der Rebellion sich darüber streiten, was als nächstes zu tun ist. Jyn ruft ein Team zusammen, das sich nicht um Regeln schert, und bricht zu einer unbefugten Mission weit hinter den imperialen Linien auf. Ihr Ziel: Die Baupläne des Todessterns zu stehlen – egal, wie groß das Risiko ist.

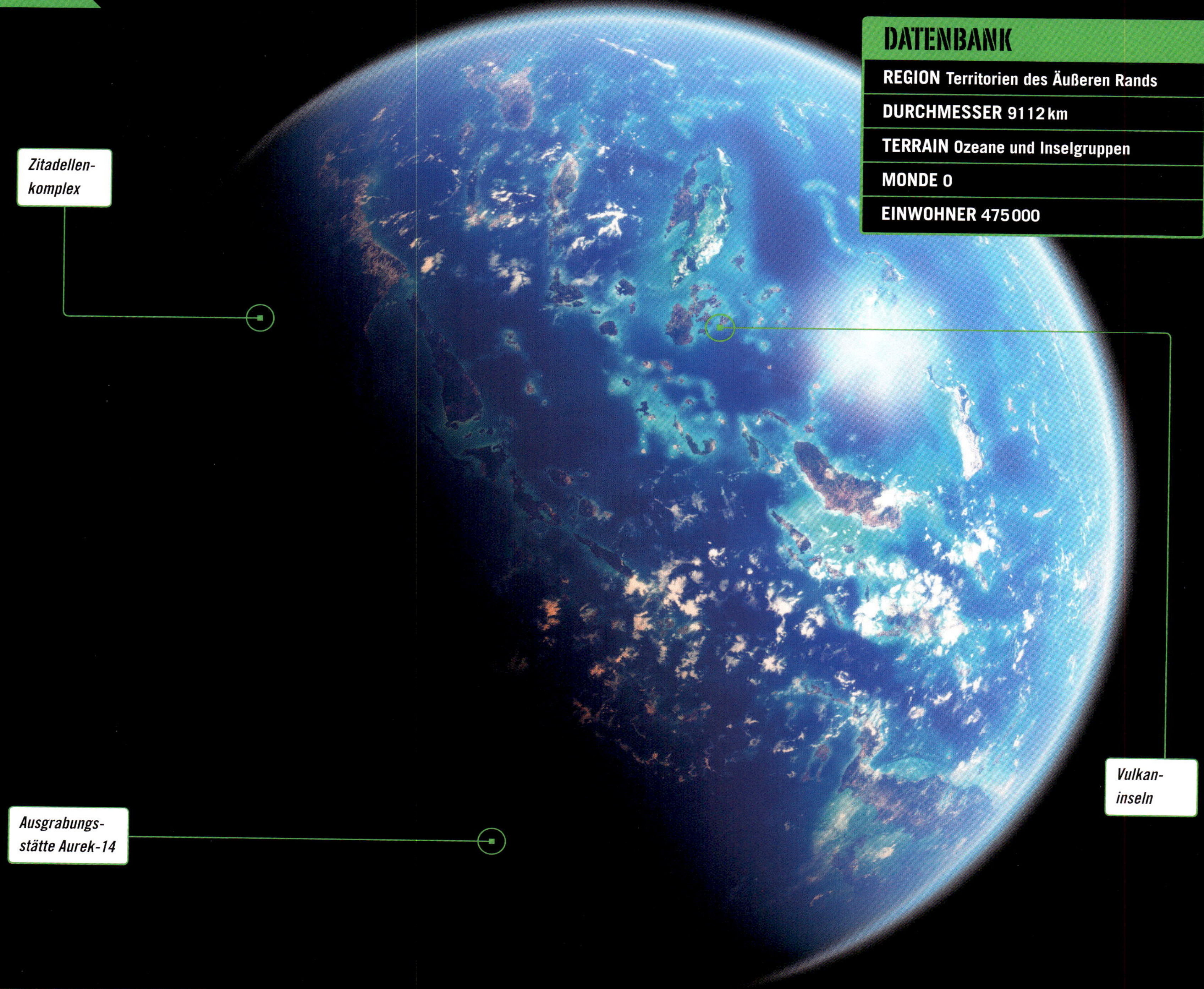

DATENBANK

REGION Territorien des Äußeren Rands
DURCHMESSER 9112 km
TERRAIN Ozeane und Inselgruppen
MONDE 0
EINWOHNER 475 000

MILITÄRKOMPLEX

SCARIF

DER MANTEL DIESES KLEINEN, mit Inselgruppen in klaren, flachen Ozeanen übersäten Planeten ist gefüllt mit Erzen, die für den Sternenschiffbau von großem Wert wären. Durch die Lage Scarifs im Äußeren Rand ist der Transport der Rohstoffe in die Kernwelten aber zu teuer. Allerdings eignet sich der Planet hervorragend für die Arbeit an Geheimprojekten, die dem Senat verborgen bleiben sollen. Die Welt ist eine Brutstätte für imperiale Rüstungsforschung mit einer unterirdischen Festung, der Zitadelle, als Herzstück.

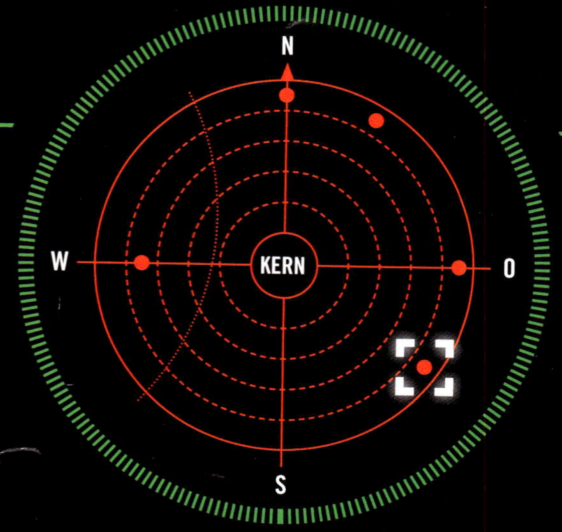

IMPERIALE OPERATIONEN

KRISTALLANLIEFERUNG
Die Forschung auf Eadu nimmt den Großteil der imperialen Kybervorräte ein, doch einige Container gelangen für besondere Experimente nach Scarif.

BARACKENNETZWERK
Die Zitadelle ist von einzelnen Landeplattformen umgeben. Baracken führen in ein Repulsorschienensystem, das sie miteinander verbindet.

KOMMANDOTURM
Über der Zitadelle thront ein riesiger Turm, der einen Ausblick über den Strand ermöglicht und das operative Zentrum beherbergt.

KÜSTENVERTEIDIGUNG
Als das Undenkbare passiert und Eindringlinge Scarif infiltrieren, herrscht höchste Alarmstufe in der Basis. Sturmtruppen marschieren am Strand auf.

Arecanusspalmen bieten natürliche Deckung.

Soldaten halten nach Wildtieren Ausschau.

Spezialisierte Küstentruppler übernehmen von den Sturmtruppen.

IDYLLISCHER POSTEN

Die ruhige Umgebung gepaart mit der abgelegenen Lage in der Galaxis machen Scarif zu einem idealen Einsatzort. Die Offiziere in der Zitadelle sind etwas nachlässig bei der Ausübung ihrer Pflicht geworden und verlassen sich ganz auf Scarifs Verteidigungsanlagen. Die Sturmtruppen, die an den Stränden patrouillieren, sind jedoch gut ausgebildet und bleiben stets wachsam.

FRACHTSHUTTLE

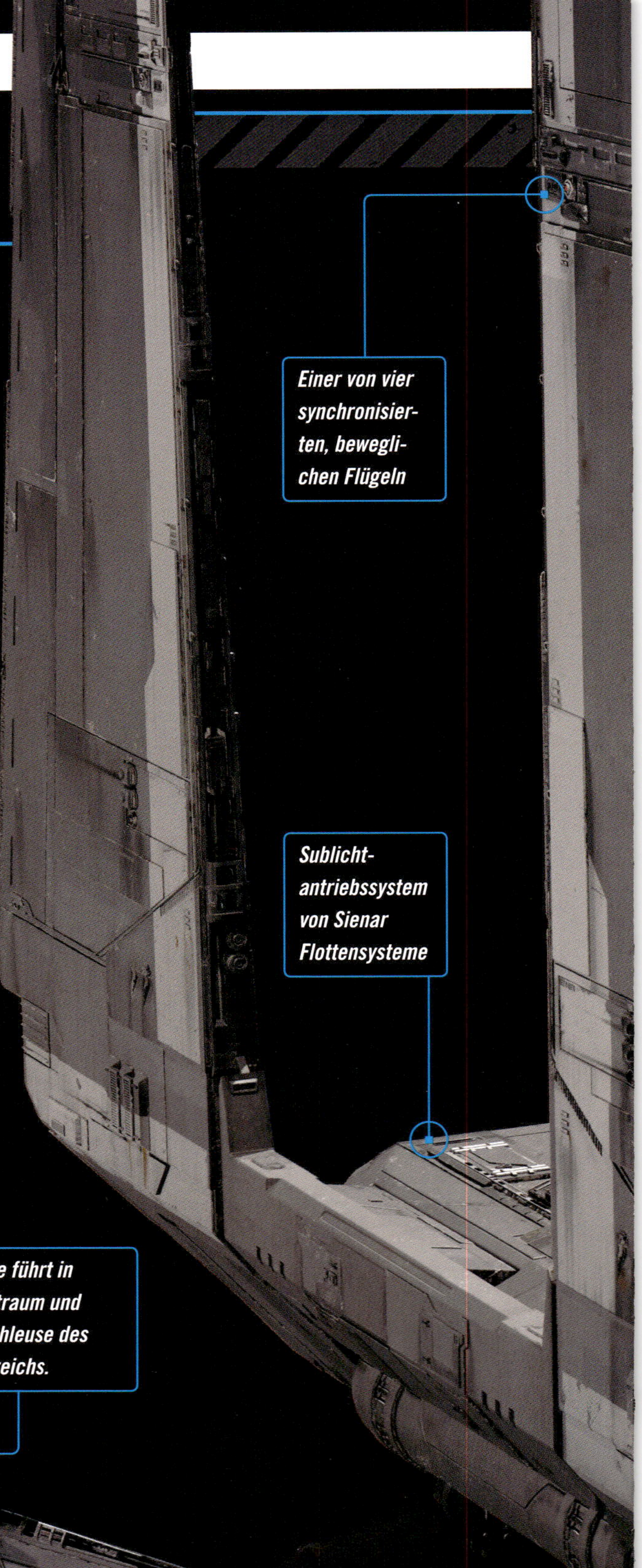

DIE TELGORN CORPORATION und Sienar Flottensysteme trugen ihre Ressourcen zusammen, um das Shuttle der *Zeta*-Klasse zu entwickeln, eines der vielseitigsten Transportschiffe im Dienst des Imperiums. Es ist um ein modulares Frachtabteil herum konstruiert, das sowohl militärische als auch zivile Ladung transportieren kann. Als der Todesstern fast fertig ist und Komponenten aus geheimen Laboren aus der ganzen Galaxis auf die Kampfstation gebracht werden, sind ununterbrochen *Zeta*-Shuttles im Einsatz. Die Container sind verschlüsselt gekennzeichnet, um den Inhalt geheimzuhalten.

ERHÖHTE NACHFRAGE
Für die Arbeit am Todesstern sind ständig Frachtshuttles zwischen mehreren Welten unterwegs. Sie fliegen Ladungen von Kyberkristallen von Jedha nach Eadu. Die verschmolzenen Kristalle werden anschließend zum Todesstern oder zwecks weiterer Analyse nach Scarif gebracht. Auf Scarif werden auch Turbolaser, Schilde und andere technologische Komponenten angeliefert, die in den Todesstern eingebaut werden sollen.

MODULARER FRACHTRAUM

Das ventrale Frachtabteil des Transporters hat Versorgungs- und Andocksysteme, die Containern sicheren Halt im Tragwerk geben. Es wird mit Energie aus der Reaktoranlage des Schiffs versorgt, falls Fracht zum Beispiel gekühlt oder am Leben erhalten werden muss. Erfahrene Piloten können Ladung absetzen oder aufnehmen, ohne das Schiff zu landen, wenn Eile geboten ist. Größere Frachtschiffe wie die der *Eta*-Klasse können in einem dorsalen Frachtbereich mehrere Containerladungen transportieren.

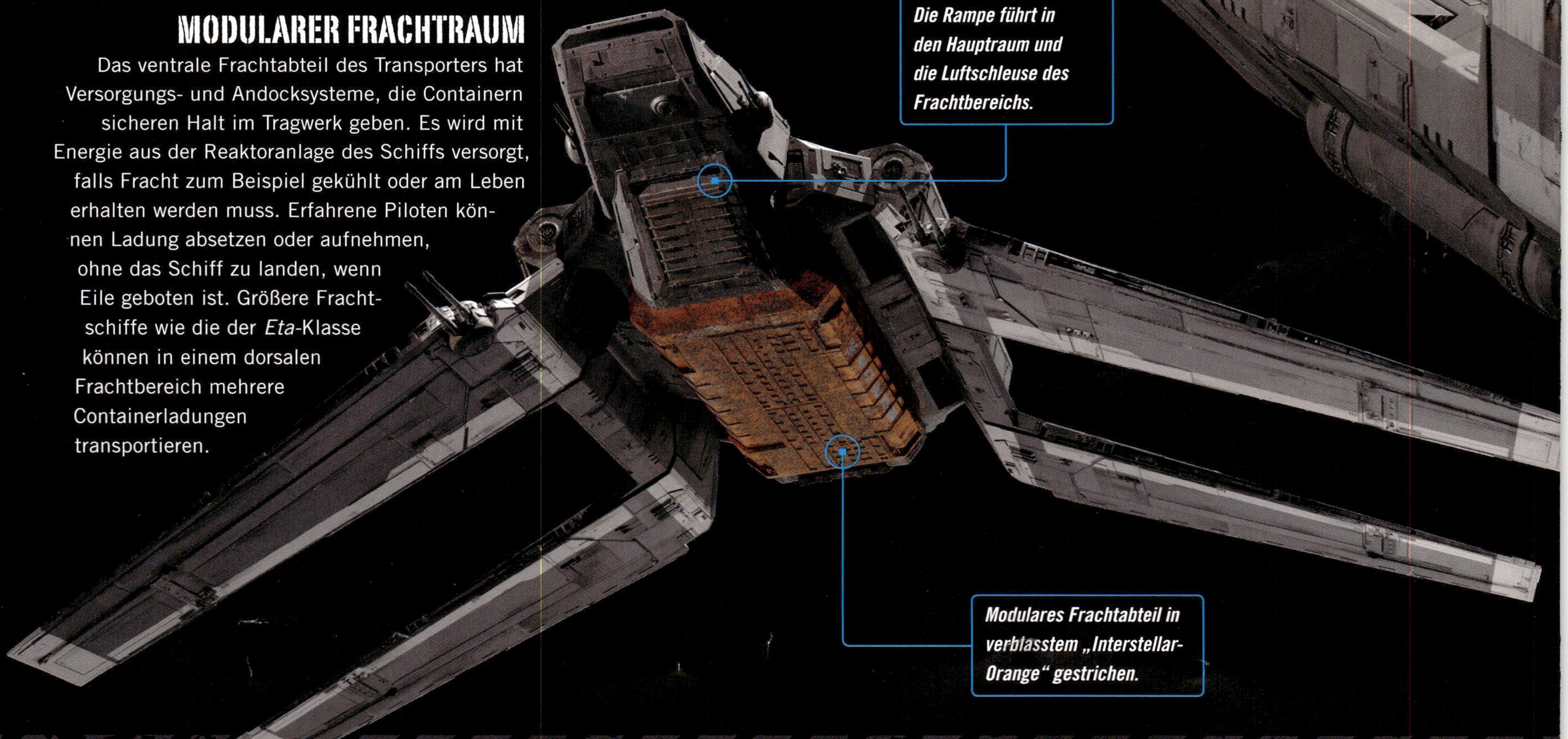

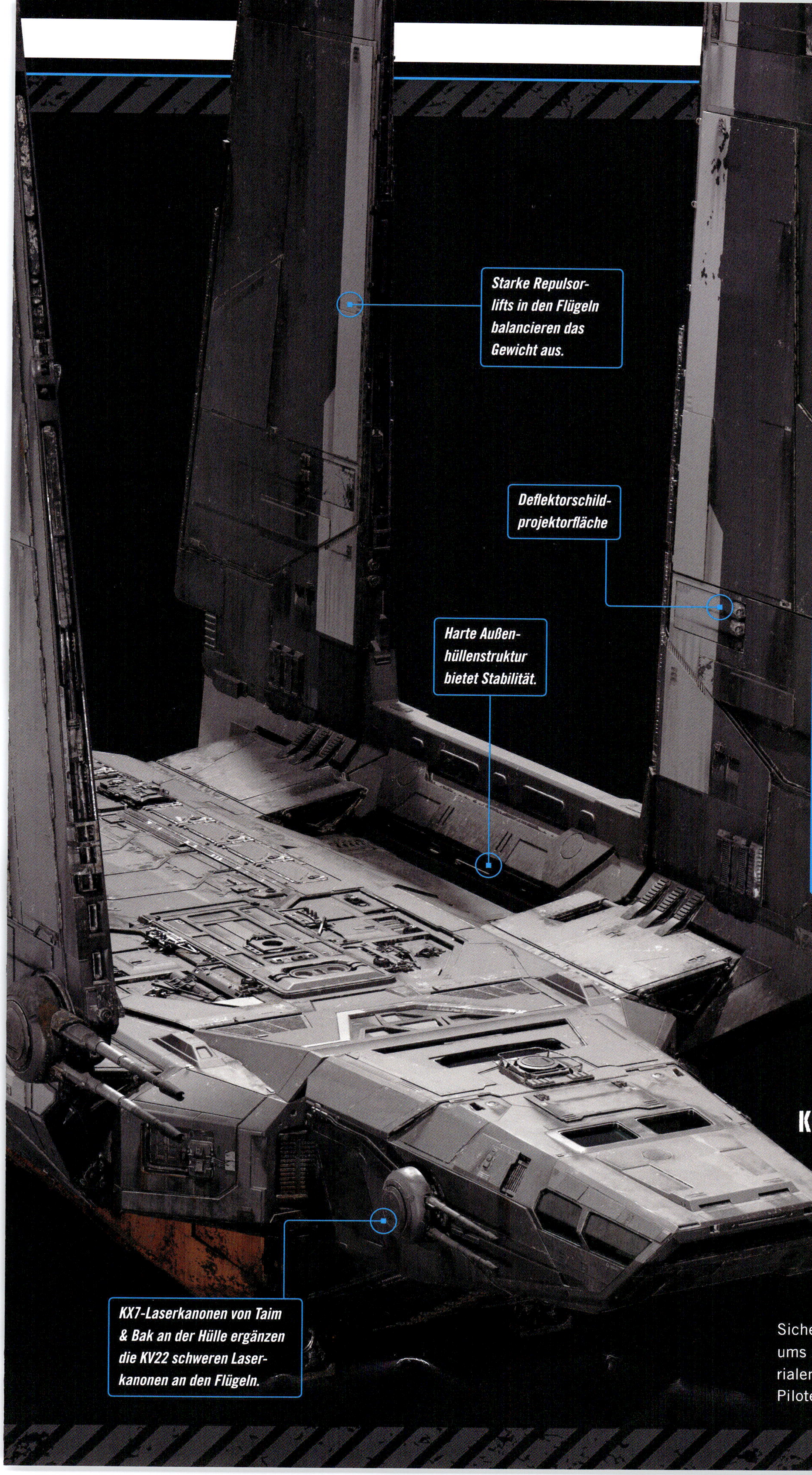

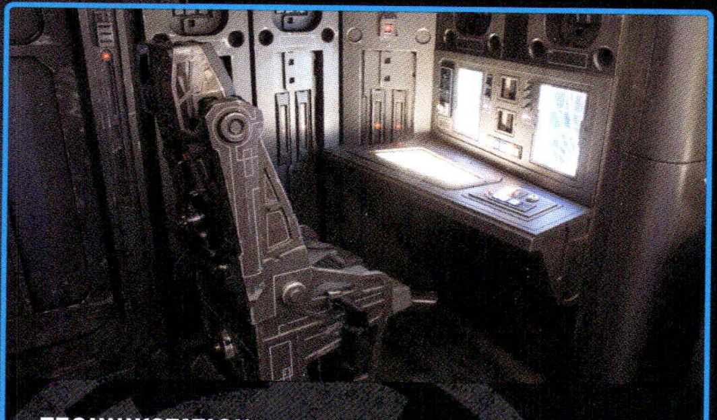

TECHNIKSTATION
Sobald ein Container sicher verstaut ist, sendet er Diagnoseinformationen direkt in die Haupttechnikstation des Shuttles. Je nach Sicherheitsfreigabe der Besatzung können sie detaillierte Aufstellungen von kompletten Sensorscans der Ladung enthalten.

DATENBANK

HERSTELLER	Telgorn Corporation
MODELL	Frachter der *Zeta*-Klasse
ZUGEHÖRIGKEIT	Galaktisches Imperium
HÖHE	28,74 m
LÄNGE	35,50 m
BESATZUNG	2, Passagierzahl variiert abhängig von Frachtbedingungen.
GESCHWINDIGKEIT	700 km/h in Atmosphäre
BEWAFFNUNG	2 schwere Doppellaserkanonen an den Flügeln, 3 Doppellaserkanonen an der Außenhülle

KOMMANDODECK

Um einen Frachter der *Zeta*-Klasse sicher zu fliegen, ist sowohl ein Pilot als auch ein Kopilot erforderlich, die im Besitz einer Betreiberlizenz des Imperialen Ministeriums für Raumangelegenheiten sind. Der Mangel an Frachtpiloten ermöglicht es selbst unerfahrenen Piloten, mit minimaler Sicherheitsüberprüfung in den Dienst des Imperiums zu treten. Allerdings ist der Zugang zu imperialen Häfen streng reglementiert und die meisten Piloten dürfen ihre Schiffe dort nicht verlassen.

RISSZEICHNUNG

FRACHTER SW-0608

BEI IHRER HEKTISCHEN ABREISE von Eadu fliegen Jyn und Cassian den imperialen Frachter SW-0608. Nach einem kurzen Stopp auf Yavin 4, bei dem Jyn die Rebellenallianz um Unterstützung anfleht, wird das Shuttle ein wichtiger Teil der Infiltration von Scarif. Bodhi Rook gibt vor, Abflugfreigabe für die Reise nach Scarif zu haben und improvisiert einen Namen für das Shuttle und die Mission: Rogue One. Das imperiale Schiff verschwindet, besetzt mit Rebellenkommandos, im Hyperraum.

REINE ROUTINE

Bodhi hat den Anflug auf Scarif über ein Dutzend Mal absolviert und ist mit dem Landeprozess vertraut. Seine minimale Sicherheitsfreigabe hat es ihm jedoch bislang nie erlaubt, den Landeplatz zu verlassen, der einige Kilometer von dem eigentlichen Ziel der Rebellen, der Zitadelle, entfernt liegt. Bei einer Mission, bei der die Chancen so schlecht stehen, muss man die Probleme Stück für Stück lösen. Mit Bodhis Freigabecode ist die erste Hürde geschafft – ein ansonsten undurchdringlicher Schild, der den Planeten umgibt und dessen einziger Durchlass eine Torstation in großer Höhe ist.

ANKUNFT AUF SCARIF

Nachdem sie das Inspektionsteam ausgeschaltet haben, machen sich Cassian, Jyn und K-2SO auf den Weg in den Gebäudekomplex von Scarif. Der Rest der Gruppe nutzt den Kühlmitteldampf als Deckung, der als Teil des Landeprozesses aus den Abluftschlitzen des Schiffs strömt. Baze, Chirrut und die Rebellensoldaten schleichen sich durch einen Luke im Frachtbereich ins Freie.

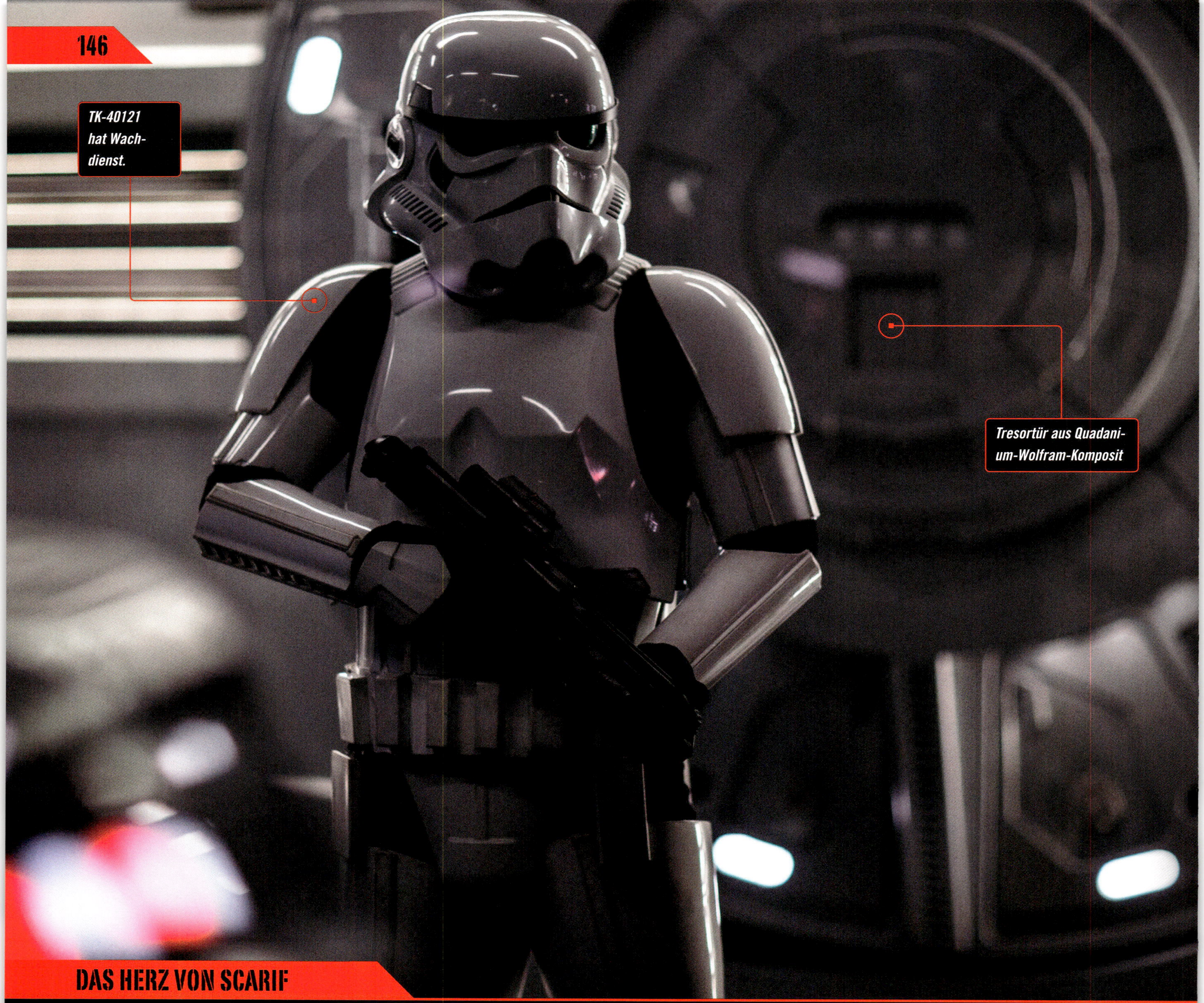

DAS HERZ VON SCARIF

DER TRESORRAUM

TIEF IM INNERN der Militäranlage befindet sich ein mehrstöckiger Datentresor, in dem die technologischen Geheimnisse des Imperiums aufbewahrt werden. In diesem gigantischen Archiv werden Datenbänder in Kassetten gelagert, abgekoppelt von jeglichen Netzwerken, um unautorisierten elektronischen Zugriff auszuschließen. Wachleute und schwere Sicherheitstüren schützen das Innere und feine Scanner halten Computersysteme davon ab, dem Archiv zu nahe zu kommen.

DIEBSTAHLSICHERUNG
Die Sicherheitsvorkehrungen im Tresor sind auf die Verhinderung elektronischen Diebstahls ausgerichtet. Entmagnetisierer an den Wänden des Zugangstunnels können Droiden und Computer deaktivieren. Ein Diebstahl der Datenbänder selbst wird als nicht wahrscheinlich eingestuft.

NOTZUGANG

Falls der gesperrte Tresorraum zugänglich gemacht werden muss, stehen dem Personal in Direktionspositionen Molekularbrenner zur Verfügung – hochleistungsfähige Plasmaschneider mit einem Hochenergie-Quantum-Kerfstrahl, mit dem sich die Panzerung an bestimmten Punkten aufschneiden lässt.

M&M Q-1041-PLASMA-SCHNEIDER VON BORALLIS

Das Sicherheitskontingent des Tresors wird mobilisiert, als ein DefStat-3-Sicherheitsalarm ausgelöst wird.

INSPEKTOR GENERAL BOZEDEN JEEMS

Waffenentwicklung unterliegt dem Geheimdienst, für die Verteidigung ist dessen Schwesteragentur, das imperialen Sicherheitsbüro, zuständig. Inspektor Jeems ist ein aufstrebender ISB-Offizier, der es auf die Position des Stellvertretenden Direktors abgesehen hat. Doch der desaströse Einbruch in den wertvollsten Datentresor des Imperiums lässt seinen Traum von einer Beförderung zerplatzen. Jeems trommelt vergeblich Truppen zusammen, um vorrangig seine Karriere und, eher sekundär, die imperialen Geheimnisse zu retten.

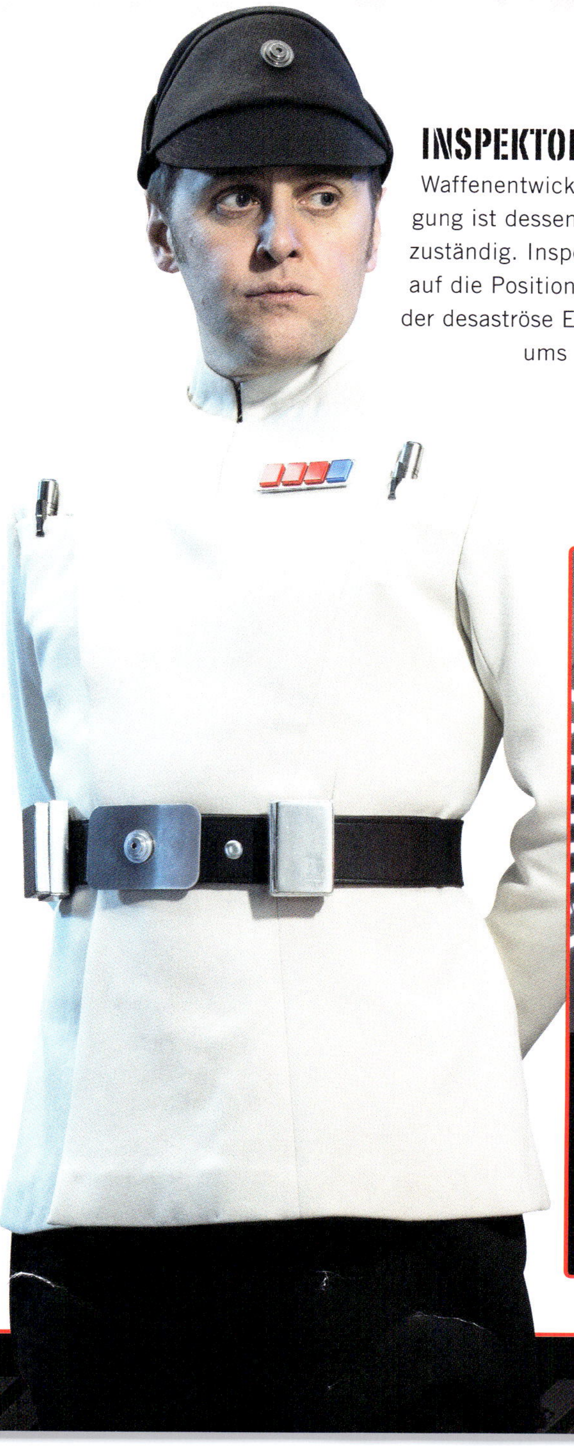

LIEUTENANT MILTON PUTNA

Der Sicherheitsoffizier war früher Bibliothekar und ist gut mit der Struktur des Baumsystems für die Datenbandlagerung vertraut. Die Haupttür des Tresors lässt sich mit seinem Handabdruck öffnen.

DATENBANDSELEKTOR

Autorisiertes Personal kann einzelne Datenbänder vom Kontrollraum aus mittels ferngesteuerter Greifarme aus den klimakontrollierten Hochlagern entnehmen. Die Bänder wie das mit den Plänen des Todessterns sind nach imperialen Waffenentwicklungsprotokollen sortiert.

UNDERCOVER

Jyn verkleidet sich für die Mission mit der Uniform eines imperialen Deckarbeiters. Gemeinsam mit Cassian und K-2SO dringt sie ins Herz des Tresors vor. Als der Tresorraum von Sicherheitskräften umstellt wird, kann K-2SO nur noch eins tun: seine Partner einschließen.

TODESSTERNPLÄNE

KOMPRIMIERT UND VERSCHLÜSSELT in einer unauffälligen Datenbandkassette liegt die Erlösung für die Rebellenallianz. Galen Ersos Modifikationen am Superlaser des Todessterns führten zu einer kompletten Neuevaluierung des Reaktorsystems. Erso hat eine Schwachstelle in der Verbindungsstelle zwischen dem Hauptenergieverstärker und dem Hypermateriereaktor geplant, die mit einer starken Energieeruption im Reaktorsystem ausgenutzt werden kann. Die unvorstellbare Superwaffe hat nun einen leicht zu übersehenden, aber nicht zu überbrückenden Fehler.

DATENBANDKASSETTE

Die Kassette steckt in einem Schacht in der Bautechnik-Abteilung des Tresors auf Scarif und sieht genau so aus wie alle anderen. Sie enthält die Geschichte des Todessterns von den ersten Entwürfen bis zu den freigegebenen Bauplänen. Jyn entfernt die Kassette bei ihrer Infiltration des Tresors aus dem Schacht und macht sich mit den Plänen davon.

ÄUSSERE ANSICHT
Für den Todesstern wurden in weiser Voraussicht leicht reproduzierbare Bauteile verwendet. Die Oberfläche besteht aus sich wiederholenden, vorgefertigten Bauteilen auf Quadanium-Basis, die mit Plasmaverbindungen in das Gitterwerk, das die Decks bilden, montiert werden.

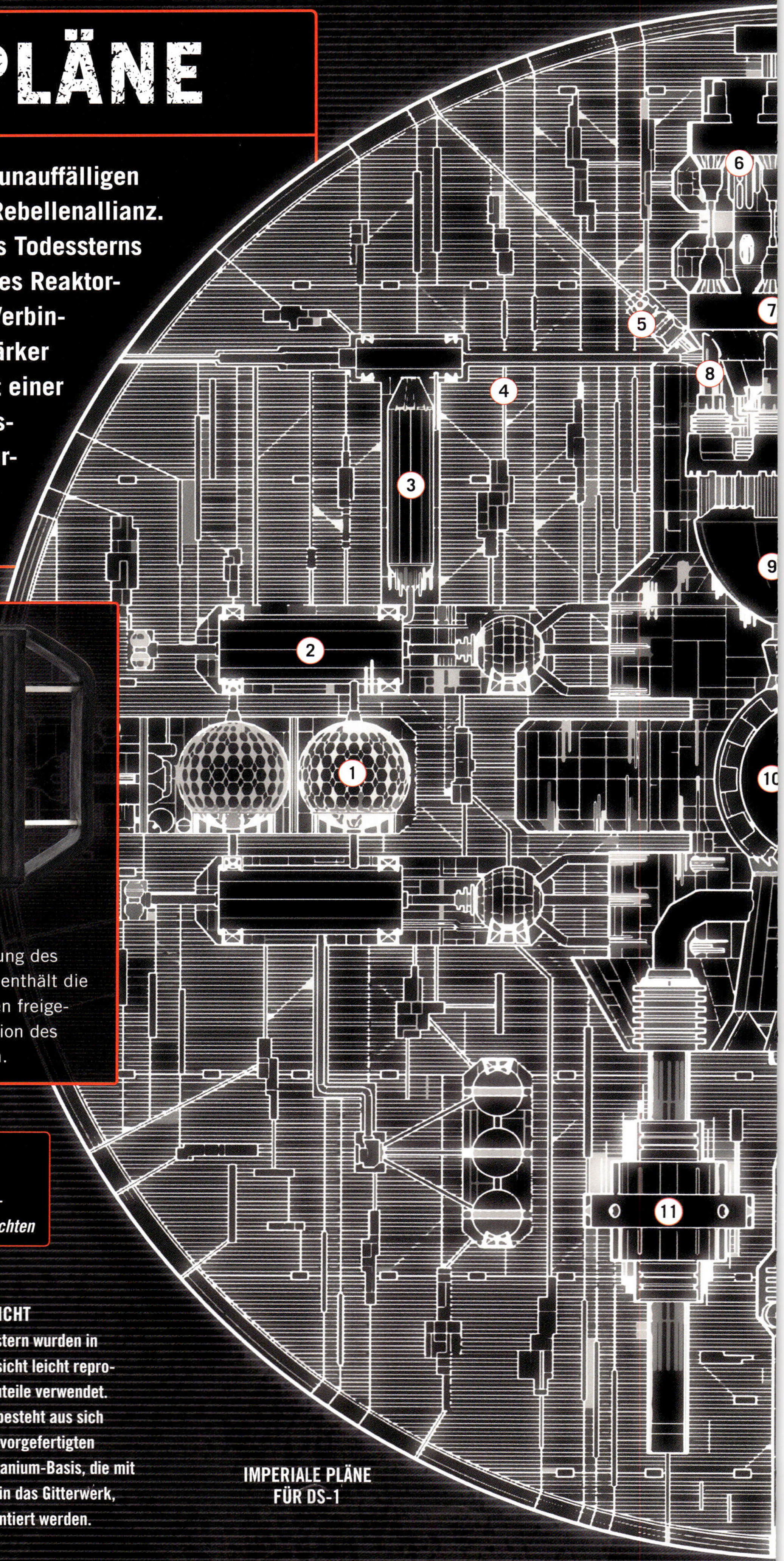

IMPERIALE PLÄNE FÜR DS-1

SUPERLASER-LINSE
Ein Verstärkerfeld aus künstlich verschmolzenen Kristallen bündelt die Sublaserstrahlen zu einem kumulativen, Planeten zerschmetternden Hauptstrahl.

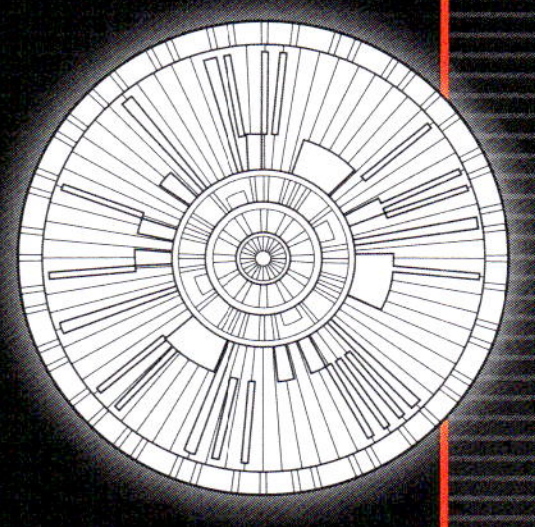

1 Ionenantriebsreaktor
2 Luftverarbeitungseinheit
3 Computerverbund des Sektors
4 Turboliftschacht
5 Notstrahlungsableiter
6 Sekundäre Energiewandler
7 Zentrale Energiesäule
8 Traktorstrahlenergiekupplung
9 Hauptenergiegenerator
10 Hypermateriereaktor
11 Energiezelle
12 Zentralcomputer
13 Energieverarbeitungsnetz
14 Superlaser-Energiezelle
15 Hauptenergieverstärker
16 Luftverarbeitungseinheit
17 Computerverbund des Sektors
18 Hyperantrieb
19 Superlaser-Substrahlschacht
20 Magnetschild
21 Hauptstrahlfokussiermagnet
22 Zielerfassungsfeldgenerator

FATALER FEHLER

Die Hypermateriereaktion im Innern des Todessterns erzeugt stark erhitzte Gase, die abgeleitet werden müssen, um Überhitzung zu vermeiden. Ein Netzwerk aus Wärmetauschern soll helfen, die Energie dieser Hitze weiterzuverwerten, doch einiges davon dringt durch Lüftungsschächte nach draußen – insbesondere der Schacht im Meridiangraben ist eine Schwachstelle.

Gräben ermöglichen die Nutzung eingelassener Kühlelemente, die der Strahlung im Hyper- und Realraum weniger ausgesetzt sind.

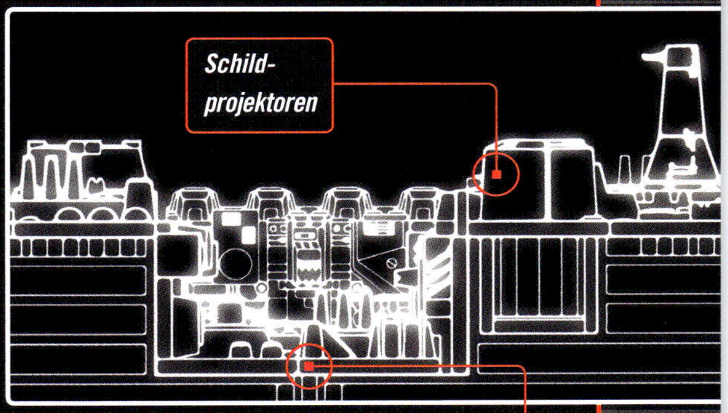

Die Ventilationsöffnung befindet sich unterhalb des Hauptschachts am Ende eines Grabens, der in eine Anlage defensiver Turbolaserbatterien mündet.

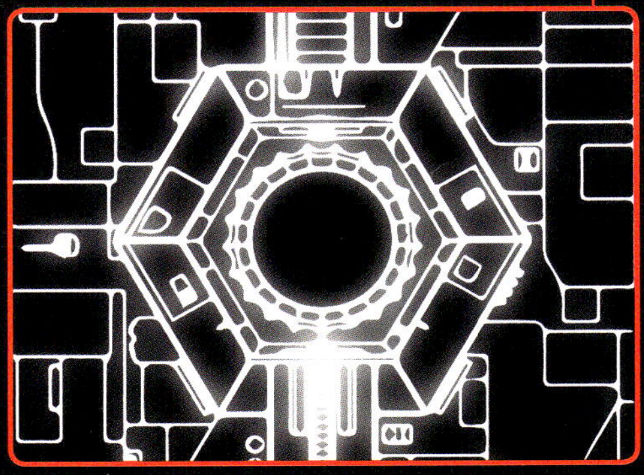

Dieser sechseckige, zwei Meter breite Schacht ist so positioniert, dass er in einer geraden Linie in einen Abschnitt des empfindlichen Reaktorsystems führt.

KÜSTENTRUPPEN

AUF DEM EINST PARADIESISCHEN Planeten Scarif sind spezialisierte Elitesturmtruppen stationiert, die patrouillieren, die Strände auskundschaften und die Bunker der imperialen Militäranlage besetzen. Ihre Rüstungen bieten ihnen zwar bessere Beweglichkeit im Küstenterrain, doch letztlich sind sie Standard-Sturmtruppler, die aus Notwendigkeit befördert wurden. Die meisten Küstentruppler handeln mit dem Rang des Sergeants und können Infanterietrupps befehligen.

Als dreiste Eindringlinge sich Zugang zu ihrem Gebiet auf Scarif verschaffen, leiten Küstentruppler den Gegenangriff.

Durch die besonderen Umweltbedingungen ihrer Einsatzgebiete sind Küstentruppen – die formale Bezeichnung lautet Sturmtruppen zur Küstenverteidigung – in der Galaxis selten anzutreffen. Die Truppen tragen speziell auf das Terrain abgestimmte Rüstungen, die je nach Einsatzgebiet variieren. Ihre Position wird turnusmäßig von dafür qualifizierten Sturmtrupplern eingenommen, wenn ihre Befehle es erfordern. Durch die isolierte Lage und die schweren Verteidigungsanlagen auf Scarif erwarten Küstentruppler in der Regel keine Kampfeinsätze. Allerdings sind sie durch hartes Training und Übungen mit scharfer Munition ständig in Alarmbereitschaft – eine Eigenschaft, die nicht in allen Kommandostufen auf Scarif verinnerlicht ist.

Auf den äußeren Landeplattformen, wo ein reger Verkehr von Frachtern mit Vorräten und Werkstoffen herrscht, werden Küstentruppler vermehrt eingesetzt.

LANDEPLATTFORM 9
Während auf Scarif aufgrund der Rebellen-Infiltrierung Chaos ausbricht, findet ein Trupp Soldaten heraus, dass Landeplattform 9 der Ausgangspunkt der Invasion ist. Küstentruppler nehmen den früheren imperialen Piloten Bodhi Rook ins Visier, der die Rebellen nach Scarif gebracht hat.

„REBELLENSPIONE AUF PLATTFORM ZWEI! WIEDERHOLE, SPIONE AUF PLATTFORM ZWEI! AUSRÜCKEN!“
– TK-32028

SICHERHEITSKRÄFTE

Dank Scarifs schwerer Verteidigungsanlagen halten einige imperiale Offiziere der Zitadelle Küstenschutz für Verschwendung. Die Küstentruppler kann solches Gerede nicht aus der Fassung bringen, sie erfüllen ihren Dienst mit feierlichem Ernst. Sollten die orbitalen Barrikaden wirklich durchbrochen werden, sind sie die letzte Verteidigungslinie.

TRUPPENAUFMARSCH
Ein Alarm im riesigen Zitadellenkomplex bedeutet, dass das Undenkbare geschehen ist. Eine Reihe von Explosionen am Strand deuten auf eine Invasion hin.

DATENBANK

NAME TK-32028

HEIMATPLANET Carida

SPEZIES Mensch

ZUGEHÖRIGKEIT Galaktisches Imperium, Scarif-Einheit

GRÖSSE 1,80 m

TÖDLICHE STRANDKLEIDUNG

Wie die Standard-Sturmtruppenrüstung ist auch die Küstentruppenrüstung aus Plastoid magnatomisch auf den eng am Körper liegenden, temperaturregulierten und versiegelten Unteranzug angepasst. Ähnlich der Rüstung der Scout-truppen besitzt sie weniger Platten, um Gewicht zu reduzieren und mehr Flexibilität zu bieten. Captains haben größere, in blau-grauer Farbe abgesetzte Teile auf der Brustplatte und einen Schurz aus Plastoid statt Stoff um die Hüften.

BODENTRUPPEN

DIESE SPEZIALEINHEIT ist die handverlesene Elite der Bodentruppen der Rebellen, der Missionen anvertraut werden, die für die Rebellenallianz von entscheidender Bedeutung sind. Aus ihren Reihen stechen die Kundschafter als die mutigsten und außergewöhnlichsten Kämpfer hervor. Auf Scarif lautet ihr Auftrag: verdecktes Eindringen in feindliches Gebiet, Errichtung eines Brückenkopfes und das Halten des Gebiets bis zum Eintreffen der Hauptstreitkräfte.

Beim Gegenangriff der Imperialen versuchen die Kundschafter, so viel Verwirrung wie möglich zu stiften, um das Imperium von den Eindringlingen abzulenken.

Bei Einsätzen in den entferntesten Winkeln des Äußeren Rands wurden die SpecForces Zeugen der schlimmsten Auswüchse imperialer Brutalität. Zwar konnten sie kleine Erfolge verzeichnen, doch das Imperium genießt noch immer politische und militärische Dominanz.

Als Jyn Erso ihren Vorschlag, das Herz der imperialen Militärs anzugreifen, vorbringt, hören diese Soldaten genau zu. Während der Rat noch diskutiert, was der nächste Schritt sein müsse, ist Jyn bereit, alles zu riskieren, um zu beweisen, zu was die Rebellenallianz fähig ist. Viele Kundschafter melden sich freiwillig, um ihr zu helfen.

Ein Einsatz bei Tageslicht auf unbekanntem militärischem Gebiet ist eine große Herausforderung, der die Mission auf Scarif unmittelbar ausgesetzt ist.

SOLDAT BASTEREN

Arro Basteren wuchs auf dem Agrarplaneten Ertegas im Anoat-Sektor auf, wo er sein scharfes Auge bei der Jagd auf Woshrikes, die es auf die Ernte abgesehen hatten, schulen konnte. Er ist der Aufklärer für Corporal Rostoks Heckenschützen und seine Aufgabe ist für gewöhnlich, die Situation und die Umwelt in der Hitze des Gefechts im Blick zu behalten.

Q4-E QUADNOKULAR VON FABRITECH

Bildschirmoberfläche zeigt herannahende Imperiale.

SOLDAT KAPPEHL

Farsin Kappehl ist auf Aufklärung und Unterstützung für indirekte Schützen spezialisiert. Er hilft ihnen mit seinem, auf sein Gewehr montiertes Laserzielfernrohr, ihre Ziele zu erfassen. Diese Mission bringt Kappehl so nah an den Fronteinsatz wie noch nie, doch der mutige Soldat begrüßt diese neue Erfahrung.

BlasTech DH-17 mit erweitertem Magazin und Laserspektiv

CORPORAL TIMKER

Sturmpionierin Walea Timker trifft als Teil der von der Blau-Staffel eingeflogenen Verstärkung auf Scarif ein. Sie ist Expertin für das Auffinden, Improvisieren und Konstruieren temporärer Befestigungsanlagen auf dem Schlachtfeld. In Anbetracht der Verwüstung, die die Kundschafter bei ihrem ersten Angriff anrichten, steht ihr genügend schwelendes Baumaterial zur Verfügung.

CORPORAL MEFRAN

Jav Mefran ist Wildniskämpfer aus dem 4. Regiment der SpecForces. Er verdrängt seine Zweifel an der Scarif-Mission und konzentriert sich stattdessen auf die schöne Umgebung. Mefran half dabei, das Unterholz um den Großen Tempel auf Yavin 4 zu räumen, als die Rebellen von Dantooine dorthin umsiedelten. Er hat eine Schwäche für Regenwälder.

CORPORAL TONC

Der Infanteriesoldat Stordan „Stordie“ Tonc schloss sich den Rebellen nach einem Aufstand auf Qemia 7 an und träumte davon, eines Tages den SpecForces beizutreten. Sein Weg dorthin wurde aus purer Notwendigkeit drastisch verkürzt. Nach seiner Landung auf Scarif bleibt Tonc gemeinsam mit mehreren Kundschaftern und Bodhi Rook auf Landeplattform 9 zurück, während sich der Rest der Gruppe in den umgebenden Dschungel begibt. Zusammen mit Bodhi kann Tonc unter den schnell ausschwärmenden imperialen Verteidigern Verwirrung stiften, indem er Falschmeldungen von Rebellenaktivität auf anderen Landeplattformen sendet. Als die Imperialen schließlich auf Plattform 9 eintreffen, um dem nachzugehen, strömen Tonc und die anderen Soldaten aus ihrem Shuttle, um es zu verteidigen.

BODENTRUPPEN

SERGEANT MELSHI

Auf Captain Andors Befehl hin wird SpecForce Infiltrationssergeant Ruescott Melshi das Kommando über die Kundschafter übergeben, die sich in die imperiale Basis auf Scarif einschleichen. Dafür sind einige Brüche mit der formalen Kommandostruktur nötig, denn Melshi ist nicht der hochrangigste Soldat am Boden. Andor kennt Melshi jedoch persönlich und ist sicher, dass er die schwere Aufgabe löst, eine kleine Kampfeinheit für das Imperium um einiges größer wirken zu lassen. Melshi geht mit gutem Beispiel voran und stellt unter Beweis, dass man ihm guten Gewissens in die Schlacht folgen kann, wenn er ein Ziel für erreichbar hält und er alles dafür riskieren würde.

CORPORAL ESKRO CASRICH

Dieser Kommandant liebt das Abenteuer. Er seilte sich von den Gipfeln Scipios ab, durchquerte die Schlundlöcher von Utapau und segelte über die Dünen von Ingo – die Mission Rogue One ist für ihn nur ein weiterer Adrenalin-Trip. Wäre er nicht so ein talentierter Kämpfer, würden seine Kameraden seines Wagemuts überdrüssig.

SOLDAT CALFOR

Abrissspezialist Yosh Calfor stammt von Mykapo und ist in der Lage, bei Kampfeinsätzen in aller Seelenruhe mit den gefährlichsten Sprengstoffen zu hantieren. Er rühmt sich damit, immer mindestens drei Granaten in Griffweite zu haben. Ein elektronisches Implantat im Ohr schützt Calfor vor Gehörverlust durch seine Arbeit mit Thermaldetonatoren.

CORPORAL MADDEL

Cassian Andor rekrutierte Rodma Maddel, eine Geheimagentin, die als Scout für städtische Kampfeinheiten eingesetzt wird. Als sie erfährt, das Cassian Teil der Operation Rogue One ist, zögert sie keine Sekunde und meldet sich als Verstärkung am Boden für die Blau-Staffel.

LIEUTENANT SEFLA

SpecForces-Offizier Taidu Sefla steht offiziell höher im Rang als Sergeant Melshi und Jyn Erso, die keinen formalen Rang trägt, aber von Sefla den freundschaftlichen Titularrang als Sergeant bekommt. Er akzeptiert aber respektvoll Captain Andors Umstrukturierung der Einheit. Sefla ist ein starker, fähiger Soldat, der mit ganzem Herzen den Kampf gegen das Imperium führt und in jeder Mission alles gibt.

C-35-SPLITTER-GRANATE VON MERR-SONN

CORPORAL ROSTOK

Serchill Rostok ist der Scharfschütze der Spezialeinheit. Er arbeitet eng mit seinem Aufklärer Basteren zusammen, um Langstreckenziele aus der Deckung schnell und mit maximalem Überraschungsmoment zu treffen. Tarnung und Heimlichkeit hat Rostok verinnerlicht. Er kann seinen Atem 15 Standardminuten lang anhalten und totenstill sitzen – was ihm den Spitznamen „der Stein" eingebracht hat. Er ist sehr abergläubisch und verlässt sich auf sein Glücks-Elektroskop, dessen ausgeprägten Drift er mühelos ausgleicht.

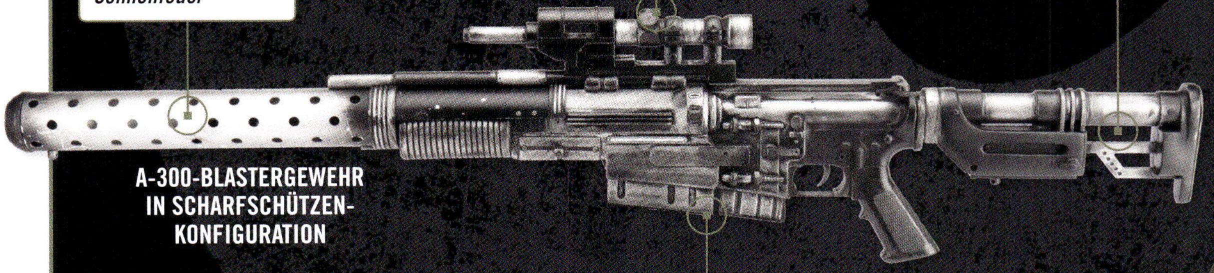

A-300-BLASTERGEWEHR IN SCHARFSCHÜTZEN-KONFIGURATION

PAO

DIE AUSDEHNUNG DES IMPERIUMS hat viele Zivilisationen vertrieben, da seine wachsende Kriegsmaschinerie alles Verfügbare an Rohstoffen und Material frisst. Viele einheimische Völker entlegener Welten sind davon betroffen, darunter auch die amphibischen Drabataner von Pipada. Einer von ihnen – der kämpferische Rebellenkommandant Pao – hasst das Imperium ganz besonders und stürzt sich mit dem beherzten Kampfschrei „Sa'kalla!" in die Schlacht.

Nachdem sie Scarif in einem imperialen Shuttle erreicht haben, verstecken sich Pao und seine Leute im Dschungel.

Pao hört man meist in seiner Muttersprache vor sich hin fluchen. Sein voller Name ist Paodok'Draba'Takat. Obwohl er Basic zwar gut versteht, hat er mit seinem großen Maul Schwierigkeiten, es problemlos auszusprechen. Da er ein bewährter Krieger ist, ist es für seine Teamkameraden in Ordnung, wenn er Drabatesisch spricht, da er in den seltensten Fällen missionsspezifische Anweisungen erteilt. Paos große Lungen und sein starkes Zwerchfell geben ihm eine donnernde Stimme und erlauben ihm, über lange Zeit hin die Luft anzuhalten. Auch wenn er auf Scarif von Wasser umgeben ist: Als Süßwasser-Amphiboid findet er das salzige Meer der imperialen Basis alles andere als angenehm.

Pao stürzt sich an der imperialen Landeplattform in die Schlacht und feuert seine Kameraden an.

ERFOLGSCHANCEN

Pao macht sich über die Erfolgschancen keine Illusionen. Solche Rechnungen haben ihn noch nie aufgehalten. Der Drabataner hat einen weiten Weg hinter sich, seit er seine sumpfige Heimatwelt verließ, um eine Schlüsselfigur im Überlebenskampf der Rebellion zu werden.

Transmitter-antenne mit Leuchtstab

PAOS RUCKSACK

"PAODOK'DRABA'TAKAT SAP'DE'REKTI NIK'LINEK'TI KI'VEF'NIK' NE SEVEF'LI'KEK."

– PAOS ANTWORT, ALS ER NACH SEINEM VOLLEN NAMEN GEFRAGT WIRD.

PATT AM STRAND

Pao spielt eine zentrale Rolle in der Truppe, die auf Scarif Verwirrung stiften soll. Das Imperium wird von dem Einfall eiskalt erwischt.

BAUMEISTER

Pao ist für den Gebrauch von Sprengstoffen ausgebildet und als amphibisches Wesen hervorragend für Einsätze unter Wasser qualifiziert. Hätte sich das Imperium nicht in sein Leben eingemischt, wäre Pao Ingenieur geworden. Seine Kenntnisse der Strukturdynamik sind ihm bei der Platzierung von Sprengsätzen eine große Hilfe.

DATENBANK

NAME Paodok'Draba'Takat
HEIMATPLANET Pipada
SPEZIES Drabataner
STATUS Corporal, SpecForces der Rebellenallianz
GRÖSSE 1,72 m
ALTER 31 Standardjahre

DIE SPRACHE DES KRIEGES

In der drabatesischen Sprache werden einzelne Silben zu sperrigen Worten mit mehreren Bedeutungsebenen verwoben. Kontext und grammatikalische Feinheiten werden anhand der Lautstärke bestimmt, was Drabatesisch zu einer außerordentlich lauten Sprache macht. Sollten die Umstände leisere Töne erfordern, greifen Drabataner auf eine sekundäre Kommunikationsform zurück, bei der Luft durch einen Stimmsack geleitet wird, wodurch weiche, krächzende Geräusche entstehen. Man sagt, Drabatesische Liebeslieder müssten aufgrund ihres rührenden Klangs nie übersetzt werden.

TIBANNA-BETRIEBENES BLASTERGEWEHR
Pao führt ein Blastergewehr vom Schwarzmarkt, dessen externe Tibanna-Gaskartusche die Schusskraft verstärkt. Galvenläufe brennen durch die Modifizierung schnell durch, sodass die Waffe ständig gewartet werden muss.

BISTAN

DIE REBELLION HAT KRIEGER aus der ganzen Galaxis angezogen – Soldaten, die für die Befreiung ihrer Heimatwelten und ihrer Völker aus der imperialen Unterdrückung kämpfen. Obwohl dem Iakaru Bistan die Freiheit seiner Landsleute am Herzen liegt, geht es ihm eher um den Kampf an sich. Er liebt die Aufregung und fühlt sich so lebendig wie nie, wenn ihm der Rückstoß seines schweren Ionenblastergewehrs in die Seite hämmert und seine Ohren vom Kriegslärm rauschen.

Obwohl er seine Welt erst kürzlich verlassen hat, hat Bistan sich schnell mit moderner Technik vertraut gemacht.

Iakaru trifft man in der Galaxis eher selten an, da sie nicht über Hyperantriebstechnologie verfügen. Ihre Welt Iakar ist jedoch seit einem knappen Jahrhundert Ziel der interstellaren Wirtschaft. Insbesondere pharmazeutische Firmen sind Abnehmer für wertvolle organische Verbindungen aus den Regenwäldern des Planeten. Während der Klonkriege errichteten Firmen wie Chiewab, Merisee Prime und Fabreth Medizin Forschungsanlagen auf Iakar, trieben die Iakaru in den Dschungel zurück und belasteten damit die zaghaften Handelsbeziehungen der Einwohner mit außerweltlichen Besuchern. Mit dem Aufstieg des Imperiums und dessen militärischer Expansion eskalierte der Bedarf an medizinischen Versorgungsgütern und Iakaru wurde vollständig besetzt.

Bistan ist durch seine unermüdliche Energie und Geselligkeit beliebt unter den Rebellen, obwohl seine Personalakte mehrere Vorfälle von Ungehorsam auflistet.

DER MANN FÜR RÜCKENDECKUNG
Bistans Spezialgebiet ist die Rückendeckung aus der Tür von U-Flüglern bei Flügen und Landungen. Mit seinem Repetierblaster deckt er Truppen, die aus dem Schiff aussteigen oder dorthin zurückkehren.

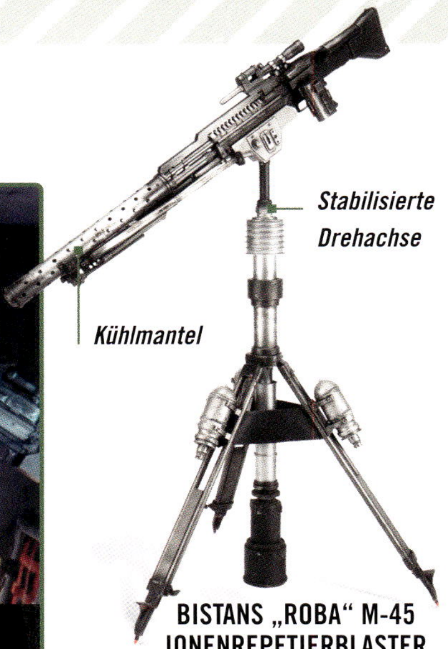

BISTANS „ROBA“ M-45 IONENREPETIERBLASTER

„BISTAN IST EIN IRRER. ABER KEINER GIBT BESSER DECKUNG IN EINER HEISSEN LANDEZONE.“
– REBELLENSERGEANT MELSHI

REBELLENREKRUTIERUNG

Bistan ist der Rebellion erst sechs Monate vor der Scarif-Mission beigetreten, nachdem er einem Rebellenteam zu Hilfe gekommen ist, das Iakar für einen Medikamentendiebstahl infiltriert hat. Er hielt die imperialen Verfolger mit wohlgezielten Stein- und Speerwürfen auf und stellte seine Zähigkeit und Zielgenauigkeit unter Beweis. Die Kommandos boten Bistan daraufhin an, sich ihnen anzuschließen.

GESCHÄRFTE SINNE

Iakaru wie Bistan verfügen durch ihre Evolution unter den grünen Dächern des Dschungels über hervorragende räumliche Wahrnehmung. Nur mit Sehschärfe, akkurater Tiefenwahrnehmung und schnellen Reflexen kann man sich durch den dichten Baumbestand schwingen. Bistan hat zusätzlich einen sicheren Tritt. Er steht mit minimaler Sicherung an der offenen Luke eines U-Flüglers und verlässt sich ganz auf seine Beweglichkeit und Balance. All dies macht Bistan zu einem exzellenten Scharfschützen.

DATENBANK

NAME Bistan
HEIMATPLANET Iakar
SPEZIES Iakaru
STATUS Corporal, SpecForces der Rebellenallianz
GRÖSSE 1,73 m
ALTER 22 Standardjahre

GRÜNE HÖLLE

Die Kundschafter der Rebellen, die Scarif infiltrieren, verschwinden blitzschnell im Dickicht des Dschungels. Hier sind sie in ihrem Element, dem Kampf in der Wildnis. Gut getarnt führen sie Captain Andors Befehl aus, zehn Soldaten wie hundert wirken zu lassen.

FRACHTTRANSPORTER

AT-ACT

TURMHOCH RAGEN die arbeitsamen Allterrain-Angriffscargotransporter (AT-ACT) über imperialen Bauprojekten auf. Diese größere Version des Allterrain-Angriffstransporters (AT-AT) verfügt über ein Frachtabteil für den Transport schwerer Baumaterialien oder Munitionsladungen. Obwohl er nicht für den Kampfeinsatz gebaut wurde, stellt der AT-ACT für feindliche Infanterie ein gewaltiges Hindernis dar, wie die Kommandotruppen des Rogue One-Teams feststellen müssen.

SCHWERE LAST

Das Frachtmodul des AT-ACT umfasst ein Volumen von fast 550 Kubikmetern und kann mehrere Tonnen Material tragen. Die Ladungen werden von Ladedroiden gehandhabt, die Teilladungen hochdichten Materials in tragbare Einheiten unterteilen. Kraftvolle Maschinen und mit einem Tensorfeld verstärkte Beine bewegen den riesenhaften AT-ACT vorwärts, von Abbaugebieten zu Verarbeitungsanlagen. Sie werden eingesetzt, wenn Repulsorfelder zu unzuverlässig oder wegen Inkompatibilität des Materials nicht geeignet sind.

SPANNUNGSKRAFT

Die zusätzliche Höhe des AT-ACT ermöglicht ihm zwar schnellere Fortbewegung als dem AT-AT, doch dies geht auf Kosten der strukturellen Stabilität. Um die Kniegelenke zu verstärken, wenn sie schwere Lasten tragen müssen, hält ein elektromagnetisches Tensorfeld die strapazierte Konstruktion aufrecht.

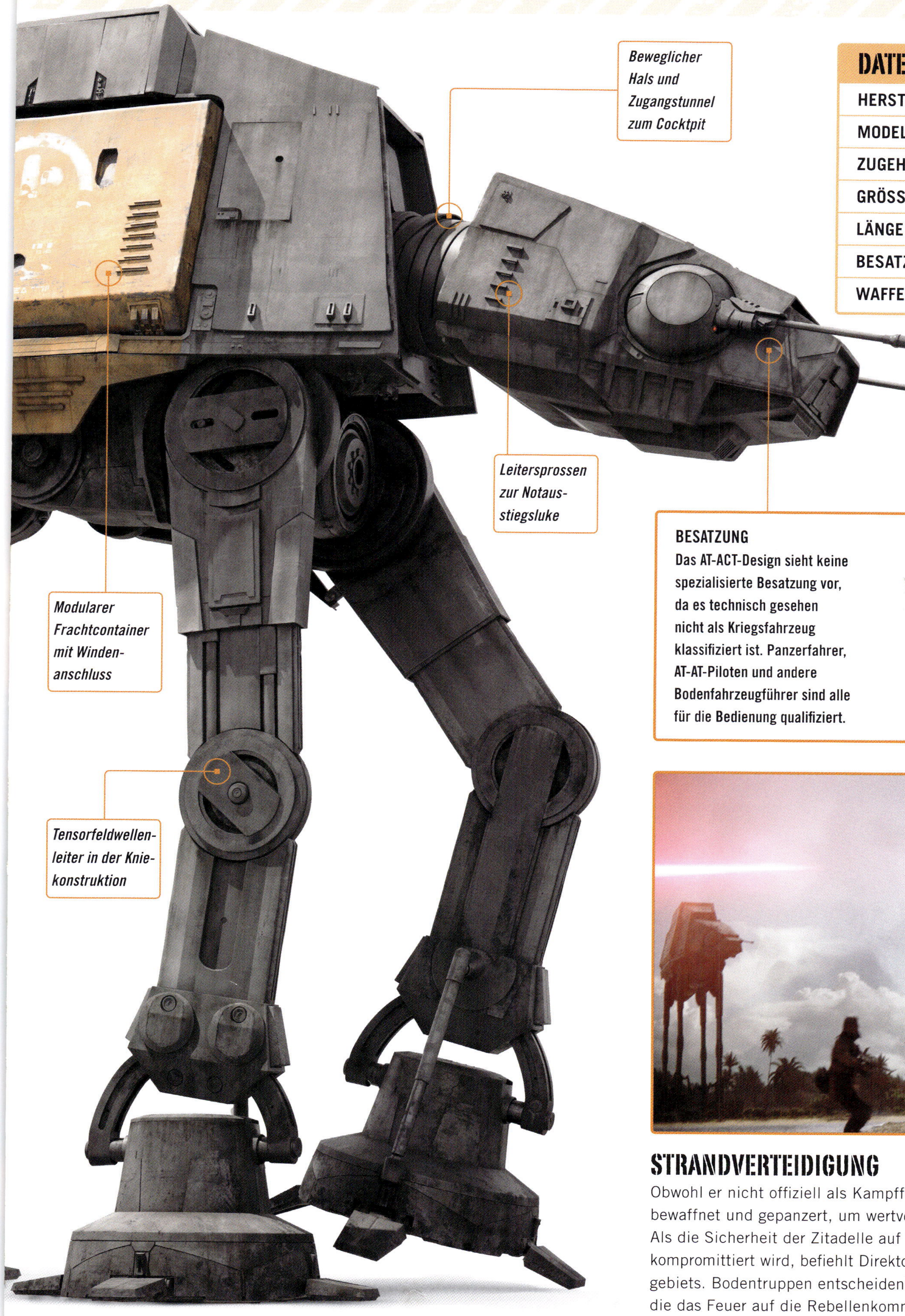

DATENBANK

HERSTELLER	Kuat-Triebwerkswerften
MODELL	Allterrain-Angriffscargotransporter
ZUGEHÖRIGKEIT	Galaktisches Imperium
GRÖSSE	31,85 m
LÄNGE	34,90 m
BESATZUNG	2
WAFFEN	2 schwere Laserkanonen

BESATZUNG
Das AT-ACT-Design sieht keine spezialisierte Besatzung vor, da es technisch gesehen nicht als Kriegsfahrzeug klassifiziert ist. Panzerfahrer, AT-AT-Piloten und andere Bodenfahrzeugführer sind alle für die Bedienung qualifiziert.

STRANDVERTEIDIGUNG

Obwohl er nicht offiziell als Kampffahrzeug gilt, ist der AT-ACT schwer bewaffnet und gepanzert, um wertvolle Fracht verteidigen zu können. Als die Sicherheit der Zitadelle auf Scarif durch einen Rebellenangriff kompromittiert wird, befiehlt Direktor Krennic die Sicherung des Strandgebiets. Bodentruppen entscheiden sich für den Einsatz von AT-ACTs, die das Feuer auf die Rebellenkommandos eröffnen.

SCHLACHT VON SCARIF

BODHI ROOK FLIEGT Team Rogue One in einem zuvor auf Eadu gestohlenen Frachter durch die ansonsten unpassierbare Schildbarriere, die Scarif umgibt. Er ist diese Route schon Dutzende Male geflogen – jedoch nie mit einer Ladung Rebellensoldaten im Frachtraum! Während der folgenden Schlacht wirft ein Küstentruppler einen Thermaldetonator in das Shuttle. Die Rebellen müssen eine andere Möglichkeit finden, von Scarif zu entkommen.

ANGRIFF AUF DER LANDEPLATTFORM

Ein als imperiales Personal verkleidetes Infiltrationsteam macht sich auf den Weg ins Innere der Basis. Die Soldaten, begleitet von Baze Malbus und Chirrut Îmwe, schleichen sich aus dem Frachter auf die Landeplattform. Sie ist Teil eines mit Schienen verbundenen Netzwerks, das die Inseln miteinander verbindet. Die Rebellen verschwinden im Unterholz, um ihren Überraschungsangriff auf die nichts ahnenden Imperialen zu starten.

STRANDSCHLACHT

Die Rebellen werden von den verteidigenden imperialen Streitkräften zurück in den Dschungel getrieben. Wütend befiehlt Krennic allen verfügbaren Einheiten, die Eindringlinge aufzuhalten. TIE-Stürmer eröffnen das Feuer vom Himmel aus und riesige AT-ACTs greifen am Boden an. Schließlich müssen die Rebellen auf den Strand ausweichen, wo es keine Deckung gibt. Doch Verstärkung von Yavin 4 ist unterwegs.

X-FLÜGLER-PILOTEN

DIE PILOTEN der Massassi-Basis könnten unterschiedlicher nicht sein, aber ihre Liebe zum Freiheitskampf vereint sie. Einige lernten ihr Handwerk in der strengen Ausbildung der Akademie und desertierten oder entkamen auf andere Weise der Aufnahme in die imperiale Flotte. Andere sind Frachtpiloten, die genug von der Routine hatten. Wieder andere sind Hobbyflieger oder Agrarpiloten. Ihre verschiedenen Hintergründe, gepaart mit so manchem ausgeprägten Ego, sorgen für intensiven Wettbewerb untereinander.

Zwischen den Piloten entwickelt sich dank gemeinsamer Erfahrungen schnell Kameradschaft.

Im Massassi-Außenposten gibt es durch Nachschubprobleme und den Mangel an verfügbaren Kampfschiffen immer mehr Piloten als einsatzbereite Schiffe. Sie trainieren regelmäßig in Simulatoren am Boden, um sich einen Platz in der Rot-, Grün-, Blau- oder Gold-Staffel zu sichern. In der Luft arbeiten die Piloten zusammen, denn Vertrauen und Verlässlichkeit sind im Raumkampf überlebensnotwendig. Ein Platz in einer Pilotenstaffel ist eine Ehre, aber gleichzeitig nur bedingt ein Grund zum Feiern, denn es bedeutet, dass dieser Platz durch eine Verletzung, Ermüdung oder Schlimmeres frei geworden ist und der Nachfolger unter einem geerbten Codenamen fliegen muss.

Transportschlitten, scherzhaft von den Rebellen „Streitwagen“ genannt, holen Piloten im Warteraum ab und bringen sie zu ihren Sternenjägern.

HARB BINLI (ROT SIEBEN)

Binli ist ein relativ neuer Pilot in der Rot-Staffel und ist noch dabei, seinen ersten Pilotenhelm durchzuscheuern. Er ist talentiert, zäh und lernt schnell. Sein Spezialgebiet sind Tiefflugangriffe auf Verteidigungsgeschütze. Von seinem erfahrenen Flügelmann Pedrin Gaul (Rot Fünf) hat Binli schon viel lernen können.

Kontrollleitung und Lebenserhaltungsverbindung

LIEUTENANT ZAL DINNES (ROT ACHT)

Als imperiale Patrouillen die Rebellen zwangen, ihre Startanlage auf Tierfon aufzugeben, wurde die verteidigende Staffel der Gelben Asse aufgelöst und auf andere Außenposten verteilt. Die größte Gruppe, bestehend aus vier Piloten, siedelte nach Yavin 4 um. Zal Dinnes und ihr Flügelmann Jek Porkins (Rot Sechs) wurden der Rot-Staffel zugeteilt.

Emblem der Gelben Asse von Tierfon

LIEUTENANT NOZZO NAYTAAN (ROT NEUN)

Nozzo Naytaan wandte sich von seiner Arbeit als Testpilot für die Corellianische Ingenieursgesellschaft ab, als das Imperium die Kontrolle übernahm und er TIE-Jäger hätte testen müssen.

CAPTAIN BROAN DANURS (GRÜN ZEHN)

Der frühere Y-Flügler-Pilot flog in der Gold-Staffel, als sie noch auf Dantooine stationiert war. Eine offene Position führte Danurs in die Grün-Staffel. Er ist ein enger Freund seines Mentors Davish Krail, der als Gold Fünf fliegt.

MAJOR RALO SURREL (ROT ELF)

Der schnittige Stuntpilot, der zur Unterhaltung des Publikums im Äußeren Rand klapprige Antiquitäten flog, ist heute der Flügelmann für den Anführer der Rot-Staffel, Garven Dreis.

LIEUTENANT ATTICO WRED (GRÜN VIER)

Der ehemalige TIE-Jäger-Pilot lief zur Rebellion über, nachdem er den direkten Befehl verweigerte, das Feuer auf ein unbewaffnetes Passagierschiff zu eröffnen. Er pflegt eine leidenschaftliche Rivalität mit seinem corellianischen Landsmann Nozzo Naytaan.

LIEUTENANT WION DILLEMS (GRÜN ZWÖLF)

Dillems wuchs in der Wildnis von Yelsain unter den Baumbewohnerstämmen auf, die in den dichten Wäldern leben. Im Gegensatz zu den meisten seiner Landsleute fühlte er sich zu Technologie hingezogen, weil sie ihm unvorstellbare Fluggeschwindigkeit ermöglichte. Er war ursprünglich auf Raddus' *Profundity* stationiert und wurde zum Nachfolger von Puck Naeco, als dieser sich bei einer harten Landung das Fußgelenk brach.

PEDRIN GAUL (ROT FÜNF)

Der Transporterpilot von Denon flog früher Passagiere und Fracht durch die verstopften Luftstraßen seiner großstädtischen Heimatwelt. Als er vom Imperium gesuchten Flüchtlingen bei der Ausreise half, wurde er selbst zum Verräter erklärt und musste fliehen.

BLAU-STAFFEL

GENERAL MERRICKS persönliche Jägerstaffel ist größer als die normalen zwölf gleichartigen Schiffe. Die Blau-Staffel besteht aus T-65-X-Flüglern, die UT-60D-U-Flügler in Einsatzgebiete eskortieren, und einigen Y-Flüglern, die Yavin 4 aus Nachbarsektoren zugeteilt wurden. Der Angriff auf Scarif ist die erste Mission, an der alle Piloten beteiligt sind, um Jyn Ersos unbefugte Operation Rogue One zu unterstützen.

Jaldine Gerams (Blau Drei) stürzt sich in ihrem X-Flügler durch das Schildtor, das den Zugang zum Himmel über Scarif reguliert.

Während die Jäger der Rot-, Grün- und Gold-Staffel die Großkampfschiffe und Sternenjäger im Orbit über Scarif beschäftigen, hat die Blau-Staffel den Auftrag, den Kampf an der Oberfläche auszutragen. Das Team macht sich ein Tor im Schild zunutze, das für den Transit eines Frachttransporters offen steht, und zieht an dem schwerfälligen Schiff vorbei. Flugabwehrkanonen erfassen die Jäger bei ihrem Anflug, doch der Großteil der Blau-Staffel übersteht die erste Salve. Planmäßig sollen die U-Flügler den Strand der Zitadelle erreichen und Bodentruppen als Unterstützung für Rogue One absetzen, während General Draven die Infanterie mit seinen X-Flüglern vor herannahenden TIE-Stürmern verteidigt.

U- und X-Flügler-Piloten stehen für letzte Instruktionen bereit. Dann gibt General Merrick den Befehl: Die Mission Scarif beginnt.

HEFF TOBBER (BLAU ACHT)

Bevor der Rebellenaußenposten Crait aufgegeben wurde, war Lieutenant Heff Tobber dort als Transporterpilot stationiert. Nach seinem Transfer zur Basis Eins trat er der Blau-Staffel bei, wo er dank seines Sinns für Humor und seiner lauten Stimme schnell zum beliebtesten U-Flügler-Piloten bei der Infanterie wurde. Er schafft es nicht rechtzeitig durchs Schildtor über Scarif, dreht ab und schließt sich der Grün-Staffel beim Kampf im Orbit an.

U-Flügler-Helm mit Komlink und Interkomlink

PARIL RITTA (BLAU ZWÖLF)
Dieser Pilot von Generis fliegt einen der vier Y-Flügler, die aus dem Atrivis-Sektor als Verstärkung für die Raumjägerstreitkräfte der *Profundity* herangezogen wurden. Für die Mission auf Scarif fliegt er in der Blau-Staffel.

JALDINE GERAMS (BLAU DREI)
Computerspezialistin Gerams hat viele Stunden in selbst geschriebenen Sternenjäger-simulationen verbracht und ergriff die Gelegenheit, einen echten Jäger zu fliegen, beim Schopfe, als die Allianz auf ihrer Heimatwelt Fresia eintraf.

CALUM GRAM (BLAU NEUN)
Der frühere Such- und Rettungspilot im Wildnisschutz auf Atrisia hat durch kurvige Flüge und Landungen in dichtem Baumbewuchs mit seinem Luftgleiter präzise Flugfähigkeiten entwickelt.

BARION RANER (BLAU VIER)
Raner stammt von Ord Mantell und arbeitet seit drei Jahren mit General Merrick zusammen. Aus seiner Feder stammt das Grundlagenhandbuch für T-65-Kampfpiloten, das neuen Piloten in der Rebellion zur Vorbereitung ausgehändigt wird. Der Geheimdienst der Allianz hat den Text mit voller Absicht ins imperiale HoloNet eingespeist, wo ihn angehende Rebellenpiloten einsehen können.

FARNS MONSBEE (BLAU FÜNF)
Obwohl er innerhalb eines Teams gute Arbeit leistet, hat Monsbee mehr Einzelflugstunden absolviert als der Rest seiner Kollegen, denn er war der einzige Einmannjägerpilot in dem kleinen, unterversorgten Rebellenaußenposten auf Cassidode VI. Auf Yavin ist er oft als Aufklärungspilot im Einsatz.

LAREN JOMA (BLAU ELF)

Joma ist Bistans „Lieferdienst" – sie fliegt den U-Flügler, in dem der lakaru als Kanonier den Einstieg schützt. Die fröhliche Joma toleriert Bistans Übermut, denn der „Weltraumaffe", wie sie ihn im Scherz nennt, trifft immer ins Ziel. Joma hält das Schiff mit ruhiger Hand und hilft Bistan beim Zielen, damit alle an Bord überleben.

Lebenserhaltungseinheit für Einsatz in hoher Atmosphäre

AN ALLE EINHEITEN

REBELLENPILOTENHELME

DIE STERNENJÄGERPILOTEN der Rebellen auf Yavin 4 stammen aus verstreuten Zellen, die sich in der am besten ausgerüsteten Basis der jungen Geschichte der Rebellion versammelt haben. Die Helme der Piloten zeigen Symbole ihrer ursprünglichen Einheiten, Heimatwelten und Überzeugungen. In den Rängen des Imperiums sucht man solche Vielfalt vergebens.

ZAL DINNES (ROT ACHT)

ATTICO WRED (GRÜN VIER)

WONA GOBAN (GOLD NEUN)

WION DILLEMS (GRÜN ZWÖLF)

TORGE GOMMER (GRÜN ZWEI)

CALUM GRAM (BLAU NEUN)

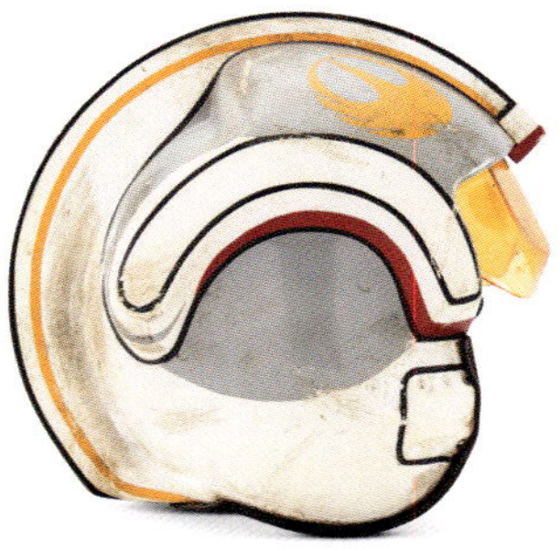

BRACE MARKO (GOLD SECHS)

ROBICH DUGGSIN (BLAU SIEBEN)

PEDRIN GAUL (ROT FÜNF)

DATCHI CREEL (GOLD ACHT)

BARION RANER (BLAU VIER)

GAZDO WOOLCOB (GOLD SIEBEN)

RALO SURREL (ROT ELF)

DEREK KLIVIAN (ROT SECHS RESERVE)

FARNS MONSBEE (BLAU FÜNF)

BROAN DANURS (GRÜN ZEHN)

NAMEN TAKAMEN (GRÜN SIEBEN)

JALDINE GERAMS (BLAU DREI)

RISS CLYOS (GRÜN DREI)

HARB BINLI (ROT SIEBEN)

TORIUS CHORD (BLAU ZWEI)

HEFF TOBBER
(BLAU ACHT)

VANGOS GREK (BLAU SECHS)

JON VANDER (GOLD EINS)

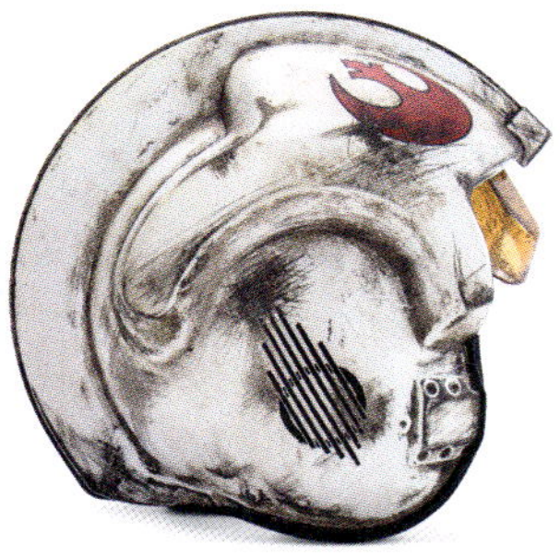

CHAFF KORUS (GRÜN SECHS)

EVAAN VERLAINE (GOLD DREI)

Y-FLÜGLER

DAS KAMPFERPROBTE DESIGN dieses Schiffs reicht bis in die Klonkriege zurück. Der Y-Flügler war eines der ersten Schiffe, die die Rebellion im Kampf gegen das Imperium einsetzte. Ausgemusterte Exemplare aus dem Krieg sind relativ einfach zu beschaffen. Sie verfügen über einen verlässlichen Hyperantrieb, eine robuste Bauweise und starke Bewaffnung. Die Gold-Staffel der Rebellen auf Yavin 4 besteht vollständig aus Y-Flüglern. Einzelne Schiffe stehen bei Bedarf auch der Grün- und Blau-Staffel zur Verfügung.

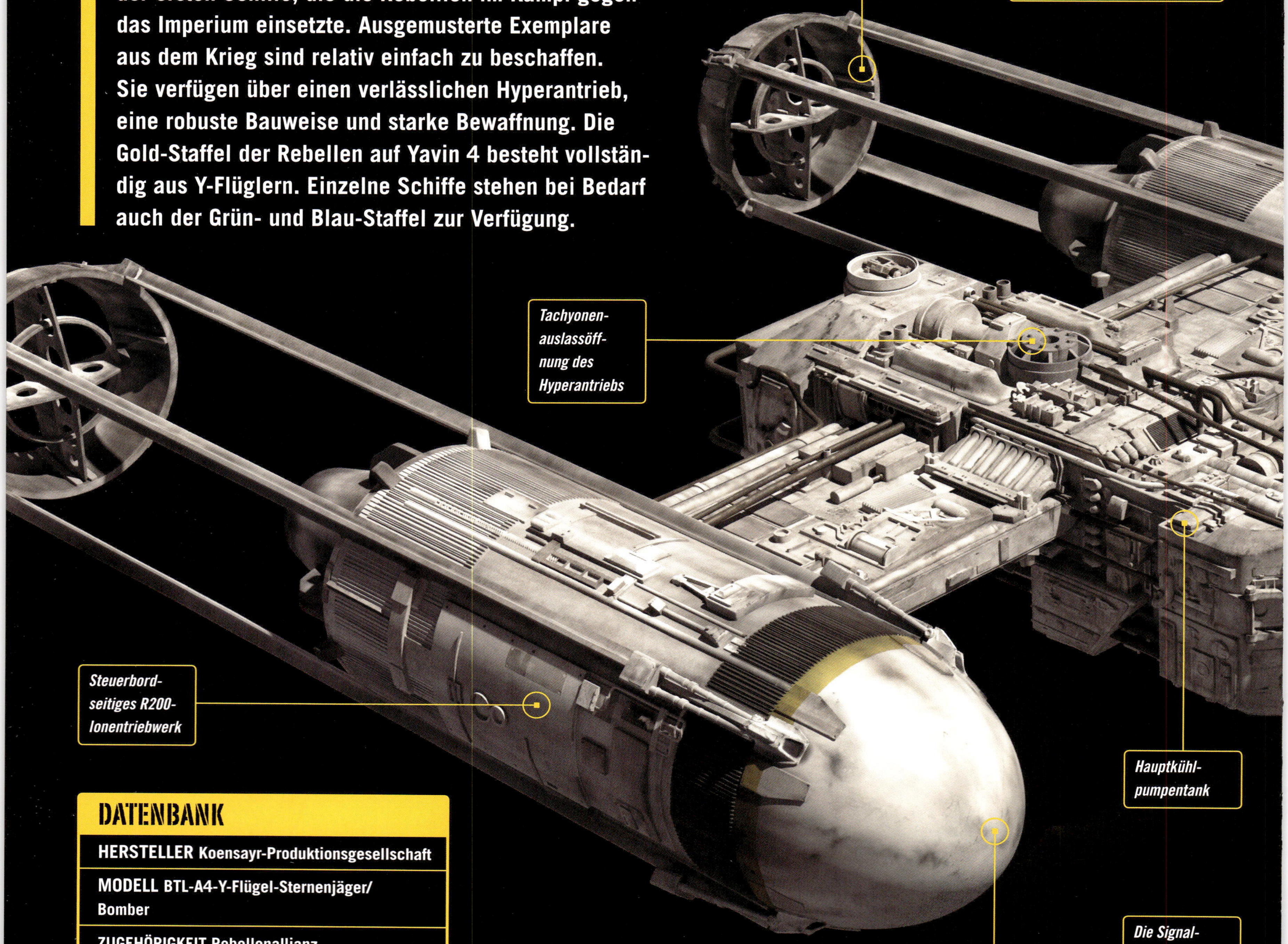

DATENBANK

HERSTELLER	Koensayr-Produktionsgesellschaft
MODELL	BTL-A4-Y-Flügel-Sternenjäger/ Bomber
ZUGEHÖRIGKEIT	Rebellenallianz
HÖHE	2,44 m
LÄNGE	16,24 m
BESATZUNG	1, plus Astromechdroide
GESCHWINDIGKEIT	1000 km/h in Atmosphäre
BEWAFFNUNG	2 Laserkanonen, 2 Ionenkanonen, Protonen- und Ionentorpedowerfer

VETERAN DER KLONKRIEGE

Trotz der Erfolgsgeschichte des Y-Flüglers als Langstreckenbomber in den Klonkriegen wurde er zugunsten von Großkampfschiffen als Rückgrat der imperialen Sternenflotte bedeutungslos. Koensayr verlor einen wichtigen Vertrag mit der Regierung und war gezwungen, seinen Überschuss an lokale Märkte für Planetenverteidigung zu verkaufen, bevor das Imperium einschritt. Nicht verkaufte Ware und zurückgenommene Y-Flügler wurden schließlich auseinandergebaut und die Teile weiterverwertet. Die Rebellion konnte vielen Y-Flüglern mit gezielten Diebstählen dieses Schicksal ersparen.

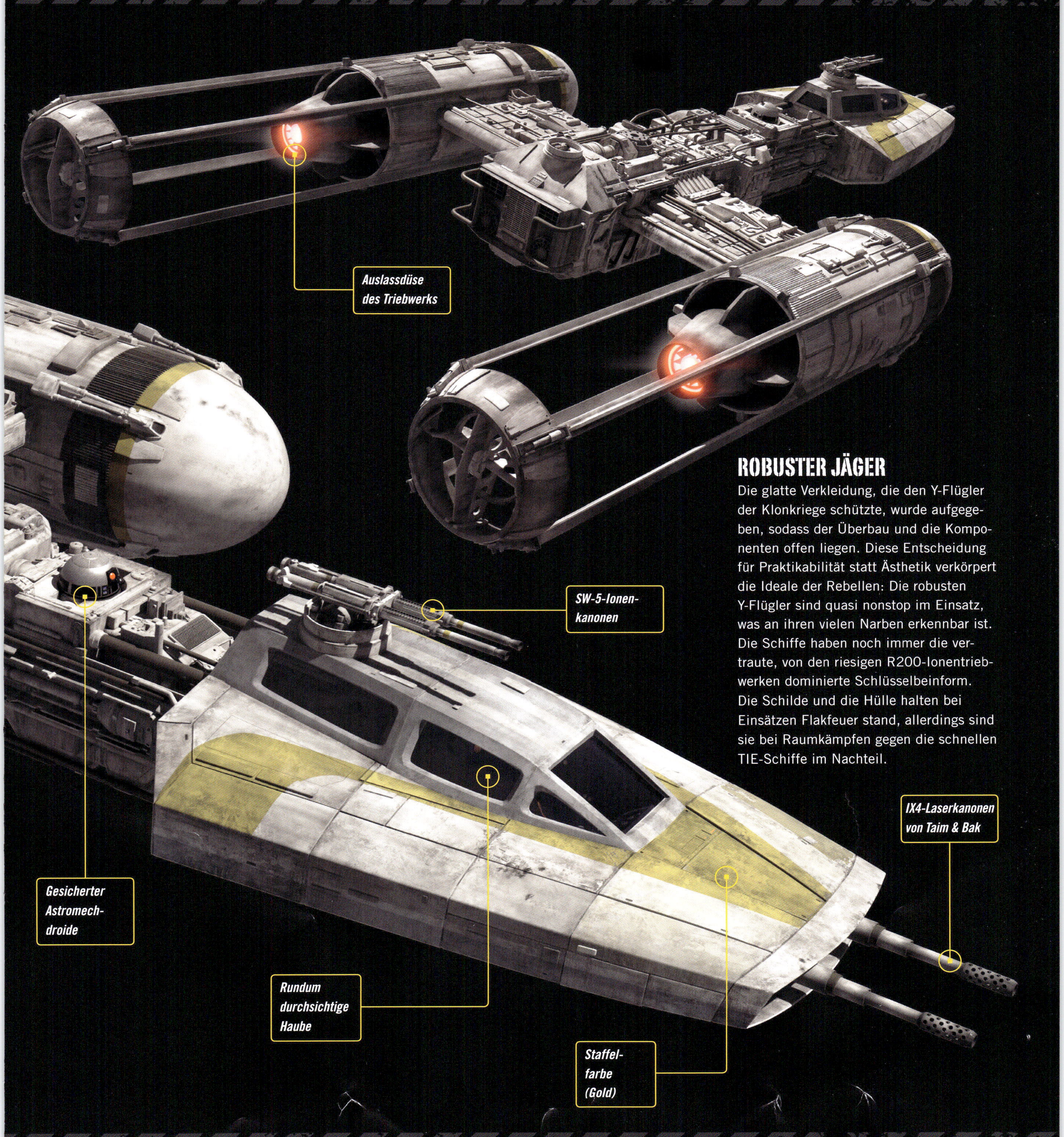

ROBUSTER JÄGER

Die glatte Verkleidung, die den Y-Flügler der Klonkriege schützte, wurde aufgegeben, sodass der Überbau und die Komponenten offen liegen. Diese Entscheidung für Praktikabilität statt Ästhetik verkörpert die Ideale der Rebellen: Die robusten Y-Flügler sind quasi nonstop im Einsatz, was an ihren vielen Narben erkennbar ist. Die Schiffe haben noch immer die vertraute, von den riesigen R200-Ionentriebwerken dominierte Schlüsselbeinform. Die Schilde und die Hülle halten bei Einsätzen Flakfeuer stand, allerdings sind sie bei Raumkämpfen gegen die schnellen TIE-Schiffe im Nachteil.

JÄGER MIT ZWILLINGSIONENANTRIEB

TIE-JÄGER

DANK SEINER UNVERKENNBAREN Silhouette ist der TIE-Jäger zum Symbol für imperiale Raumüberlegenheit geworden. Die Schiffe werden in Fabriken überall in der Galaxis preisgünstig in Massen hergestellt. TIE-Jäger sind hervorragend geeignet, um das imperiale Gesetz gegenüber leicht bewaffneten Ziviltransporten durchzusetzen. In letzter Zeit aber wurden sie immer häufiger mit stärkerem Widerstand konfrontiert – in Form der Jäger der Rebellenallianz.

KURZSTRECKENJÄGER

Sternenjäger des Imperiums genießen nicht die gleiche Unabhängigkeit wie die der Rebellen. Großkampfschiffe werden bei der taktischen Planung bevorzugt, und nur die hochspezialisierten TIE-Modelle haben einen Hyperantrieb. Das bedeutet, dass die regulären Jäger auf eine Basis oder ein Schiff mit Starthangar angewiesen sind. Andererseits sind sie ohne Hyperantriebstechnik, Navigationssystem, umfangreiche Lebenserhaltungstechnik und großen Treibstofftank auch wesentlich leichter und schneller.

ABSTAMMUNGSLINIE
Die Designgeschichte des TIE-Jägers geht auf die Jedi-Abfangjäger der späten Klonkriegsjahre, und die V-Flügel-Sternenjäger aus der Anfangszeit des Imperiums zurück. Die aktuelle Modellbezeichnung ist TIE/ln.

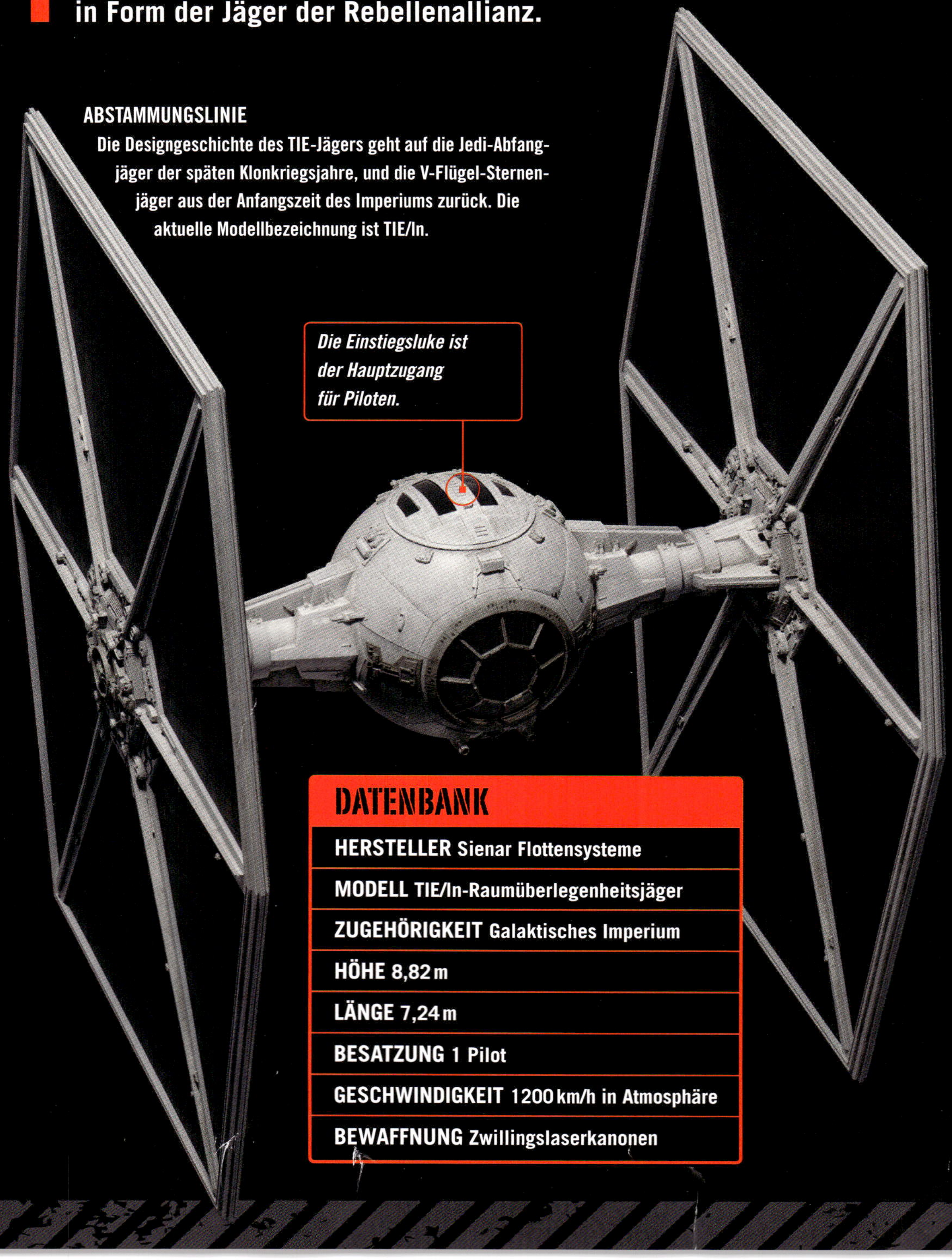

DATENBANK

HERSTELLER	Sienar Flottensysteme
MODELL	TIE/ln-Raumüberlegenheitsjäger
ZUGEHÖRIGKEIT	Galaktisches Imperium
HÖHE	8,82 m
LÄNGE	7,24 m
BESATZUNG	1 Pilot
GESCHWINDIGKEIT	1200 km/h in Atmosphäre
BEWAFFNUNG	Zwillingslaserkanonen

SHOWDOWN
Auf dem Dach der Zitadelle von Scarif steht Jyn einem TIE/ln-Jäger Auge in Auge gegenüber. Dank Repulsorliftzirkulatoren in den Stützrahmen, die sein ohnehin schon leichtes Gewicht geradezu bedeutungslos machen, und Schubdüsen für Mikropositionierung kann der TIE vertikal starten und landen.

TIE-COCKPIT
Obwohl TIE-Schiffe mit einfachen Luftwäschern ausgestattet und die Cockpits luftdicht versiegelt sind, tragen TIE-Piloten stets ihre kompletten Fluganzüge. Ohne Schilde sind die Jäger Einschlägen von Mikrometeoren ausgesetzt, sodass die Außenhülle jederzeit brechen kann.

TIE-JÄGER-PILOT

Absolventen der prestigeträchtigen Flugakademien der Galaxis unterziehen sich einer harten Ausbildung und strengen Tests, um als TIE-Piloten zugelassen zu werden. Die Abschlussprüfung findet oft auf größeren Kriegsschiffen wie Sternenzerstörern statt, wo die Kadetten einer realistischen Umgebung ausgesetzt sind. In Zeiten ständiger Kämpfe mit Rebellen müssen TIE-Kadetten sogar in tatsächlichen Kampfsituationen bestehen.

TIE-STÜRMER

DIE MILITÄR-IDEENSCHMIEDE auf Scarif hat den Auftrag, neue Schiffe zu entwickeln und Testflügen zu unterziehen, ihre Leistung zu beobachten und Empfehlungen über zukünftige Einsätze auszusprechen. Ein solches experimentelles Design ist der TIE-Stürmer, eine stromlinienförmige Variante des klassischen TIE-Jägers, die speziell für Patrouillen in Atmosphäre über imperialen Bodenanlagen konstruiert wurde. Obwohl der TIE/sk zu suborbitalem Flug in der Lage ist, liegen seine Stärken im Einsatz in der unteren und hohen Atmosphäre.

COCKPIT
Zwei Besatzungsmitglieder passen in das vergrößerte Cockpit des TIE-Stürmers: ein Pilot und ein optionaler Kanonier oder Schütze. Die größere Außenhülle erlaubt zusätzliche Bewaffnung, größere Beschleunigungskompensation und Notrepulsorsysteme. Da es keine Schleudersitztechnik gibt, kann der Stürmer so im Notfall Bruchlandungen abfangen.

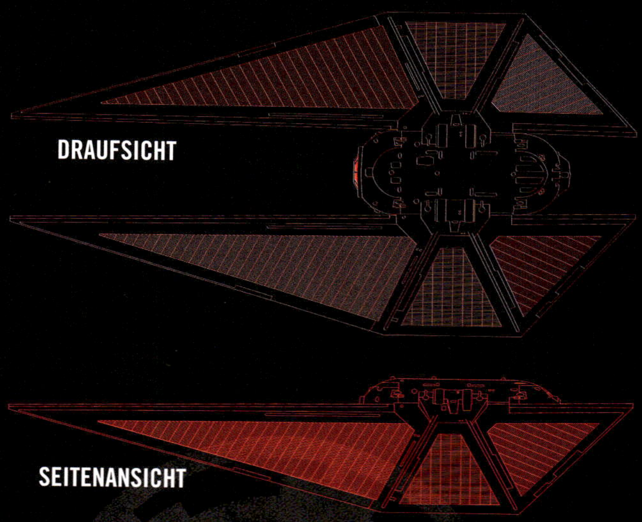

REPULSORLIFTJÄGER
Obwohl der Zwillingsionenantrieb dem TIE-Stürmer Schub verleiht, verlässt er sich bei Einsätzen in Atmosphäre auf seine fortschrittlichen und spezialisierten Repulsorlifts. Diese Antigrav-Maschinen reduzieren das Gewicht des Schiffs und verbessern die Leistung des Ionenantriebs.

UNGEWÖHNLICH VIELSEITIG

In der imperialen Sternenflotte wird Vielseitigkeit in der Regel missbilligt. Man setzt eher auf den Erfolg einer großen Anzahl spezialisierter Schiffe. Der TIE-Stürmer ist daher ein gewagter Schritt und unbeliebt in den höheren Rängen. Sie sehen in ihm Unentschlossenheit und Verschwendung verschiedener Elemente wie der atmosphärentauglichen Stromlinienform, der Kanonen zur Bodenunterstützung, der taktischen Bombenabwurfvorrichtung und der Lebenserhaltungsmaßnahmen. Piloten dagegen sind von der neuen Technik begeistert.

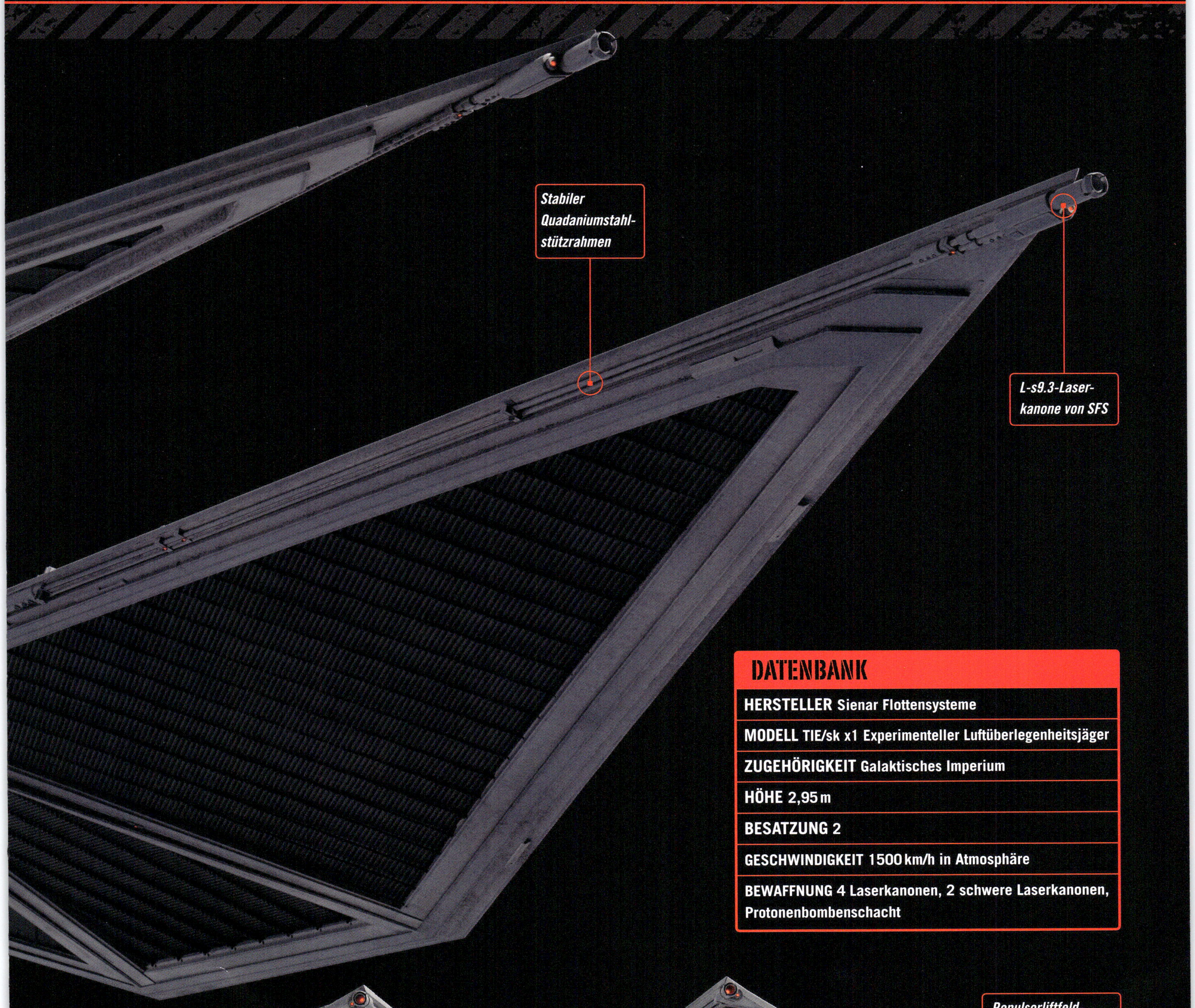

DATENBANK

HERSTELLER	Sienar Flottensysteme
MODELL	TIE/sk x1 Experimenteller Luftüberlegenheitsjäger
ZUGEHÖRIGKEIT	Galaktisches Imperium
HÖHE	2,95 m
BESATZUNG	2
GESCHWINDIGKEIT	1500 km/h in Atmosphäre
BEWAFFNUNG	4 Laserkanonen, 2 schwere Laserkanonen, Protonenbombenschacht

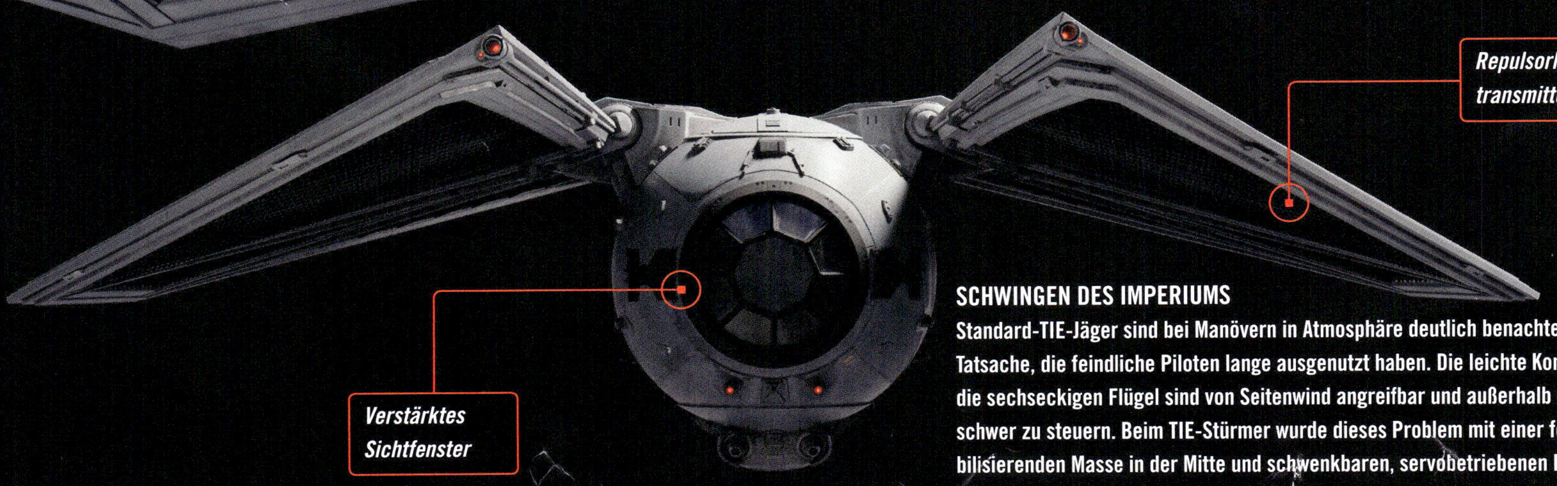

SCHWINGEN DES IMPERIUMS
Standard-TIE-Jäger sind bei Manövern in Atmosphäre deutlich benachteiligt, eine Tatsache, die feindliche Piloten lange ausgenutzt haben. Die leichte Konstruktion und die sechseckigen Flügel sind von Seitenwind angreifbar und außerhalb des Vakuums schwer zu steuern. Beim TIE-Stürmer wurde dieses Problem mit einer festeren, stabilisierenden Masse in der Mitte und schwenkbaren, servobetriebenen Flügeln gelöst.

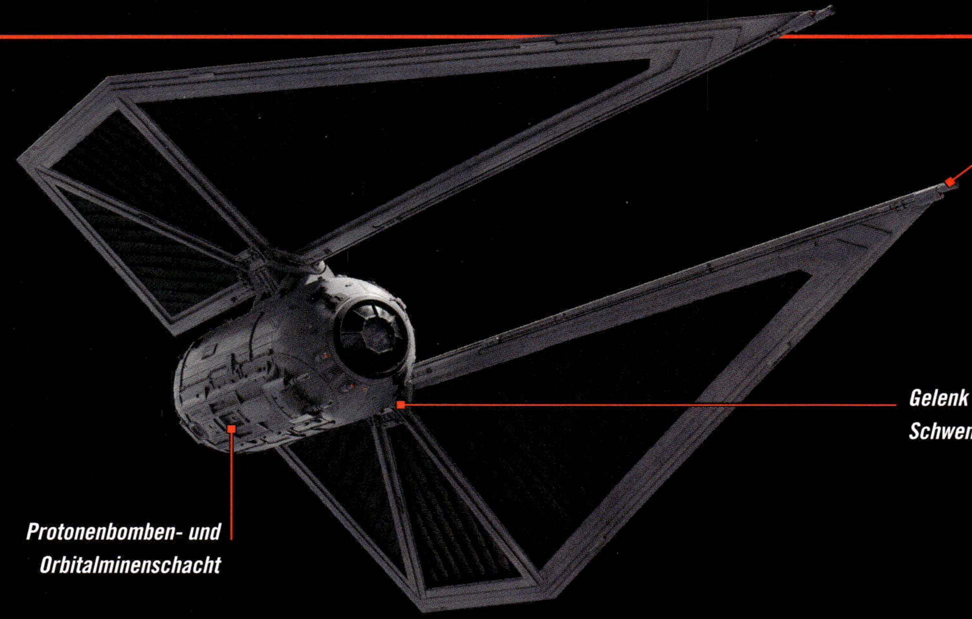

MEHR SPEEDER ALS JÄGER

Der Repulsorkern im Korpus des TIE-Stürmers reduziert das Gesamtgewicht des Schiffs und dient als unsichtbares Querruder. Der Stürmer nutzt lokalisierte Repulsorliftfelder, die die Aerodynamik verbessern – eine Idee, die auf alten Exoantrieb-Fahrzeugen und geonosianischen Jägern basiert. Der Druck im Cockpit ist für den Flug in Hochatmosphäre angepasst, doch je weiter das Schiff sich von dem Planeten entfernt, in dessen Schwerkraft es fliegt, desto schwächer wird der Repulsorlifteffekt. Im Weltraum wird nahezu jede Komponente, die den Stürmer zu einem agilen Luftjäger macht, zum Risiko.

RISSZEICHNUNG

TIE/SK-JÄGER

STERNENJÄGERPILOTEN sehen Atmosphären als „Schlamm" – in Bezug auf den zähen Luftwiderstand, den sie im suborbitalen Flug überwinden müssen. Obwohl es eine andere Disziplin ist, erfordert der Luftkampf ebensolche Hartnäckigkeit, Reflexe und Kühnheit wie der Raumkampf. Unter TIE-Piloten hat sich die Rivalität zwischen Weltraum- und Atmosphärenfliegern hochgeschaukelt. Stürmerpiloten nennen die Jägerpiloten „Vakuumköpfe", diese schlagen mit „Bodenkuschler" zurück.

ANGRIFFSFORMATION

Die Solarkollektoren des Stürmers sind beweglich, was für ein TIE-Schiff ungewöhnlich ist. Die aufrechte Konfiguration soll vertikale Starts und Landungen optimieren, indem der Anhub für schnellen Aufstieg und Sinkflug vergrößert wird. Die horizontale Einstellung dient der hohen Geschwindigkeit im linearen Flug – sie verwandelt den TIE-Stürmer in einen rasant schnellen Pfeil, der Geschwindigkeiten von über 1500 km/h absolvieren kann. Er ist bemerkenswert gut bewaffnet: Zwei fest installierte schwere Kanonen sind für Bodenunterstützung und Panzerabwehrbeschuss vorgesehen. Die Schnellfeuerkanonen an den Flügelspitzen sind ideal für den Luftkampf.

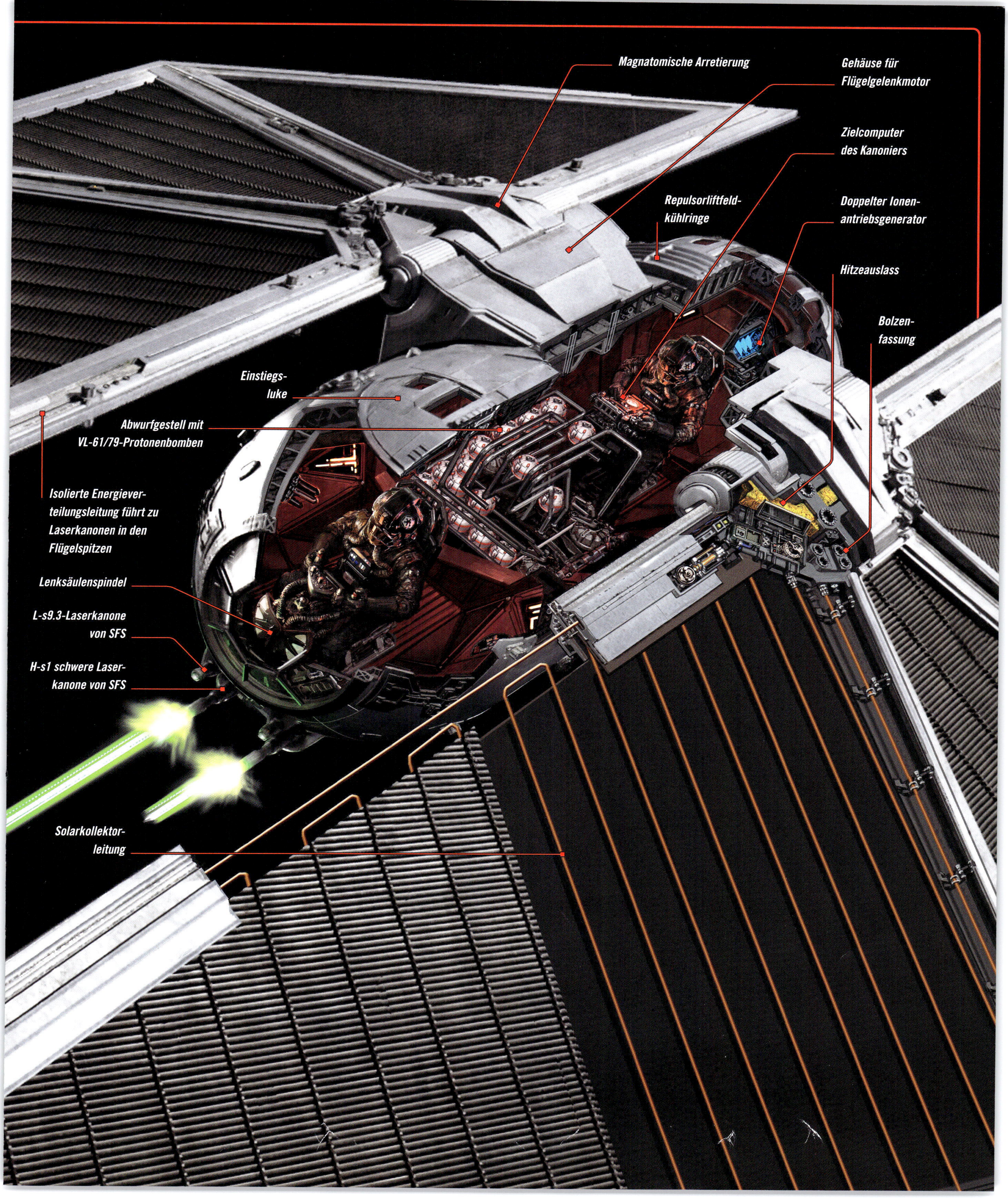
Magnatomische Arretierung
Gehäuse für Flügelgelenkmotor
Zielcomputer des Kanoniers
Repulsorliftfeld-kühlringe
Doppelter Ionen-antriebsgenerator
Hitzeauslass
Bolzen-fassung
Einstiegs-luke
Abwurfgestell mit VL-61/79-Protonenbomben
Isolierte Energiever-teilungsleitung führt zu Laserkanonen in den Flügelspitzen
Lenksäulenspindel
L-s9.3-Laserkanone von SFS
H-s1 schwere Laser-kanone von SFS
Solarkollektor-leitung

DIE *PROFUNDITY*

DIE FRIEDLICHEN MON CALAMARI sind während der Klonkriege durch eine harte Schule gegangen. Dadurch waren sie vorbereitet, als das Imperium sie unterwerfen wollte. Der Aufbruch riesiger raumfahrttauglicher Konstrukte, die das Imperium irrtümlicherweise für Städte gehalten hatte, läutete einen Massenexodus von der Wasserwelt in sicherere Gewässer in den Tiefen des Raums ein. Die Mon Calamari bauten diese Transporter und Passagierkreuzer zu Großkriegsschiffen um. Admiral Raddus' *Profundity* ist das erste dieser Schiffe.

SUBLICHTTRIEBWERKE
Zwölf wiederverwendete Sublichtschubdüsen der Kuat-Triebwerkswerften bewegen das gigantische Kriegsschiff *Profundity* durch den Realraum und verleihen ihm die nötige Geschwindigkeit, um mit seiner Eskorte aus Sternenjägern mitzuhalten.

DIE MON CALAMARI

Vor dem Krieg war die *Profundity* der Regierungsturm von Nystullum, einer Stadt unter den nördlichen Eisschollen des Planeten. Viele Crewmitglieder waren früher Mitarbeiter der Verteidigungsanlagen der Stadt und Flottenkommandant Admiral Raddus ihr Bürgermeister.

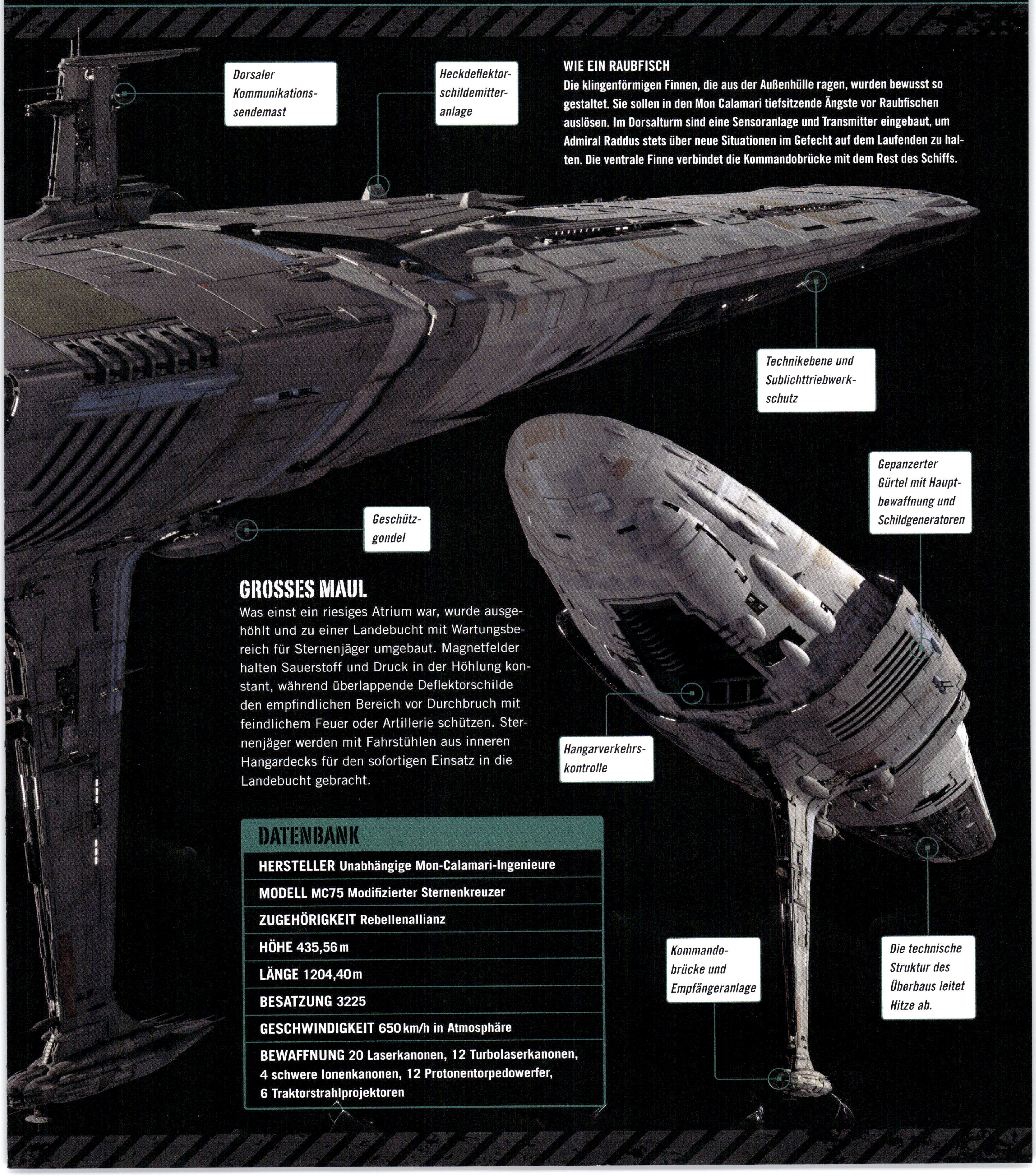

WIE EIN RAUBFISCH
Die klingenförmigen Finnen, die aus der Außenhülle ragen, wurden bewusst so gestaltet. Sie sollen in den Mon Calamari tiefsitzende Ängste vor Raubfischen auslösen. Im Dorsalturm sind eine Sensoranlage und Transmitter eingebaut, um Admiral Raddus stets über neue Situationen im Gefecht auf dem Laufenden zu halten. Die ventrale Finne verbindet die Kommandobrücke mit dem Rest des Schiffs.

GROSSES MAUL

Was einst ein riesiges Atrium war, wurde ausgehöhlt und zu einer Landebucht mit Wartungsbereich für Sternenjäger umgebaut. Magnetfelder halten Sauerstoff und Druck in der Höhlung konstant, während überlappende Deflektorschilde den empfindlichen Bereich vor Durchbruch mit feindlichem Feuer oder Artillerie schützen. Sternenjäger werden mit Fahrstühlen aus inneren Hangardecks für den sofortigen Einsatz in die Landebucht gebracht.

DATENBANK
HERSTELLER Unabhängige Mon-Calamari-Ingenieure
MODELL MC75 Modifizierter Sternenkreuzer
ZUGEHÖRIGKEIT Rebellenallianz
HÖHE 435,56 m
LÄNGE 1204,40 m
BESATZUNG 3225
GESCHWINDIGKEIT 650 km/h in Atmosphäre
BEWAFFNUNG 20 Laserkanonen, 12 Turbolaserkanonen, 4 schwere Ionenkanonen, 12 Protonentorpedowerfer, 6 Traktorstrahlprojektoren

GRÖSSENVERGLEICH

KAMPFSCHIFFE WERDEN nach ihrer Größe in Kategorien eingeteilt und entsprechend bestimmter Philosophien und Kampftaktiken gekennzeichnet. Vor der Konstruktion des Todessterns waren Großkampfschiffe die größten Einheiten, die bei Kampfstrategien berücksichtigt wurden. Während der Klonkriege wuchs diese Kategorie und gipfelte in imperialen Kriegsschiffen von über einem Kilometer Länge. Obwohl Großkampfschiffe laut imperialer Doktrin nur gegnerische Einheiten derselben Klasse zu fürchten haben, kann die Rebellenallianz immer größeren Erfolg mit gezielten Angriffen ihrer Sternenjäger verzeichnen. Ob sie den gleichen Effekt auf Giganten wie den Todesstern haben, wird sich noch zeigen.

1 **Die *Profundity*** Länge 1204,44 m
2 **Imperialer Sternenzerstörer** Länge 1600 m
3 **Imperialer Frachter** Länge 35,50 m
4 **Imperialer TIE-Jäger** Länge 7,24 m
5 **Imperiale Raumfähre der *Delta*-Klasse** Höhe 32,23 m
6 **X-Flügel-Sternenjäger der Rebellen** Länge 13,40 m
7 **Imperialer Angriffspanzer** Länge 7,30 m
8 **Y-Flügel-Sternenjäger der Rebellen** Länge 16,24 m
9 **U-Flügel-Transporter der Rebellen** Länge 24,98 m
10 **Imperialer TIE-Stürmer** Länge 17,18 m
11 **Imperialer AT-ACT-Läufer** Höhe 34,90 m
12 **Imperialer AT-ST-Läufer** Höhe 9,40 m

UNVORSTELLBAR GROSS
Selbst die riesigen Sternenzerstörer werden zu kleinen Punkten neben dem gigantisch großen Todesstern. Kriegsschiffe machen den Weg frei, damit die Hauptwaffe der Station eingebaut werden kann.

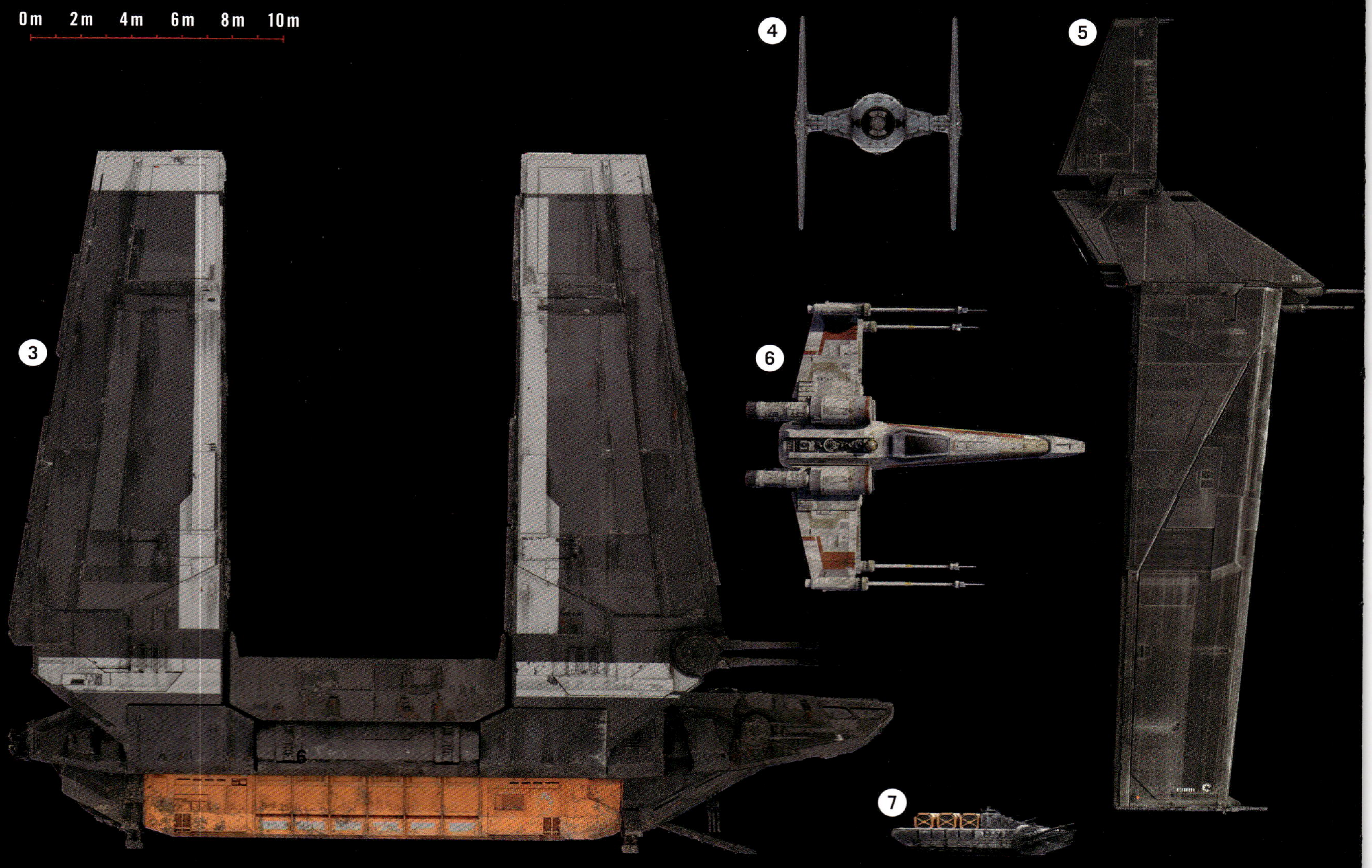

0 m
100 m
200 m
300 m
400 m
500 m
1
2

8
9
10
11
12

KAPITEL 6

EINE *STAR WARS*-STORY

Mit *Rogue One: A Star Wars Story* entwickelte Lucasfilm Ltd. ein neues Format für *Star Wars* auf der großen Leinwand. Die Idee, die Geschichte der Rebellen zu erzählen, die die Pläne des Todessterns gestohlen haben, war von Anfang an unwiderstehlich. Für die Umsetzung bedurfte es sowohl bewährter Lucasfilm-Tradition als auch einer mutigen neuen Sicht auf die Dinge.

DIE ENTWÜRFE

ES IST TRADITION, DASS der erste Schritt einer neuen *Star Wars*-Geschichte, lange bevor die Story fertig ist, die Konzeptkunst ist. Der Regisseur lässt einem Team von Künstlern völlig freie Hand und ihr stetiger Strom von Ideen – manche machbar, andere eindeutig nicht – helfen dabei, die Geschichte des Films zu formen. Die Produktionsdesigner Doug Chiang und Neil Lamont leiteten jeweils ein Team in San Francisco und den Pinewood Studios in Großbritannien, wo sie Helden, Schurken, Aliens, Technik und Schauplätze entwarfen, die sich nach einem langen Auswahlprozess in *Rogue One* wiederfanden.

EINSATZ AUF EADU
In einer früheren Version der Geschichte ist Eadu das erste Missionsziel des Teams. „Sergeant Jyn Erso" war eine erfahrene Agentin der Rebellen mit Zählstrichen auf ihrem Helm in Jon McCoys Illustration. Jyn fliegt hier einen Einsatz im U-Flügler auf dem Planeten Eadu.

WELTRAUMAFFE
Kostümdesigner Adam Brockbank illustrierte diese frühe Idee für einen primatenähnlichen Türschützen, den das Vorproduktionsteam liebevoll „Space Monkey" nannte (später wurde er zu Bistan). Er sollte von Anfang an rohe, primitive Energie ausstrahlen.

DAS ENSEMBLE
Rogue One war von Anfang an als Ensemblefilm geplant, in dessen Zentrum eine spektakuläre militärische Diebstahlmission steht. Dieses Bild von Jon McCoy zeigt einen Großteil des Teams – Baze, Chirrut, K-2SO, Jyn und Cassian – in der kahlen Landschaft von Jedha.

HEILIGE STADT

Matt Allsopp ließ sich für seine Vision von der auf einem Hochplateau gelegenen Heiligen Stadt von Jedha von der Architektur aus dem Mittleren Osten inspirieren. Der Ort sollte die Ideale der Jedi in einem Film repräsentieren, in dem sie nicht vorkommen sollten.

PANZERPATROUILLE

Diese imperiale Patrouille mit einem schwebenden Panzerfahrzeug stammt von Vincent Jenkins. In der Produktion wurden dem Fahrzeug seine Raupenketten jedoch zurückgegeben, sodass der Zusatz „Schwebe-“ aus seinem Namen entfernt wurde.

DIE PRODUKTION

Der zentrale Ort der Produktionsarbeiten für *Rogue One: A Star Wars Story* waren die Pinewood Studios, eine berühmte Studioanlage ungefähr 32 Kilometer von London entfernt, in denen unter anderem die spektakulären Abenteuer von James Bond gedreht werden. Pinewood wurde von Lucasfilm als Produktionsort für künftige *Star Wars*-Filme ausgewählt. Als die Arbeiten für *Rogue One* liefen, wurde *Das Erwachen der Macht* gerade fertiggestellt und *Star Wars: Episode VIII* vorbereitet. Mit jedem Monat wuchs die kreative Gemeinde der *Star Wars*-Filmproduktionen.

TIE-JÄGER IN AKTION
Viele Codenamen von *Rogue One* waren vom Kalten Krieg inspiriert. Das Imperium wurde mit der „kommunistischen" Nomenklatur benannt – so bekamen die TIE-Jäger die Bezeichnung „MiG" in Anlehnung an sowjetische Kampfflugzeuge. Hier zeichnet eine Kamera die Enge in einem TIE-Cockpit auf.

SPACE MONKEY-TEST
Regisseur Gareth Edwards kontrolliert jede neue Alien-Kreation aus dem Kreaturen-Atelier von Neal Scanlan genauestens auf ihr Star-Potenzial. „Space Monkey", lange Zeit nur unter seinem Produktionscode G007 bekannt, stach schon früh heraus. Seine Maske, die mit Servoantrieb bewegt werden konnte, wurde von einem ganzen Team, bestehend aus Nick Kellington im Kostüm und seinen Kollegen mit einer Fernbedienung für die Gesichtsausdrücke, bedient.

DROIDENTHEATER
In dem kryptischen Codenamensystem für die Produktion von *Rogue One* wurden Droiden-Charaktere als „Senatoren" bezeichnet. Dieser Haushaltsdroide mit dem Codenamen S001 war eine der frühesten Kreationen. Er wurde als Stabfigur am Set in Island gefilmt und der Puppenspieler wurde später digital aus der Aufnahme entfernt.

AUSRÜSTUNG
Die Requisitenabteilung stellte Handfeuerwaffen für Rebellen und Imperium her. Viele wurden aus Airsoft-Waffen gebaut, um für die Darsteller so realistisch wie möglich zu sein und z. B. authentischen Rückstoß zu erzeugen.

BEREIT
Elemente aus der Original-Trilogie sollten so wiedergegeben werden, „wie man sie in Erinnerung hat". Daher trugen die Piloten auch tatsächliche Pilotenanzüge und nicht die gefärbten Overalls aus dem Film von 1977.

ALTER HASE
Warwick Davis ist ein wahrer Veteran, der schon in drei *Star Wars*-Filmen mitgewirkt hat. In *Rogue One* spielte er wieder einen Charakter, dessen Name mit W beginnt: Weeteef Cyu-Bee.

MOROFF VOR DER KAMERA
Der haarige Moroff (gespielt von Ian Whyte) war ursprünglich als Rebell namens Senna geplant, bevor er zu einem Hintergrundcharakter in Saws Miliz wurde. Hier steht die Kreatur (Codename G030) vor fotogrammetrischen Analysekameras, um jeden möglichen Winkel für künftige Effekte und Nutzung aufzunehmen.

DIE AUFNAHMEN

DIE FILMAUFNAHMEN für *Rogue One: A Star Wars Story* begannen im Sommer 2015. Regisseur Gareth Edwards entschied sich für einen dynamischen Stil, in dem viele Szenen mit Handkameras aufgenommen wurden, um sie spontan und unmittelbar aussehen zu lassen. Digitale Kameras boten für diesen scheinbar wilden, aber durchaus methodischen Ansatz größtmögliche Flexibilität. Mitarbeiter wurden als Statisten kostümiert, sodass Aufnahmen, in denen aus Versehen einer der vielen Helfer zu sehen war, trotzdem verwendet werden konnten.

LED-HYPERRAUM

Für den dokumentarischen Stil, den Edwards ausgewählt hatte, waren großflächig angelegte LED-Bildschirme von Vorteil. Auf ihnen wurden vorgerenderte Effekte der Postproduktion projiziert, wie hier der Sprung in den Hyperraum. Dies ermöglichte zusätzliche Authentizität für die Aufnahmen und die Lichtsituation.

ACTION AM STRAND

Die tropische Landschaft von Scarif wurde im außerordentlich untropischen Bovingdon, nördlich von London, gefilmt. Sand und importierte Palmen bildeten die Kulisse auf dem Flugplatz, auf dem die Rebellen die imperiale Basis infiltrieren. Die vollständige Landschaft wurde später von Industrial Light & Magic (ILM) digital hinzugefügt.

VOR ORT

Die Schlachtfeldszenen auf Scarif wurden an einem Strand auf den Malediven gedreht. Rebellen und Imperiale standen einander im flachen Meerwasser gegenüber, das atemberaubende Riffe umgibt.

SO ENTSTAND K-2SO

Für die Filmaufnahmen von K-2SO trug Schauspieler Alan Tudyk einen speziellen Motion-Capturing-Anzug, mit dem seine Bewegungen auf den computergenerierten Droiden übertragen wurden. K-2SO ist allerdings zwei Meter groß, sodass Alan ihn auf Stelzen spielen musste.

STUDIOGELÄNDE

Auf dem Gelände von Pinewood wurde ein riesiges Set für die Heilige Stadt von Jedha gebaut. Straßenzüge und Kreuzungen, die den Großteil des Sets ausmachten, wurden von ILM um detaillierte Abschnitte erweitert, um die alte Stadt zum Leben zu erwecken.

HINTER DEN KULISSEN

Während der Dreharbeiten zu *Rogue One: A Star Wars Story* wurde die Haltestelle Canary Wharf der Londoner U-Bahn mitten in der Nacht in das geschäftige Innere der Zitadelle von Scarif verwandelt. Die Filmcrew hatte nur eine Nacht lang Zeit, um das Material zu drehen, bevor die Station wieder für die nichts ahnenden Pendler öffnete. In einer Drehpause verschnaufen Sturm- und Küstentrupplerstatisten unter dem berühmten U-Bahn-Logo.

WHARF
Jubilee line
Westbound
platform 1

REGISTER

Haupteinträge sind **fettgedruckt**

DK | Penguin Random House

Lektorat Emma Grange
Bildredaktion und Gestaltung Owen Bennett, Ron Stobbart
Bildbearbeitung Tom Morse, Andy Bishop
Herstellung Marc Staples, Mary Slater
Cheflektorat Sadie Smith
Art Director Lisa Lanzarini
Redaktionsleitung Julie Ferris
Programmleitung Simon Beecroft

Für Lucasfilm
Redaktion Samantha Holland
Cheflektorat Frank Parisi
Bildarchiv Newell Todd, Gabrielle Levenson, Erik Sanchez, Bryce Pinkos, Tim Mapp
Associate Technical Director Cameron Beck
Story Group Leland Chee, Pablo Hidalgo, Matt Martin
Creative Director Publishing Michael Siglain

Für die deutsche Ausgabe
Programmleitung Monika Schlitzer
Projektbetreuung Anna-Selina Sander, Christian Noß
Herstellungsleitung Dorothee Whittaker
Herstellungskoordination Katharina Schäfer, Sophie Schiela
Herstellung Marc Staples, Mary Slater

Titel der englischen Originalausgabe:
Star Wars Rogue One™ The Ultimate Visual Guide

© Dorling Kindersley Limited, London, 2016
Ein Unternehmen der Penguin Random House Group
Alle Rechte vorbehalten

© & TM 2016 LUCASFILM LTD.

© der deutschsprachigen Ausgabe by Dorling Kindersley Verlag GmbH, München, 2016.
Alle deutschsprachigen Rechte vorbehalten.

Jegliche – auch auszugsweise – Verwertung, Wiedergabe, Vervielfältigung oder Speicherung, ob elektronisch, mechanisch, durch Fotokopie oder Aufzeichnung, bedarf der vorherigen schriftlichen Genehmigung durch den Verlag.

Übersetzung Anna-Selina Sander
Lektorat Christian Noß
Satz Christine Rühmer

ISBN 978-3-8310-3107-8

Druck und Bindung TBB, Slowakei

Besuchen Sie uns im Internet:
www.dorlingkindersley.de
www.starwars.com

DANKSAGUNG

Pablo Hidalgo: Vielen Dank an John Swartz dafür, dass er mich über die Produktion von *Rogue One* auf dem Laufenden gehalten hat. Mein Dank gilt auch Simon Emanuel und Allison Shearmur für ihre Einladung ans Set, wo ich alles genau ansehen durfte, und an Vanessa Davies, die mich herumgeführt hat. Für einen Platz in der Runde bei der Entwicklung danke ich Gareth Edwards, Gary Whitta, Chris Weitz und Tony Gilroy. Ich danke auch John Knoll, der den Todesstern ins Rollen gebracht hat, und Hal Hickel, Vick Schutz und die vielen talentierten Künstler bei ILM für ihre Arbeit. Danke an DK, die Lucasfilm Story Group und das Bildarchiv von LFL, die dieses Buch ermöglicht haben. Und wie immer danke ich Kristen.

Kemp Remillard: Ich möchte Owen Bennett, Cameron Beck, Pablo Hidalgo, Samantha Holland, Chris Medley-Pole, Frank Parisi, Emma Grange, Simon Beecroft, Sadie Smith, Ron Stobbart, Claire Morrison und all den wunderbaren Leuten von DK und Lucasfilm danken, die dieses Buch ermöglicht haben. Und ein galaktisch großes Danke an meine Familie und Freunde für ihre Unterstützung.

DK: Wir möchten Kathleen Kennedy, John Swartz, John Knoll, Brian Miller, Natalie Kocekian und besonders Samantha Holland und Frank Parisi von Lucasfilm danken. Ebenso Rob Perry und Chris Gould für ihre Hilfe beim Design, David Fentiman für Lektoratsassistenz und Julia March für Korrektur und Register.

KMD-RA-71